Sinais do amor

Hannah Bonam-Young

Sinais do amor

Tradução: Gabriela Peres Gomes

GLOBOLIVROS

Texto fixado conforme as regras do Acordo Ortográfico da Língua Portuguesa
(Decreto Legislativo nº 54, de 1995)

Título original: *Next of Kin*

Editora responsável: Amanda Orlando
Editor-assistente: Rodrigo Ramos
Preparação: Jane Pessoa
Revisão: Mariana Donner, Vanessa Raposo e Carolina Rodrigues
Diagramação e adaptação de capa: Carolinne de Oliveira
Capa: Derek Walls
Ilustrações: Leni Kauffman
Imagem da lombada: © Studio77 FX vector/Shutterstock

1ª edição, 2024

CIP-BRASIL. CATALOGAÇÃO NA PUBLICAÇÃO
SINDICATO NACIONAL DOS EDITORES DE LIVROS, RJ

B686s

Bonam-Young, Hannah
Sinais do amor / Hannah Bonam-Young ; tradução Gabriele Peres Gomes. - 1. ed. — Rio de Janeiro : Globo Livros, 2024.
304 p.; 23 cm.

Tradução de: Next of kin
ISBN: 9786559872053

1. Romance canadense. I. Gomes, Gabriele Peres. II. Título.

24-94187 CDD: 819.13
CDU: 82-31(71)

Meri Gleice Rodrigues de Souza — Bibliotecária — CRB-7/6439

Direitos exclusivos de edição em língua portuguesa para o Brasil
adquiridos por Editora Globo S.A.
Rua Marquês de Pombal, 25 — 20230-240 — Rio de Janeiro — RJ
www.globolivros.com.br

Este livro é dedicado a todos que acham que
o Jess foi o melhor namorado da Rory em Gilmore Girls.
Quem discorda está errado.

NOTA DA AUTORA

Queridos leitores,

Muito obrigada por escolherem *Sinais do Amor*! Decidi incluir uma lista de tópicos presentes no livro que podem ser sensíveis para alguns leitores.

Alerta de conteúdo:

- Casas de acolhimento e adoção
- Negligência e abandono parental
- Morte de um dos pais por overdose
- Consumo de álcool e drogas ilícitas
- Descrição de cenas de sexo
- Ansiedade, transtorno de estresse pós-traumático e acessos de raiva
- Bebê com saúde frágil em UTI neonatal
- Menções ao capacitismo

Chloe e Warren cresceram em casas de acolhimento. Chloe acabou sendo adotada, mas Warren e seu irmão mais novo, Luke, não. As temáticas de casas de acolhimento e adoção foram escritas com o máximo de cuidado. Com o apoio de leitores sensíveis, empenhei-me para retratar esse assunto de forma honesta e equilibrada.

Luke é um adolescente surdo que se comunica exclusivamente na língua de sinais americana (ASL). Sou muito grata aos leitores sensíveis da comunidade surda que me ajudaram a retratar a experiência de Luke com mais precisão.

Espero que vocês gostem da história de amor de Chloe e Warren.

Muita paz e tudo de bom,
Hannah Bonam-Young

1

MEU CELULAR TOCA, e sinto um arrepio na espinha ao ver o número na tela. Por instinto, largo o carrinho no meio da fila e corro para o banheiro do mercado. Felizmente, está vazio.

— Alô? Aqui é a Chloe — digo, com a voz trêmula.

— Oi, Chloe. É a Rachel Feroux, do Conselho Tutelar. Você pode falar agora?

Entro na cabine do banheiro e tranco a porta. Uma onda de pavor se insinua no meu peito, familiar até demais. Tateio a clavícula com a mão livre, certa de que a vermelhidão já deve ter começado a se espalhar.

— Posso, sim.

"Connie... Só pode ser Connie." Deve ter se machucado, ou coisa pior. Por que motivo o Conselho Tutelar ligaria para mim? Já faz mais de seis anos que não converso com uma assistente social.

— Ah, que bom. — Rachel pigarreia, depois respira fundo como se tentasse reunir coragem. — Vi no seu arquivo que você está aberta para conversar com sua mãe biológica, caso ela entre em contato. Isso ainda procede?

"Será que quero mesmo saber?"

— Aham...

— Sei que é uma ligação meio inusitada, mas, hã... sua mãe... quer dizer, Constance... Constance pediu que você a visitasse com urgência. Ela está hospitalizada.

Meu corpo todo fica imóvel e o sangue desacelera em minhas veias. Tentei me afastar de Connie, mas a necessidade de saber se ela está bem continua ali, alojada na minha garganta feito um nó.

— Foi bem inesperado, mas ela acabou de dar à luz.

— Quê? Como assim? — pergunto, sem fôlego.

— Sua mãe teve um bebê.

Espalmo a mão sobre a parede da cabine antes de colar as costas ali e deslizar até o chão. "Já era, vou ter que jogar essas roupas fora."

— Calma... Peraí... *Quê*?

— Imagino que deva ser muita coisa para processar. Infelizmente, não tive como suavizar a notícia, por mais que eu quisesse. Deve ser um grande choque. Afinal, já faz mais de dez anos desde o último contato que você teve com sua mãe.

Isso não é *bem* verdade. Connie me procurou muitas vezes na época do ensino médio, mesmo sem a permissão dos meus pais adotivos, mas nunca contei pra ninguém.

— Ela está... Connie está bem?

— Está, sim. Uma colega minha está acompanhando ela no hospital. O bebê nasceu prematuro, mas o médico já avisou que vai ficar bem depois de uns dois ou três meses na UTI neonatal. Sua mãe... não vai ficar com a guarda do bebê. Estamos avaliando as opções de acolhimento.

"Colega. Guarda. Acolhimento." Os assistentes sociais já assumiram o controle da situação, então por que Connie quer saber de mim? Será que não percebe como isso é problemático? O fato de ela precisar de mim justo quando vai abrir mão da guarda de outra criança? "E não é outra criança qualquer... É meu irmão ou irmã."

Rachel pigarreia outra vez.

— Constance indicou você como possível cuidadora e está disposta a ceder a guarda. Se isso não acontecer, após receber alta, o bebê vai ser levado para um abrigo.

Afasto o celular do rosto e encaro a tela por um instante. Acho que o sinal está ruim e eu entendi errado, só pode ser. Cuidar de uma criança? *Eu?*

— Mas... eu tenho só vinte e quatro anos.

Nem sei por que esse é o pensamento que vocalizo quando há trocentos outros ricocheteando na minha cabeça, mas agora já foi. Vinte e quatro anos, recém-formada, sem perspectivas de vida... Minutos atrás eu estava com medo do meu cartão de crédito não passar no caixa, sabe?

— Chloe, eu entendo que é uma baita responsabilidade lhe pedir isso, especialmente se considerarmos a... relação distante que tem com sua mãe biológica, mas nosso trabalho é entrar em contato com todos os possíveis cuidadores que ela sugerir. Saiba que você tem todo o direito de dizer não, e talvez ainda exista a possibilidade de visitar a criança se quiser.

Solto o ar baixinho e um sorriso desponta nos meus lábios. Não tem como negar a alegria que sinto quando outro pensamento sobressai ao silêncio carregado. "Tenho um irmão. Ou uma irmã." Eu teria dado qualquer coisa para não ser filha única enquanto crescia, para ter alguém familiar ao meu lado. Alguém que eu pudesse amar incondicionalmente e que me amasse de volta.

— Mas eu teria permissão de visitar? — pergunto, hesitante. — Se quisesse?

— Para isso, precisaríamos ter uma conversa mais séria... Talvez seja melhor marcarmos uma reunião no meu escritório.

— Hã... Tudo bem.

— Teríamos muito o que discutir. Por ora, acho que é melhor apenas digerirmos a notícia. — A voz de Rachel permanece impassível, mas firme.

— Claro.

Aperto o ossinho do nariz e fecho os olhos, mas o cômodo não para de girar.

— Seja como for, Constance quer *muito* ver você.

— Certo.

Meus lábios começam a tremer, mas não sei se é pela perspectiva de ver Connie ou pelo fato de que ela resolveu me procurar só agora.

— Só para deixar claro — retoma Rachel —, a escolha de ir ou não é única e exclusivamente sua.

A delicadeza na voz dela me tranquiliza um pouco.

— Entendi...

— Posso passar o telefone da minha colega que está com Constance no hospital? Aí, se você decidir que quer fazer uma visita, pode entrar em contato por esse número. Depois disso a gente combina melhor.

Minha cabeça dói e lateja, como sempre acontece nos dias abafados que antecedem uma tempestade.

Rachel desliga depois de me passar o contato da colega, e eu pressiono o celular com força no espacinho entre as sobrancelhas. Sentir aquele leve desconforto, que eu mesma decidi causar e que não me foi imposto, ajuda um pouco. Penso em Connie, ou pelo menos na versão dela que tenho guardada na memória, e a imagino em uma cama de hospital.

A compaixão aumenta, apesar da vontade impulsiva de sufocar meus sentimentos e dar o fora deste banheiro antes de passar vergonha. Tento imaginar as semelhanças entre o lugar em que ela está agora e o porta-retrato que ficava em sua mesinha de cabeceira. Nossa primeira foto juntas, tirada em outra cama de hospital, há quase vinte e cinco anos. Na época, ela também estava sozinha, e tinha só dezessete anos.

Começo a me relembrar de minha mãe biológica, um pensamento por vez, até que uma memória indesejável chega ao topo da pilha. Na época, eu só tinha quatro anos. Lembro de estar no ônibus escolar, vazio, a não ser pelo motorista e por minha professora do jardim de infância, enquanto dávamos mais uma volta no quarteirão em que eu morava. Fiquei confusa ao perceber que os dois me olhavam com a mesma cara que minha mãe tinha feito quando caí da árvore, uns dias antes. Mas por que me olhavam assim? Eu nem estava machucada.

— Sua mamãe falou se tinha algum compromisso hoje? — perguntou a sra. Brown.

— Não — foi a resposta da pequena eu.

— Você sabe o número do telefone da sua avó? Ou o endereço do trabalho dela?

— Eu não tenho vó. Tenho um tio, mas ele mora num barcão bem grande.

— E o seu... pai? Você sabe o nome do seu pai, meu bem?

A sra. Brown estava me deixando apreensiva. Naquele momento, eu só queria minha mãe. Não via a hora de mostrar a ela o desenho que eu tinha feito na escola e perguntar se eu também tinha pai, igual à minha amiguinha Sara. O pai dela parecia tão legal. Até pensei que talvez pudesse ser meu pai também.

— Não sei — respondi.

— Certo, tudo bem. Olha, acho que nós duas vamos fazer algo diferente hoje! Uma aventura! Você quer ver onde a tia mora?

— Mas você não tem cachorro? — perguntei.

— Hã… Tenho. Tenho, sim.

— Eu não gosto de cachorros. Eles fedem.

— Que tal se o cachorrinho ficar no quintal enquanto nós duas brincamos dentro de casa?

Fiquei na casa da sra. Brown por duas horas antes de os assistentes sociais aparecerem para me levar para o acolhimento de emergência.

Anos mais tarde, ao ler a ficha que "ganhei de presente" ao atingir a maioridade, descobri que a polícia só foi encontrar Connie dias depois, bêbada e drogada, e irritadíssima por ter sido descoberta. Passei de um lar de acolhimento a outro por um ano, até que minha mãe conseguiu provar que estava sóbria o bastante para que eu pudesse voltar a morar com ela. Eu sabia que ela tinha se esforçado muito para isso. Terapeutas, assistentes sociais e professores insistiam em me dizer o quanto minha mãe tinha se empenhado para recuperar minha guarda.

Nunca entendi por que eles me diziam essas coisas. Nenhuma criança de cinco anos deveria ter que se sentir abençoada por poder morar com a própria mãe. Parecia até que eu não era um ser humano, e sim um prêmio de consolação por ela se manter sóbria.

Dez meses depois, Connie teve uma recaída. Àquela altura, eu tinha me obrigado tanto a sentir gratidão por estar ali que sofri mais por ela do que por mim. Alguém deveria ter me explicado que eu merecia mais do que viver à base de cereais açucarados, às vezes por dias seguidos, mas ninguém me explicou. Em vez disso, fiquei triste por Connie, e assim continuo até hoje.

Agora, ela trouxe outra criança para este caos.

Sinto uma pontada de determinação e abro os olhos, voltando para o banheiro iluminado por luzes fluorescentes. A náusea se espalha pelo meu corpo, causando arrepios por onde passa. Sei que tenho que visitar minha mãe. Não vou permitir que essa criança passe por tudo que passei. De jeito nenhum.

2

Saio da cabine e lavo as mãos na pia.

Depois de esfregar bem para tirar qualquer resquício de banheiro público da pele, jogo um pouco de água fria no rosto. As gotas escorrem pela gola da blusa quando apoio as mãos na bancada, uma de cada lado. "Não se atreva a vomitar neste banheiro." Contemplo meu reflexo no espelho embaçado.

São os olhos da minha mãe que vejo ali, verde-escuros com manchinhas douradas. Cílios grossos e escuros e sobrancelhas ainda mais grossas. As mulheres da nossa família foram criadas para resistir às intempéries, carregar os filhos nas costas e perdurar mesmo na miséria. Criadas para sobreviver. "Sobrancelhas grossas, narizes marcantes, corpos robustos, corações fortes." Connie escrevia isso em todos os cartões que enviava nos meus aniversários... Isso quando se lembrava deles.

Sempre me pareceu um monte de palavras sem pé nem cabeça, mas agora elas me trazem uma sensação familiar, agradável. As inseguranças em relação às minhas dobrinhas diminuíram quando percebi que meu corpo foi moldado pelas dificuldades a que meus antepassados poloneses (do lado de Connie) tiveram que sobreviver.

Meu cabelo castanho está tão comprido que já passou da cintura, mas gosto dele assim. Acima de tudo porque minha mãe adotiva teria odiado, já que não é nada prático. Afasto as mechas do pescoço e as prendo em um rabo de cavalo, querendo fugir daquela sensação de que está tudo colado na minha pele.

Lá fora, as pessoas seguem tranquilas com suas compras. Os alto-falantes anunciam uma promoção de papel-toalha. Os bipes das mercadorias no caixa ecoam sem parar. Os funcionários exibem um sorriso forçado no rosto. Uma cliente aproveita o desconto de vinte centavos em um pacote de areia para gato. Ninguém parece ter visto o mundo virar de cabeça para baixo.

Largo o carrinho no meio do corredor, cheio de comida congelada. Não sei se alguém viu, mas a vergonha é tanta que juro que nunca mais vou pisar neste mercado.

Cruzo com uma família de comercial de margarina na saída. Mãe, pai e duas crianças. Elas riem quando o pai faz careta para a garotinha dependurada no carrinho. Engulo a inveja que ameaça vir à tona para não cair no choro. Mas, bem lá no fundo, eu queria o que eles têm.

Já do lado de fora, apoio as costas na parede de concreto e puxo o ar ameno de meados de junho. Quando acordei esta manhã, achei que ia só sair para fazer umas compras antes de assistir a um documentário que meu pai recomendou. No máximo, encher a cara de vinho e baixar outro aplicativo de namoro. Mas agora tenho um problemão para resolver.

Pego o celular e ligo para a colega de Rachel.

— Alô? É a Odette.

— Oi, Odette. Sou a Chloe, filha da... Connie.

— Ah, claro! — exclama a mulher. — Oi, querida. Que bom que você ligou.

O tom dela é tão caloroso que me dá um aperto no peito, mas não posso ceder à vontade de desabar em seu colo. Preciso botar logo os pingos nos is, sem perder tempo.

— Será que você pode me dizer onde Connie está? E também quero saber se posso fazer uma visita...

— Claro, claro. Vou mandar os detalhes por mensagem, ok? Assim fica mais fácil.

— Perfeito. Muito obrigada.

— Então tá bom, querida. Até já — despede-se Odette com delicadeza.

Copio o endereço do hospital que ela enviou e coloco no GPS do celular. Fica do outro lado da cidade, então sem chance de ir de táxi, e não tenho dinheiro trocado para o ônibus. Cogito usar o caixa eletrônico do mercado, mas vai que eles estejam esperando o dono do carrinho abandonado voltar. Capaz até de terem pendurado cartazes de "procura-se" com a minha foto. Melhor não entrar lá.

Ainda tenho o cartão de passe estudantil. Já expirou, mas faz só um mês que me formei na faculdade. Ainda deve valer, não? Será que é tipo iogurte vencido? Que ainda é válido se você estiver sem dinheiro para comprar outro? Estou mesmo sem um tostão.

Por sorte, o motorista só dá uma olhadinha rápida no cartão antes de liberar minha entrada. "Graças a Deus." Escolho um lugar no fundo, perto da janela, e tento esquecer para onde vou. Não quero acrescentar "chorei no transporte público" na minha lista de tarefas do dia.

A viagem passa rápido demais. O ônibus para em um ponto lotado, cheio de gente uniformizada se acotovelando para entrar. Abro caminho pela multidão e subo a rampa de acesso ao hospital.

No elevador vazio, percebo que já fazia algumas semanas que eu não pensava em Connie antes de receber a notícia... desde o dia das mães. A culpa me atinge com a força de um tsunami.

Olho afobada para os botões do elevador e aperto o de emergência. O elevador para na hora. Posiciono as mãos na base do pescoço, com os antebraços apoiados contra o peito, e o pressiono de leve. Meus pais adotivos me ensinaram a fazer isso durante as crises de ansiedade, ou como eles carinhosamente apelidaram, os momentos de nervos à flor da pele.

Não vejo Connie há seis anos. Eu nem sabia se ainda estava viva, mas suspeitava de que conseguiria sentir caso ela morresse. O que vou dizer a ela? Como vou chamá-la? Será que eu deveria dar um pulinho na loja de presentes do hospital? É adequado comprar flores para uma mulher que deu à luz, mas não vai ficar com a criança?

— Oi, posso ajudar? — pergunta uma voz masculina pelo alto-falante do elevador.

"Merda."

— Hã, desculpa. Eu apertei o botão sem querer — gaguejo.

— Tudo bem.

Ouço um rangido e o elevador começa a subir.

Dois andares depois, desço e sigo as setas roxas no chão até a ala da maternidade, como Odette me orientou. Vejo um telefone bem ao lado das portas trancadas, com um aviso para se identificar para a enfermeira responsável e aguardar a liberação. Tiro o fone do gancho e ouço o som estático da linha antes de uma mulher rabugenta atender.

— Oi. Eu vim fazer uma visita para Constance Walden.

Fazia um bom tempo que eu não dizia meu sobrenome pré-adoção em voz alta.

— Aguarde um momento, por favor.

A ligação cai e as portas se abrem com um rangido arrastado. Entro e cumprimento a enfermeira responsável com um aceno de cabeça. Ela mal me olha antes de apontar para trás, no que presumo ser a direção do quarto de Connie.

— Fica no fim do corredor, à esquerda — diz uma enfermeira mais gentil, que me oferece um sorriso cheio de compaixão.

— Obrigada.

Preciso apertar o passo antes que o medo me alcance e me impeça de seguir em frente.

Dou três batidas na porta, alternando o peso de um pé para o outro, e logo dou de cara com uma mulher imponente. Deve ter uns sessenta e poucos anos e veste roxo da cabeça aos pés, com os cabelos pendendo em dreadlocks até a altura dos ombros. Tem a pele negra, bochechas tingidas de vermelho e um olhar bondoso que me examina com adoração.

— Ah, srta. Chloe! Olhe só como você cresceu...

Ela junta as mãos na frente do rosto.

— Aposto que você não se lembra de mim, mas conheço sua mãe há muito tempo — continua. — Quando te conheci, você ainda era só uma garotinha de cinco anos.

Em seguida, abaixa as mãos e estende uma para mim, e eu a cumprimento de bom grado.

— É tão bom ver você de novo, meu bem — diz ela, recolhendo a mão. — Mas eu queria que fosse em outras circunstâncias...

Eu me lembro dela, ou pelo menos de seu olhar bondoso, e isso me acalma um pouco.

— É muito bom ver a senhora outra vez.

Abro um sorriso forçado e ela pousa a mão no meu ombro. O gesto é tão acolhedor que quase começo a chorar, mas me controlo.

— Como você está?

— Tive uma manhã bem esquisita — confesso, sem conseguir esconder a tensão na voz.

— É, imagino — concorda Odette. — Olha, querida, agora estou aqui para ajudar a sua mãe. Tudo bem se eu me referir a ela como sua mãe?

Encolho os ombros e faço menção de falar, mas ela continua:

— Eu e Connie mantivemos contato ao longo desses anos… Quando ela está bem. Eu a ajudei com programas de reabilitação, grupos de apoio e coisas do tipo. Acima de tudo, tento estender a mão quando ela precisa. Fazia dois anos que não tinha notícias, mas ontem à noite ela me chamou para vir aqui. A equipe do hospital não a tratou com o devido respeito, nem sequer a deixaram ver o bebê. Isso só mudou hoje de manhã, quando cheguei. Connie…

Odette faz uma pausa e respira fundo, esfregando os olhos com o punho fechado.

— Connie deu entrada no pronto-socorro com queixas de dor abdominal. Ela estava… embriagada. Os médicos descobriram que ela estava em trabalho de parto e fizeram uma cesariana. Connie nem sabia que estava grávida.

Uma expressão solene toma o rosto de Odette.

— Por mais que eu seja assistente social, estou aqui como amiga da Connie. Quero deixar claro, meu bem, que sei que ela cometeu muitos erros. Sei também que isso teve um impacto gigantesco na sua vida, mas sua mãe está passando por um momento muito difícil agora e precisa de toda a solidariedade que pudermos oferecer.

Meu coração acelera, cheio de culpa.

— Entendi. — Engulo em seco.

— Que bom, minha querida. Vamos entrar? Está pronta?

Fico com receio de perguntar, mas preciso descobrir antes que meus pés ajam por conta própria.

— O… O bebê está aí no quarto?

— Não. Ela está na UTI neonatal, mas está bem.

"Eu tenho uma irmã."

— Posso ver a bebê? — pergunto, apreensiva. — Mais tarde?

O rosto de Odette se entristece, mas ela assente algumas vezes.

— Claro, querida.

Contraio os lábios em uma linha fina, endireito os ombros e respiro fundo.

— Tudo bem. Estou pronta.

3

— Srta. Connie? Tem visita para você... — Odette afasta a cortina da cama de hospital, a única mobília no quarto vazio. — Chloe veio te ver.

Olho perplexa para a pessoa deitada ali. Essa mulher não tem nada a ver com a mãe de quem me lembro. O rosto de Connie está encovado, com olheiras profundas e quase pretas de tão escuras. A boca está seca e rachada, e o cabelo já não é mais castanho-escuro como o meu, e sim loiro e ralo.

Se eu a visse na rua, nem a teria reconhecido. Passaria direto. Talvez até já tenha feito isso alguma vez. Uma lágrima escorre pelo meu rosto, mas a enxugo antes que Odette ou Connie possam ver.

— Oi... — limito-me a dizer, porque não consigo pensar em mais nada.

Connie me olha de cima a baixo com uma expressão neutra, e sinto meu corpo encolher até ficar com meio metro de altura. Mesmo agora, com ela nesse estado, ainda sinto a necessidade de receber sua aprovação.

— Você veio mesmo.

A voz me parece mais familiar do que o rosto, embora esteja mais rouca. Ela limpa o nariz com o dorso da mão.

— Eu vim. — Dou tudo de mim para manter meu tom e minha expressão neutros.

— É... Tá.

Connie já parece irritada. "Que ótimo."

Olho para Odette, que entende a deixa e começa a falar:

— Connie... A Chloe teve a bondade de vir visitar você. Já conversamos sobre isso, querida, lembra? Sei que você está feliz por ela ter topado vir aqui.

A mulher na cama assente, alternando o olhar entre nós duas. Parece mais enérgica depois que o clima pesou.

— Então, vai começar, né? Vocês duas vão se juntar contra mim e fazer o quê? Rir da minha cara? Me dar um fora? Pois saiba, *minha querida* — ela cospe as palavras de volta para Odette e aponta para mim com o braço frouxo —, que essa *menina aí* nasceu de mim. Sei muito bem como falar com ela.

— Você me chamou? — Posiciono-me na frente de Odette, na defensiva, mas não sou alta o bastante para esconder os ombros largos e a silhueta imponente dela.

— Chamei... — Connie se ajeita na cama e, apesar do olhar ferino, parece se acalmar. — Eu... Eu não sabia — continua ela, com os olhos fixos no próprio colo, torcendo as mãos. — Não sabia que estava grávida... Não sabia... Eu não teria feito isso de novo.

— Mas fez — retruco de forma ríspida, sem nem lembrar do pedido de compaixão de Odette.

Vejo o rosto de Connie murchar. Parece uma criancinha que acabou de levar uma bronca. Como alguém de aparência tão maltratada pode parecer tão jovem?

— É, eu fiz.

O silêncio paira no cômodo, a tensão diminui. Odette se acomoda ao lado da cama e faz sinal para eu me sentar na cadeira livre.

— Por que você não conta para Chloe por que a chamou aqui?

Connie meneia a cabeça, sem erguer o olhar.

— Connie — insiste Odette, estendendo-lhe a mão. — Ela veio... Agora é a sua vez.

— Chloe... Filhinha... — A voz da minha mãe adquire o timbre de que me lembro. — Eu sinto tanto... Tanto.

Seus lábios tremem, mas não vejo nem sinal de lágrimas.

Ergo a mão com cautela, sem saber onde a pousar. Escolho o joelho dela, que está coberto por um lençol fino.

— Não quero que ela passe pelo que você passou — continua. — Eu jamais me perdoaria se…

Odette interrompe:

— Vamos tentar maneirar na culpa e controlar as expectativas.

Depois lança um olhar para Connie, como se tentasse lembrá-la de algo.

— Eu quero que fique com a bebê até eu conseguir ficar sóbria… Sei que você ainda é nova demais, mas… — Ela olha para mim com os olhos marejados. — Você é *você*. Sempre foi mais responsável do que eu.

Ajeito-me na cadeira e recolho a mão, pousando-a no meu próprio joelho.

— Porque eu não tive escolha — retruco.

— É, imagino — sussurra Connie.

Olho para Odette e, apesar de não ter ideia do que pretendo dizer, ela acena com a cabeça para me encorajar.

Endireito os ombros e me remexo na cadeira até reunir coragem.

— Eu topo. Mas só se você prometer que vai abrir mão da guarda por completo. — Viro-me para Odette. — Foi essa informação que Rachel me passou ao telefone.

Odette franze os lábios, e eu tomo fôlego antes de continuar:

— Nem sei se isso vai ser permitido, mas estou disposta a tentar… Só que você nunca vai recuperar a guarda dela. Pode até fazer umas visitas quando estiver sóbria. Pode participar da vida dela, mas… ela não vai morar com você. Nunca. Estamos entendidas?

A última pergunta soa incisiva demais, e me arrependo na hora.

Connie enxuga uma lágrima solitária, mas seu semblante parece derrotado em vez de triste.

Fico na defensiva outra vez.

— E eu nem sei se eles vão me deixar ficar com a guarda da criança. Acabei de me formar e tudo mais… Ainda estou cheia de dívidas estudantis e só comecei a trabalhar mês passado. Estou morando sozinha agora. Não posso voltar para… casa.

Não tem por que revelar que "meus pais adotivos mudaram de país e não somos tão próximos assim".

— Mas estamos muito felizes que você esteja disposta a tentar — diz Odette.

Sorrio para ela um tanto acanhada, mas cheia de gratidão. Olho para Connie e meu coração pesa ao ver seu estado.

— Eu espero que você consiga sair dessa.

Ela aperta a mão de Odette com mais força antes de sussurrar de volta:

— Eu também.

Ficamos ali, em um silêncio constrangedor, até que Odette se levanta com um movimento gracioso e olha para mim.

— Chloe, você quer conhecer sua irmã?

Concordo e fico de pé, depois dou a volta na cadeira e decido fazer um agrado para Connie antes de ir embora.

— Foi bom te ver, mãe.

Ela estica o braço e eu toco sua mão com delicadeza antes de me retrair, cheia de tensão.

— Tchau — despeço-me.

Saio para o corredor atrás de Odette, que fecha a porta e apoia a mão nas minhas costas. Fico parada ali, lançando um olhar inexpressivo para as paredes brancas e os painéis metalizados.

— Sem pressa, meu bem — tranquiliza-me Odette, dando tapinhas no meu ombro.

Tento sorrir para ela, sem muita convicção. Depois respiro fundo e relaxo a mandíbula, ainda sentindo seu toque reconfortante.

"Quem era aquela mulher na cama?"

Sóbria ou não, minha mãe sempre teve uma aparência calorosa, familiar. Sempre pareceu uma cópia minha. Agora, talvez eu seja a única versão dela que restou neste mundo. Ela se tornou uma estranha, em todos os sentidos. Uma estranha que enche meu coração de dor. Uma estranha cujo amor, cuja aprovação, ainda anseio em conquistar... mas vou ter que me contentar com sua confiança. A confiança que ela depositou em mim ao pedir que eu cuidasse da minha irmã.

4

ODETTE ME LEVA DE VOLTA aos elevadores, guiando-me até a UTI neonatal. Uma vez lá, damos de cara com outro conjunto de portas vigiados por uma câmera de vigilância. O responsável deve ter visto o crachá de visitante no pescoço de Odette, pois as portas se abrem antes mesmo de ela tirar o telefone do gancho. Seguimos pelo corredor escuro, parando apenas para dar um aceno educado para as enfermeiras na recepção.

Sinto uma sensação estranha aqui, como se estivesse me intrometendo na vida dos outros. Tenho que me segurar para não espiar as famílias nos quartos pelos quais passamos. Ainda bem que Odette anda rápido, caso contrário eu já teria dado no pé.

Ela só diminui o passo quando chegamos ao final do corredor. Ali, em uma estação de trabalho, avistamos um homem de uniforme azul, o mesmo usado pelas enfermeiras da recepção. Ele está sentado diante de um computador, de frente para uma janela ampla que dá para um dos aposentos privativos. Mais além, atrás dele, vejo uma incubadora equipada com dois monitores.

Odette pigarreia, e o enfermeiro se vira na nossa direção. Ele desliga a tela do computador e se levanta para nos cumprimentar com um aperto de mão.

— Olá. Eu me chamo Calvin e sou o responsável por cuidar da bebê Walden esta tarde. Meu turno vai até as sete.

Ele deve ser só uns centímetros mais alto do que eu, com pele negra e cabelos e olhos escuros. Parece a representação clássica de um soldado da

Segunda Guerra: estatura baixa, mas robusta; ombros largos e musculosos; uma postura ampla e cabelos pretos bem curtinhos.

— Oi, Calvin. Esta é Chloe, a irmã da bebezinha. E eu sou Odette, assistente social.

Escuto um bipe alto e me viro na direção dos monitores, tentando decifrar o significado do som.

— É um prazer conhecer vocês duas. — Calvin chega mais perto de mim e aponta na direção da janela. — A linha de cima é a frequência cardíaca, a do meio é o nível de oxigênio e a última é a da sonda de alimentação.

Aceno a cabeça. O outro monitor é uma babá eletrônica que mostra imagens da minha irmã ao vivo.

"Eu tenho uma irmã."

— Fiquem à vontade para me perguntar qualquer coisa se tiverem alguma dúvida. É meio confuso mesmo. Tem um monte de bipes, alarmes e tubos, mas juro que não é tão ruim quanto parece.

Sorrio para ele sem nem perceber, de tão afobada que estou. Está na cara que ele já repetiu esse discurso centenas de vezes, mas de fato me ajuda a ficar mais calma. Mal consigo distinguir o contorno da bebê no meio de todos aqueles tubos, curativos e panos.

— Vamos entrar. — Odette estende a mão para a porta de correr.

— Como ela se chama? — pergunto, sem conseguir me conter.

Odette coloca a mão nas minhas costas e me conduz depressa porta adentro.

— Ainda não tem nome.

Chego mais perto da incubadora para espiar. O corpinho dela é minúsculo, quase transparente. Vejo um dispositivo de monitoramento no pezinho direito, que está escapando do cobertor.

— Os dedinhos dela são tão lindos. Ai, que fofura — diz Odette atrás de mim.

E são mesmo, mas não consigo nem concordar, que dirá me mexer. Não fazia ideia de que humanos podiam ser tão pequenos assim. Só de olhar para ela já sinto uma pontada de preocupação.

Um alarme soa, e Calvin entra no quarto.

— Pelo jeito tem uma bebezinha muito animada para conhecer a irmã.

Ele abre a incubadora e vira a nenê de bruços, depois esfrega as costas dela com uma força que parece excessiva. Dou uma conferida nos monitores; a linha de cima está piscando no mesmo ritmo do bipe estridente.

Outra enfermeira enfia a cabeça pelo vão da porta.

— Ei, pessoal, será que vocês poderiam vir aqui fora um minutinho? — Ela olha para mim antes de acrescentar: — Que tal aproveitar para ir buscar seu crachá de visitante? A bebê precisa descansar um pouquinho. — Depois ela espia o monitor e volta a olhar para nós. — E vamos ter que chamar mais gente para ajudar.

Ela nos conduz para fora com passos apressados, mas antes estico o pescoço para olhar para Calvin.

A enfermeira nos leva até o fim do corredor, onde há uma mesa auxiliar com rodinhas.

— Mas ela vai ficar bem, não vai? — pergunto enquanto três profissionais da equipe médica passam por nós, empurrando um carrinho.

— Ela está reagindo muito bem até agora, mas o coraçãozinho está dando mais trabalho do que a gente imaginava. Fora isso, ela está ótima. É uma menina forte.

Estou com o olhar perdido no fim do corredor, então a enfermeira abana o braço para chamar a minha atenção.

— Olha... A equipe médica dela é muito capacitada. Ela está em ótimas mãos.

Concordo com um aceno, mas meu coração bate tão alto quanto os bipes incessantes do monitor.

— Você é a irmã mais velha, né? — pergunta a enfermeira.

— Isso — acho que respondo, mas não tenho certeza.

— Ah, que ótimo. E você vai tentar a adoção, sendo a parente mais próxima?

— Arrã.

Dou uma resposta ao que acho que ela perguntou, já que mal consigo ouvir. Meus pais adotivos chamavam isso de "audição seletiva", mas não faço de propósito. Quando estou ansiosa, as vozes ao meu redor ficam tão abafadas que parece até que estou com fones antirruído.

— Fico feliz. Bom, sendo assim, preciso que você preencha uma papelada. Histórico médico familiar, esse tipo de coisa...

Odette envolve minha mão nas dela.

— Vamos nos esforçar, mas não temos muitas informações sobre o lado materno da família e nenhuma sobre o paterno.

A enfermeira faz uma careta.

— Hã, entendi. Tudo bem.

E então entrega uma pasta para Odette.

Percebo que o bipe parou de tocar, então me viro na direção do quarto. Todos os funcionários saem de lá, com exceção de Calvin.

Da porta, ele faz um sinal, nos chamando. Deixo escapar um suspiro aliviado e corro pelo corredor.

— Pois bem, então! — Calvin bate as mãos e se empertiga, mas ainda parece relaxado. Uma postura confiante, amigável. — A bebezinha está aceitando bem a medicação nova... Bem até demais. Tivemos que fazer uns ajustes, mas isso deve controlar os episódios de taquicardia. Não precisa se preocupar. Ela é dura na queda.

Meus ombros relaxam na hora. Estão bem mais pesados do que estavam pela manhã.

— Fora isso, ela está se saindo muito bem. Só temos que ficar de olho no desenvolvimento pulmonar e monitorar o ganho de peso, mas isso é de praxe para bebês prematuros.

Finco os pés com força no chão, tentando me firmar. Nunca senti um medo tão intenso antes. Parecia até que minha alma tinha saído do corpo.

— Vou estar ali fora se você precisar de mim — avisa Calvin.

Ele higieniza as mãos, tira a bata descartável e segue em direção à mesa perto da janela, sumindo de vista.

Desabo na poltrona ao lado da incubadora.

— Foi um dia e tanto, hein? — pergunta Odette em tom suave, admirando minha irmã com doçura.

— Nem me fale. Não sei por onde começar.

Afundo o rosto nas mãos.

— Quer ligar para alguém? É muita coisa para digerir sozinha — diz Odete.

— Não.

Ótimo. Como se eu precisasse de um lembrete de como sou solitária. As colegas da faculdade com quem eu dividia a casa se mudaram depois da formatura, então fiquei sozinha em um apartamento imenso (mas com aluguel acessível). Meus pais adotivos foram morar em Barcelona para cuidar da minha *abuela*, e o cara com quem eu estava saindo tomou chá de sumiço umas semanas atrás. Para coroar, sou freelancer, então nem colegas de trabalho eu tenho.

A ideia era ter uma vida nova depois da formatura. Eu estava cheia de planos, mas nem sabia por onde começar. Ainda assim, estava confiante de que ia encontrar a família perfeita, que me receberia de braços abertos. Ia arranjar outras pessoas com quem dividir o aluguel, e não ia esconder nada dessa vez. Seria uma pessoa honesta, genuína. Ia encontrar o amor.

— Ora, então pode deixar que eu te faço companhia — oferece Odette, e se acomoda na outra poltrona ao meu lado.

Tem duas poltronas no quarto, e imagino que seja uma para cada pai. Espio a cama na parede oposta. Será que preciso dormir aqui? Olho para minha irmã. Será que ela saberia que está sozinha?

— Antes de tudo, acho que a gente deveria escolher um nome para essa bebezinha linda — sugere Odette.

— Eu... Eu que vou fazer isso? — balbucio.

— É isso que a Connie quer. Ela acha que vai ser melhor assim.

Fico tão feliz pela oportunidade que nem me dou o trabalho de analisar por que Connie não quis nomear a criança.

Levanto da poltrona e ando devagar até a incubadora. O gorrinho lilás deve ter saído do lugar durante os exames, e agora consigo ver melhor seu rostinho. Um nome me ocorre na mesma hora, como se a alma dela falasse com a minha.

— Willow.

— Hum, não é que eu gostei? — comenta Odette, se aproximando.

— Lembrei de uma música que minha *abuela* sempre tocava para mim. "Little Willow." Acho que é do Paul McCartney.

— Então está decidido. Vai ser Willow.

O sorriso de Odette é tão caloroso. Ela é a pessoa perfeita para ser assistente social. Quem está em uma situação vulnerável realmente precisa ser acolhido por sorrisos assim.

— Ela vai ter o sobrenome da Connie? Ou o meu?

— Acho que vai ser o da Connie até que o processo de adoção seja concluído. Depois disso, se ganhar a guarda, você vai poder decidir.

— Entendi.

Limpo o nariz na manga da blusa. Até parece que vão deixar a guarda comigo. E será que eu quero isso mesmo? A mãozinha de Willow se contrai. "Quero. Com certeza quero." Estico o braço e acaricio os dedinhos minúsculos, que logo agarram minha mão com força. Isso basta para me encher de determinação.

— O que tenho que fazer agora?

— Você vai ter que conversar com a Rachel. Ela vai ser a assistente social responsável pela Willow. Depois disso, vamos dar início ao processo de adoção. E aí tem a análise residencial e financeira, avaliação psicológica, esse tipo de coisa.

— Do jeito que a senhora fala, até parece fácil.

Respiro fundo para me acalmar, o peito subindo com o movimento, mas não ajuda em nada.

— Ah, meu bem, não vai ser nada fácil. Muito pelo contrário. Mas vou estar aqui com você, além de Rachel e toda uma equipe que só quer o melhor para você e para Willow.

Aceno a cabeça uma, duas, três vezes, e tento me convencer de que estou de acordo com isso, mas não consigo. Todas as emoções do dia percorrem meu corpo até ficarem entaladas na minha garganta. Um soluço abafado me escapa, depois outro.

— Eu não sei o que fazer — confesso.

Inclino-me para a frente e Odette começa a fazer carinho nas minhas costas.

— Chloe, se é isso mesmo que você quer, então vai conseguir. Vai mesmo. Mas se for muita responsabilidade, se você ainda não estiver pronta para ser cuidadora em tempo integral...

— Não posso abandonar minha irmã. Não posso — interrompo, aos soluços.

— Então pronto. Vamos fazer tudo o que estiver ao nosso alcance.

5

— Tenho boas e más notícias...

— Para variar, né? — ironizo.

Rachel está sentada na minha frente em seu cubículo, uma das trinta estações de trabalho amontoadas no mesmo ambiente.

Na minha primeira vez aqui, fiquei sabendo que cada assistente social é responsável por cuidar de cerca de vinte crianças. Existem três andares lotados de cubículos como este. Ou seja, são muitas crianças. Muitas *mesmo*.

A mesa de Rachel está atulhada de pastas, post-its e copinhos descartáveis de café. Apesar da postura profissional, vez ou outra um tracinho de sua personalidade escapa, seja por meio de sorrisos, pigarros ou risadinhas abafadas.

— Seu apartamento parece adequado para abrigar uma criança e você passou na avaliação psicológica e na checagem de antecedentes criminais. Mas... — "Lá vem bomba." — Ainda estamos preocupados com sua renda e estabilidade financeira. Não temos como saber se você vai conseguir arcar com o aluguel e as contas, caso a guarda de Willow seja entregue a você.

Passo as mãos no colo para alisar o vestido, puxando o tecido na bainha.

— Mas, desde que eu me formei, consegui trabalhar o bastante para pagar as contas, juntar dinheiro e quitar algumas parcelas do empréstimo estudantil.

Por sorte, projetos de design gráfico pagam bem. O duro é conseguir um.

— Eu sei, e estamos felizes por ver você se esforçar tanto, mas não temos como saber se esse fluxo de trabalho vai continuar, e por enquanto sua poupança será suficiente para garantir seu sustento. Além disso, se você virar tutora da Willow, vai ter que reduzir o ritmo de trabalho ou arranjar uma babá, o que pode ser bem caro.

O desconforto de Rachel é evidente. Está com cara de quem preferiria sumir a ter que me dar essa notícia. Mesmo assim, um clima incômodo se instala entre nós duas. Mordo a parte interna da bochecha e mantenho o olhar fixo no cantinho da mesa, onde há um chiclete meio mastigado.

— Então eu estou ferrada, é isso? Já era pra mim?

Sinto a ponta do nariz pinicar, um sinal de que as lágrimas estão prestes a vir à tona, mas não faço nada para impedir. Nem tenho forças para isso.

— Não. Eu falei que também tinha boas notícias, esqueceu?

Olho confusa para Rachel, ansiosa para ouvir o resto.

— Bem, temos uma nova iniciativa por aqui — diz ela. — Um programa chamado Trabalho em Equipe.

Os lábios dela chegam a tremer de tanta animação.

Quem será que toma as decisões de marketing do Conselho Tutelar? Seja quem for, faz um péssimo trabalho. Todos os programas de que participei na infância tinham um nome medonho. O de que eu menos gostava, um grupo de apoio para pessoas adotadas, se chamava "Crianças Recolhidas".

— Trabalho em Equipe? — repito, fazendo careta para deixar claro que odiei.

— É, isso mesmo.

Rachel abre a gaveta e pega um panfleto cujo design é ainda pior do que o nome. Depois o estende para mim, e eu o aceito muito a contragosto.

— A ideia do programa é unir possíveis tutores em uma parceria que vai ser boa para os dois lados. As duas pessoas seriam guardiãs plenamente habilitadas para cuidar de uma criança, depois de terem passado em todas as avaliações com louvor, exceto em uma, como moradia ou renda. Você, por exemplo, pode fazer uma contribuição fantástica no quesito moradia. Ter um apartamento de três quartos em um prédio acessível é um feito e tanto.

No seu caso, o ideal seria formar uma equipe com alguém com um trabalho estável e uma fonte de renda consistente.

— Mas aí a gente ia ter que morar junto? Na minha casa? — pergunto, com o cenho franzido de desdém.

— Isso — responde Rachel em tom afável, mas tenso.

Ela se remexe na cadeira. Dá para ver que sua paciência está por um fio.

— Mas isso não é… meio esquisito? Tipo… eu nem vou saber direito quem é a pessoa.

— É uma abordagem nova, sim, e um pouco inusitada, mas pode impedir que Willow fique em um abrigo temporário até você passar por uma nova avaliação em janeiro. E o arranjo não duraria muito tempo. Seria apenas até você conseguir comprovar uma renda estável e a outra pessoa do programa encontrar um lugar adequado para morar. Faríamos uma visita antes, claro, e eu estaria disponível para prestar todo o apoio necessário.

— Pelo jeito você já tem alguém em mente — comento.

Os lábios de Rachel se curvam de leve. Ela não consegue *mesmo* esconder as próprias emoções.

— Hã… É. Tenho, sim. Mais um dos meus casos. Tutela entre irmãos, uma situação parecida com a sua.

Concordo com um aceno. Tento imaginar essa outra mulher, que também está fazendo de tudo para cuidar do irmão. Talvez a gente possa se ajudar nesse processo. Vai saber? Pode até ser divertido.

— Posso me encontrar com ela?

— Bom, na verdade é *ele* — responde Rachel na maior naturalidade, mas dá para ver que está apreensiva com minha possível reação.

Fico de queixo caído.

— Um cara? Você quer que eu more com um cara que nem conheço?

Ela ajeita os óculos e me lança um olhar exasperado.

— Eu não quero ir parar nos noticiários, sabe? — continuo, com uma risada pouco convincente.

Rachel solta um risinho abafado e sorri, mais uma vez mostrando o que se esconde sob a máscara de profissionalismo.

— Warren é um ano mais novo que você e está tentando conseguir a guarda do irmão, que tem quinze anos. Ele também foi aprovado em todas as avaliações, menos no quesito moradia. O estatuto diz que toda criança com mais de dez anos deve ter seu próprio quarto, mas o apartamento dele só tem um. Warren é aprendiz de mecânico há dois anos e tem um salário estável.

— Mas eu... Eu não sei se me sentiria segura.

— Olha, a minha prioridade é garantir a sua segurança e a de Willow, assim como em todos os casos que supervisiono. Warren passou por avaliações psicológicas extensas. Jamais pediria que você considerasse esse arranjo se eu não tivesse certeza de que seria plenamente seguro.

Warren pode até não oferecer riscos, considerando que passou pelas mesmas avaliações que eu, mas e o irmão dele? É um garoto de quinze anos que cresceu no sistema. Será que também avaliam esses casos?

— E o irmão dele? — pergunto com apreensão.

— É um doce de pessoa — garante Rachel. — Warren está tentando arranjar outro apartamento, mas está difícil encontrar um com dois quartos que fique perto da oficina e da escola do irmão, o que é imprescindível.

— O garoto não pode simplesmente mudar de escola? — questiono, na lata.

— É a única escola para crianças surdas da região.

Aceno a cabeça, sem saber onde enfiar a cara. Sei que escola é; não fica muito longe de casa. Respiro fundo e me preparo para avaliar os prós e contras da situação.

— Ainda vai demorar umas sete semanas para Willow receber alta da UTI neonatal — continua Rachel. — Dá tempo de procurarmos outra pessoa para sua equipe, mas teria que ser alguém disposto a passar pelo nosso processo de avaliação. — Ela faz uma pausa, estudando minha reação. — Pode até ter outros tutores interessados em participar da iniciativa, mas imagino que a maioria vai estar em busca de auxílio na renda, não na moradia, já que esta tende a ser mais flexível.

Percebo a súplica no tom de Rachel, talvez contra sua vontade. A função dela é avaliar o que é melhor para cada criança, mas deve ser difícil equilibrar as expectativas para Willow e esse garoto mais velho. Afinal, ela é responsável pelos dois, e ambos precisam de ajuda.

— Warren quer entrar no programa o quanto antes. O irmão dele está em uma casa de acolhimento que... — Rachel meneia a cabeça, hesitante.

— Infelizmente, o lugar não tem a estrutura necessária para atender às necessidades de uma criança surda.

Será que ninguém lá conhece a língua de sinais? Meu coração aperta. Deve ser tão solitário para o garoto.

— Digamos que eu aceite... Nesse caso, Willow vai poder morar comigo? Assim que receber alta?

— Exatamente, mas para isso Warren também precisa concordar com o arranjo.

— Tudo bem... Eu topo.

"Faço qualquer coisa por Willow."

— Que maravilha!

A expressão de Rachel permanece neutra, mas eu a vejo tamborilar os dedos no canto da mesa.

— Vou conversar com Warren e aí podemos marcar uma reunião. Você prefere que seja aqui?

— Pode passar meu endereço para ele. Assim, ele já conhece o apartamento que pode vir a morar nos próximos meses. — Endireito-me na cadeira e meneio a cabeça, tentando me acalmar.

Rachel abre um sorriso.

— Perfeito. Vou checar com ele e te aviso.

Fico de pé.

— Ótimo.

— Chloe, muito obrigada por estar disposta a dar uma chance ao programa. Acho que vai ser muito bom para vocês dois.

— Hã, espero que sim.

"É só até janeiro. Não pode ser tão difícil assim, né?"

6

Warren está atrasado. Fico zanzando sem rumo pela entrada do prédio e dou outra olhada no relógio do celular. São 10h52. "Vinte e dois minutos de atraso." Faz meia hora que estou plantada aqui fora, como qualquer pessoa normal prestes a conhecer alguém com quem talvez divida a casa. Não é um desconhecido qualquer, e sim o cara que pode garantir ou arruinar minhas chances de conseguir a guarda de Willow. Acho bom ele estar salvando uma velhinha em apuros ou resgatando um gatinho preso numa árvore. Só isso para justificar tanto atraso.

Dei três checadas no espelho antes de sair de casa e troquei de roupa duas vezes até escolher meu macacão amarelo favorito. Para arrematar o look, coloquei meus brincos de cerejinha e uma faixa vermelha no cabelo. As pessoas gostam de cores chamativas, não gostam? Quero que ele olhe para mim e veja alguém confiável, acessível. Uma pessoa com quem esteja disposto a cooperar.

Um carro preto se aproxima da rotatória do prédio. Endireito os ombros e ajeito a postura, pronta para instruir Warren a estacionar na vaga de visitantes. Calma, será que é algum carro de aplicativo? Mas a música está alta demais e não tem mais ninguém aqui fora além de mim.

O carro estaciona e alguém abre a porta. A primeira coisa que noto é o cabelo raspado bem rente, depois a altura do cara desconhecido quando ele bate a porta do carro e examina a fachada do prédio. Em seguida vem na minha direção, mas nem parece me ver. Acho que não é Warren. Meu olhar o acompanha quando ele passa por mim. Seu rosto parece o daqueles vilões gatos de cinema, cheio de ângulos definidos.

— Ei! — chamo, mas ele nem tchum. — Olá? Você não pode estacionar aqui! — continuo, mais alto dessa vez.

O sujeito me espia por cima do ombro, estreitando levemente os olhos antes de se voltar para a entrada do prédio.

— Ei! — insisto, exasperada.

— Vai ser rapidinho.

Ele me dispensa com um aceno de mão. Tem uma voz grave e arrogante, uma combinação perigosa.

— Quê? Mas não pode!

Olho em volta, não há nenhum outro carro por perto. Talvez eu só esteja entediada de tanto esperar, mas decido que não vou deixar barato. Sigo o sujeito caladão até a entrada do prédio e o vejo apertar o botão de chamada no interfone.

— Escuta aqui ô, *Prison Break*, você não pode estacionar ali fora. Está bloqueando a entrada dos carros.

Ele me olha de cima, mais por questão de altura do que por arrogância, mas para mim dá na mesma. Em seguida, faz menção de responder, mas o toque do meu celular o interrompe.

Enfio a mão no bolso do macacão e faço sinal para ele ficar quieto, com o dedo em riste diante de seu peitoral largo, e recebo um olhar intrigado de volta.

— Ué? — digo para mim mesma, olhando para a tela.

É minha campainha eletrônica que está tocando. Ah. Merda. *Tinha* que ser... Coloco o celular no mudo e solto um longo suspiro, depois recolho a mão e a enfio no bolso.

— Você deve ser o Warren, né?

Uma risada rouca e breve lhe escapa.

— Chloe?

Contraio os lábios e aceno a cabeça uma vez.

— A própria.

Nós dois olhamos para o carro dele lá fora.

— Acho que é melhor eu procurar outra vaga...

Dá para ver que ele não está levando isso a sério, o que me deixa ainda mais pê da vida. Abro a porta e faço um gesto exagerado para permitir sua passagem.

Quando ele sai do hall, afundo a cabeça entre as mãos. Se atrasou quase meia hora, estacionou onde não podia e ainda tem cara de vilão... Um desastre completo.

Ele volta com a maior cara de inocência fingida, mas a arrogância continua ali.

— Vamos recomeçar? Oi, é um prazer conhecer você, Chloe — diz, estendendo a mão para mim.

— Por que você se atrasou?

Abro a porta com a tag de aproximação e o deixo ir na frente.

Warren recolhe a mão, que não apertei.

— Hã, por causa do trânsito?

Ele nem tenta esconder que é mentira. Por algum motivo, parece estar até achando graça da situação. Olho feio para ele, com a expressão carrancuda que venho aperfeiçoando desde a adolescência.

— Tá bom, tá bom... Fui dormir muito tarde. É meu dia de folga.

— Que ótimo...

— Por que você está tão brava com isso? — pergunta ele quando entramos no elevador.

— Ué, porque acho que as pessoas deveriam ser pontuais. Seguir as convenções sociais, esse tipo de coisa.

— Entendido.

Ele dá um muxoxo como quem diz *cruz credo*, e isso só aumenta a minha raiva. Estou bem perto de soltar os cachorros para cima desse cara. E olha que não sou cabeça quente. É raro alguém conseguir me irritar. Na verdade, é raro eu deixar alguém perceber que me irritou. Respiro fundo algumas vezes. "Vamos recomeçar."

Warren me segue para fora do elevador até a porta do meu apartamento. Eu me atrapalho com o molho de chaves, testando as três primeiras antes de perceber que estou sendo observada.

— Você acabou de se mudar para cá? — Ele apoia o antebraço na parede, inclinando o corpo para a frente.

— Não. — Mantenho o olhar fixo na maçaneta enquanto enfio a quarta chave.

— Eu fiquei na dúvida, já que pelo visto você tem todas as chaves do mundo aí nesse chaveiro, mas nenhuma serve para abrir a porta.

A voz dele está cheia de sarcasmo, e dá até para ouvir seu sorrisinho zombeteiro.

Enfio a quinta chave na fechadura, que finalmente abre. Olho bem para a cara de Warren enquanto empurro a porta e tiro os sapatos, deixando-os no capacho, mas ele nem faz menção de tirar os dele. Outra bola fora.

O hall de entrada do apartamento tem duas portas: a da direita é o banheiro e a da esquerda dá acesso a um dos quartos vagos. O corredor desemboca em uma curva que leva até a cozinha, antes de se expandir para a sala de estar. As paredes são forradas de tijolinhos e o pé-direito é bem alto, expandindo-se até o loft onde durmo.

— Eu dividia a casa com duas pessoas na época da faculdade. Elas foram embora, mas continuei aqui. O valor do aluguel é o mesmo que andam cobrando por quitinetes por aí.

Acendo as luzes dos quartos desocupados e Warren observa tudo com atenção, mas não diz nada.

Quando entramos na sala principal, ele começa a avaliar os móveis. Quase todos são de segunda mão, mas passam um ar bem feminino. O sofá é cor-de-rosa, o tapete é branco e felpudo, e a poltrona é roxa.

Warren está com cara de quem caiu numa pegadinha.

— Que foi? — pergunto.

— Nada não. Só é tudo muito… fofo.

Fecho a cara na hora. É evidente que ele só usou *fofo* para não dizer que é tudo *coisa de mulherzinha*. Mais uma bola fora na conta.

— Meu quarto fica lá em cima. — Aponto para a escada em espiral que conduz ao loft, aberta para o andar de baixo, mas não à vista. — Você nem ia caber lá em cima… O teto é baixo. — Deixo escapar a última parte quando tenho que esticar o pescoço para olhar para ele.

Warren contrai os lábios e desvia o olhar, retomando a inspeção silenciosa do apartamento. Espero que ele fale alguma coisa, mas o silêncio torna-se cada vez mais desconfortável. Bato o pé no chão e cruzo os braços. Posso não ir com a cara desse sujeito agora, mas vou ter que dar o braço a torcer.

— Acho que o quarto da frente seria ideal para você, e o outro fica para o...

Não lembro se Rachel chegou a me falar o nome do irmão dele.

— Luke — acrescenta Warren, sem olhar para mim.

Em seguida, vai até a coleção de quadros na parede da sala de jantar, de frente para a cozinha.

— Luke — repito, concordando.

Ele me espia por cima do ombro.

— O que é isto aqui? — pergunta Warren, e então aponta para o quadro do meio, um pôster que fiz em uma aula de serigrafia no terceiro ano da faculdade, e depois volta a olhar para a frente.

Sorrio.

— É um... Hã... É como imagino que as propagandas de absorventes íntimos seriam se fossem destinadas aos homens. Era um trabalho da faculdade.

É uma ilustração em estilo vintage de uma caixa de absorventes, toda rodeada de slogans e citações, como se tivesse saído de uma revista para donas de casa dos anos 1940.

— Homens de verdade dão o sangue por Tampax — ele lê, depois se vira para mim. — É isso que andam ensinando na faculdade?

Warren aponta para o sofá. Concordo com um aceno e ele se senta. Decido deixar o comentário passar. O que será que ele tem contra o ensino superior? Ou será que o problema é comigo?

— Pode ser na sexta? — pergunta Warren sem rodeios quando me acomodo na outra ponta do sofá.

— Você vai marcar para sexta? Hum, então aposto que só vai chegar no sábado — rebato, sem tirar os olhos dele.

É, acho que fiquei um pouquinho incomodada com o que ele disse sobre a faculdade. "O que será que deu em mim hoje?"

O cantinho da boca dele se curva de leve.

— Você demora cinco dias para abrir uma porta e mesmo assim reclama de um atrasinho mixuruca?

— Atrasinho mixuruca? Você se atrasou meia hora! Se eu tivesse alternativa, você...

Warren me interrompe:

— Se qualquer um de nós tivesse alternativa, não estaríamos fazendo isto aqui. — Ele usa os indicadores para apontar o espaço entre nós dois. — Mas cá estamos. Sujeitos aos caprichos e às vontades do Conselho Tutelar. — Eu me remexo no sofá, respondendo à irritação na voz dele, enquanto Warren continua. — Olha só, isso provavelmente vai ser um inferno, mas vou fazer minha parte. Luke vai passar a maior parte do dia na escola, e meu horário de trabalho bate com a rotina dele. Vou pagar metade do aluguel e preparar minha comida e a dele. Não espero nada de você além de nos deixar dormir aqui.

— Tudo bem...

Lá se vai o trabalho em *equipe*, pelo jeito.

— E sua irmã... Willow, é isso? — Confirmo. — Ela vai ficar no mesmo quarto que você?

— Arrã. Assim que ela tiver alta da UTI neonatal, o que deve acontecer daqui a umas três semanas.

Warren aperta o ossinho do nariz.

— Uma recém-nascida?

— É.

Meu sorriso morre no rosto.

— Eu não sabia disso — responde Warren, com um suspiro.

— Ué... desculpa?

— Não tem problema.

— Ah, que bom que para *você* não tem problema — ironizo, de cara amarrada.

Warren levanta os olhos do chão e me observa com tanta intensidade que chega a ser desconfortável. Desvio o olhar na hora.

— Desculpa — pede ele, como se não fosse nada.

Prefiro esse silêncio desconfortável a dar uma resposta falsa, então permaneço de boca fechada.

— Sexta fica bom para você? Aí eu posso usar o fim de semana para ajeitar as coisas no quarto do Luke. Rachel precisa vistoriar a casa e dizer se está tudo ok, só depois ele vai poder vir para cá. Pelo que ela me disse, já deve ser na segunda-feira.

Há uma mudança no seu tom de voz. Desespero, quem sabe.

— Claro, pode ser. — Tento ser curta e grossa igual a ele, mas não consigo me conter e acrescento: — Aposto que Luke está bem animado.

Warren me estuda por um instante, depois responde em língua de sinais:

— Ele está bem animado com a ideia de morar com uma gostosa mais velha.

Recosto-me no sofá e o encaro.

— Espero que ele não fique decepcionado – sinalizo de volta.

Warren ri e ergue o punho, como se tentasse apagar sua expressão. Sinto uma pontada de orgulho por ter arrancado uma reação genuína de alguém que parece muito disposto a esconder o que sente.

— Rachel não me contou que você sabia a língua de sinais. Eu...

— Ela não me perguntou — interrompo.

Warren franze o cenho, como se esperasse uma explicação.

— Meu pai adotivo é surdo — acrescento.

O tédio toma o semblante dele outra vez.

— Ok. — Ele fica de pé e diz: — Até sexta, então.

E sai pela porta antes que eu possa impedi-lo ou declamar meu discurso pronto, que passei horas ensaiando, sobre todas as regras e condutas desta casa.

— Ok — respondo no mesmo tom, mas imitá-lo para um apartamento vazio não tem a menor graça.

7

— Chloe, este aqui é o Bryce. Bryce, esta é a Chloe. — Warren me apresenta ao amigo com o mesmo ar de indiferença de costume.

Abro um sorriso educado para Bryce e estendo a mão, que ele aperta, sem tirar os olhos do meu decote. Dou uma olhada em Warren e, quando me viro de volta para Bryce, ele ainda está me secando. Puxo a mão com força para o cara se tocar de que foi pego no flagra. Warren abre um sorrisinho zombeteiro e eu o fuzilo com os olhos.

— Eu trabalho com o War lá na oficina — gagueja Bryce.

Nem vou dar corda.

— Então, por onde você quer começar? — pergunto, voltando minha atenção apenas para Warren.

Ele franze a testa.

— Hã, valeu, mas não preciso de ajuda. Sou especialista em mudanças e o Bryce já vai me dar uma mãozinha...

Mas ele não parece nem um pouco agradecido, só meio confuso e incomodado.

—Ah, ok. Mas talvez seja mais rápido se eu ajudar a carregar umas caixas.

— Não precisa, sério... Tá tranquilo.

Em seguida, ele me examina dos pés à cabeça com um movimento rápido demais para ser inapropriado, mas é o que basta para eu me sentir uma completa inútil. Vesti uma roupa confortável hoje só para ajudar com a mudança: camiseta listrada vermelha e amarela, calça jeans boca de sino e uma bandana no cabelo. Uma graça, claro, mas também perfeita para colocar as mãos na massa.

— Tudo bem, então... Vou estar lá em cima, se você precisar de alguma coisa.

Tenho um trabalho para fazer mesmo.

Warren nem responde. Apenas faz um sinal para chamar Bryce, e os dois seguem juntos para o hall de entrada. Passo os noventa minutos seguintes sentada à escrivaninha, que fica encostada na grade do loft, me dedicando ao trabalho. Lá embaixo, os dois mal dão um pio. Só trocam uma ou outra palavra quando precisam ajeitar alguma caixa que esteja bloqueando a visão.

Amizades entre homens são tão esquisitas. Tudo bem que eu não sou lá uma grande especialista no assunto. Quase não fiz amigos no fundamental, já que fui pulando de escola em escola quando saí da casa da minha mãe e fui para um local de acolhimento. Depois disso voltei para Connie, em seguida fui morar temporariamente com meus pais adotivos antes de a adoção sair do papel e nos mudarmos para a casa nova.

Ou seja, eu era sempre a aluna nova da turma. No ensino médio não foi diferente. Meus pais eram muito rígidos e insistiam que eu estudasse bastante e fizesse aulas particulares, o que não me deixava com muito tempo para interagir com meus colegas. Na faculdade foi *bem* melhor.

Fiquei tão empolgada com a liberdade recém-adquirida que socializei até demais no primeiro ano, mas nenhuma dessas amizades vingou. As duas amigas com quem dividi o apartamento, Lane e Emily, voltaram para suas respectivas cidades depois da formatura, bem longe daqui. As trocas de mensagem têm ficado cada vez mais espaçadas, mas morro de saudade delas. Só que nem sei como puxar assunto. Como vou explicar tudo o que está acontecendo? Eu nunca nem contei para elas que sou adotada.

Termino o trabalho e não consigo mais ignorar a vontade de ir ao banheiro. Minha bexiga está cheia depois de eu ter passado esse tempo todo evitando o andar de baixo para não atrapalhar os dois. Apuro os ouvidos, mas não escuto nada. Acho que é minha chance de ir de fininho até o banheiro. Com sorte, vou conseguir até surrupiar um pacote de salgadinho na despensa antes de voltar para o meu esconderijo.

Desço as escadas correndo, mas não sou rápida o bastante. Escuto o elevador assim que piso no andar de baixo e corro em direção ao banheiro, mas bem nessa hora a porta da frente bate com tudo na minha cara.

— Ai!

— Hã? Eita, merda.

Warren larga o colchão e passa por Bryce, que está parado na porta olhando sem reação para o meu nariz sangrando.

— Deixa eu ver — pede Warren, e tenta afastar minha mão do rosto.

— Não precisa, tá tudo bem. Eu cuido disso. Só preciso...

Tento dar a volta para entrar no banheiro, mas ele não arreda o pé.

— Meu nariz vive sangrando — continuo. — Deve ser só uma coincidência!

Warren me lança um olhar ressabiado.

— Você levou uma portada na cara. Esse sangue aí não é coincidência.

Tento passar por ele de novo, mas sou impedida.

— Deixa eu ver.

Ouço a frustração em sua voz, mais baixa dessa vez.

Por mais que eu prefira sofrer quietinha no meu canto, faço o que ele pediu.

— Isso... Caramba. Bom, pelo menos acho que não quebrou — avalia Warren.

Depois agarra meu queixo e vira meu rosto de um lado para outro. Sinto seus dedos na minha pele e percebo que é o máximo de contato físico que tive nos últimos meses... Vindo de um cara bonitinho, claro. Meu estômago se contrai.

Ele recolhe a mão e olha para Bryce.

— Mandou bem, hein, mané?

— Ué, como eu ia saber que ela estava parada ali? — defende-se Bryce, todo debochado.

— Posso? — pergunto, apontando para o banheiro atrás de Warren.

Ele dá um passo para o lado e eu entro apressada, fecho a porta e me olho no espelho. Meu pescoço está empapado de sangue seco. Minha blusa já era. Acho que o melhor a fazer é tomar um banho, o que, de quebra, ainda serve de desculpa para eu continuar escondida.

Saio do boxe e visto as roupas ensanguentadas só para voltar lá para cima, determinada a não passar mais nenhuma vergonha hoje. Já no meu quarto, me troco e sento na cama, depois dou uma olhada no espelho do canto. Agora que o sangramento parou, dá para ver que meu nariz está roxo e meio inchado.

— Chloe? — chama uma voz grave vinda lá de baixo.

Vou até a grade do loft e vejo Warren olhando para mim.

— Hã, pois não?

Recuo um pouco até estar fora de vista. Não estou acostumada a ser observada assim, ainda mais por alguém com um olhar tão intenso.

— Você quer carona?

— Carona para onde?

— Para o hospital, ué.

— Ah. Hum… não. Não precisa, valeu.

Acho que nem quebrei o nariz. Warren também disse isso.

Um silêncio carregado paira entre nós. Espio lá para baixo e o vejo coçar a cabeça raspada com a palma da mão.

— O Bryce já foi embora.

Ele parece cauteloso, como se quisesse me dizer mais alguma coisa.

— Ah, ok.

Tento falar alto o bastante para ele me ouvir lá de baixo, mas ainda me esforço para soar indiferente.

— Desculpa pelo… Hã… Pelo que ele fez mais cedo.

Ah, então ele *viu*.

Dou outra espiada lá para baixo e nosso olhar se encontra, talvez pela primeira vez desde que o conheci. Não desvio logo de cara. Acho até que estou gostando de olhar para ele de cima. "Quem é o altão agora, hein?"

— Posso dar uma olhada no seu nariz?

— Por quê?

— Quero ver se não quebrou mesmo.

— Nossa, eu não sabia que você era médico — ironizo, fingindo estar surpresa.

— Eu conserto carros, não pessoas, mas já me meti em tantas brigas que sei reconhecer um nariz quebrado de longe.

Foram tantas assim, é? Penso nos exames psicológicos feitos pelo Conselho Tutelar. Será que não deixaram passar nada *mesmo*?

— Tá, que seja.

Desço a escada em espiral e o olhar de Warren me acompanha a cada passo. Paro na frente dele, que se inclina sobre a mesa de jantar. Mesmo que esteja quase sentado, ainda tenho que espichar o pescoço para olhar para ele.

Bato continência e junto os pés como se estivesse em posição de sentido diante de um general. Seus lábios se curvam de leve, mas vejo o cansaço em seu olhar. Pelo jeito, ele me acha cansativa.

Sou tomada pela velha sensação de vergonha por ser "exagerada". Minha mãe adotiva sempre agia como se eu fosse exagerada demais, e passou a maior parte da minha adolescência tentando me podar. Já faz algumas semanas que falei com meus pais pela última vez. Eles me ligaram por chamada de vídeo para mostrar um drinque chamado "Chloe" no cardápio do bar onde estavam. Droga, acho que preciso ligar para eles.

— Não parece estar quebrado, mas não está com uma cara muito boa.

O polegar de Warren fica apoiado na lateral do meu rosto, e o toque e as palavras me trazem de volta ao presente. Tenho que lutar contra a vontade de fechar os olhos.

— Bom, acho que é melhor assim. Não quero que Luke me ache muito gostosa logo de cara. É melhor ir aos poucos. — Faço a piada para tranquilizá-lo, mas ele ainda parece preocupado. — Sério — insisto. — Nem está doendo muito. Tá tudo bem.

Warren me estuda com atenção. Engulo em seco, sem conseguir me conter.

— Quando foi que você começou a diminuir seus sentimentos para agradar os outros? — pergunta ele, sem tirar os olhos de mim.

Afasto a cabeça com um solavanco involuntário. "Ai, meu nariz."

— Hã... Mas eu não... — "Droga, acho que foi exatamente o que eu fiz. Mas como ele sabe disso?"

Warren contrai os lábios enquanto balança a cabeça.

— Certo — diz, já se levantando da beira da mesa. — Vou arrumar minhas coisas. — Ele segue em direção ao quarto sem nem olhar para trás.

Eu fico parada ali, bem onde ele me deixou, refletindo sobre uma pergunta que nunca tinha me ocorrido antes.

8

Passo quase o dia todo com Willow no hospital. As centenas de tubos de antes deram lugar a um único cateter que passa pelas narinas para levar oxigênio até seus pequenos pulmões. Apesar da cautela, eu e os médicos estamos otimistas, e ela deve receber alta na semana que vem. Já comecei a anotar todos os medicamentos, doses e consultas que serão necessários nos próximos meses.

No ônibus de volta para casa, percebo que praticamente todas as passageiras da minha idade estão acompanhadas das amigas. Um grupinho no fundo divide uma garrafa de bebida às gargalhadas, e vez ou outra espia para ver se o motorista não está olhando. Mais adiante, algumas estão mexendo no celular, todas arrumadas para sair. Pelo jeito, sou a única que vai passar a noite de sábado sozinha em casa.

Quando finalmente chego na porta do apartamento, às onze e meia da noite, escuto música vindo lá de dentro. Não está alta o bastante para incomodar os vizinhos, mas mesmo assim dá para ouvir do corredor. São as batidas inconfundíveis de "I Think We're Alone Now", de Tiffany. Abro um sorriso. Acho que estou prestes a flagrar Warren dançando ao som de um clássico dos anos 1980.

Tiro os sapatos e sigo apressada até a sala de TV, de onde vem o som. Warren está esparramado no sofá, com o controle remoto apoiado no peito, enquanto toca uma bateria invisível no ar. Deixo escapar uma risada e ele abre os olhos. Depois de uma olhadela rápida e um aceno educado de cabeça, ele volta a batucar o nada.

Para minha decepção, Warren não ficou nem um tiquinho envergonhado. De onde ele tira toda essa confiança? "Será que pode me emprestar um pouco?"

Continuo parada ali. Eu adoro essa música, e é fascinante assistir aos movimentos esporádicos, mas intencionais, de sua bateria improvisada. Ele fecha os olhos com ainda mais força quando começa a tocar o solo, e não posso deixar de sorrir. Por trás da fachada de durão talvez exista um cara que gosta de se divertir. Alguém que gosta de música dos anos 1980 e de tocar bateria imaginária.

Quando Warren abre os olhos e percebe que ainda estou ali, o clima de diversão morre em sincronia com os últimos acordes da música. Ele solta um longo suspiro e pega o controle para abaixar o volume da próxima canção que começa a tocar, "Dust in the Wind".

— Precisa de alguma coisa? — pergunta, categórico.

— Hã, não. Estou bem.

"Só dando uma espiadinha em você feito uma esquisitona solitária."

— Eu achei que você ia passar a noite fora... — diz ele.

Warren me olha de cima a baixo com uma expressão curiosa, depois dá uma segunda conferida mais atenta. Acho que está tentando entender onde eu poderia ter ido vestida desse jeito, com saia jeans roxa e blusa com estampa de bolinhas.

— E aí, se divertiu? — continua ele.

Parece que desistiu de tentar entender o que estou vestindo, porque voltou a olhar direto para mim, com ar de tédio.

Fico curiosa para saber o que ele achou das minhas roupas. Desde a faculdade, daria para definir meu estilo como o de uma "criança crescida". Mas, para ser sincera, é desse jeito que me sinto mais eu. Sou fã de cores e estampas, fazer o quê?

— Arrã — respondo sem muito ânimo.

— Pelo jeito a farra não foi tão boa assim — comenta Warren, e eu olho para ele sem entender. — Já que você voltou para casa antes da meia-noite...

— Bom, o horário de visita no hospital só vai até as dez.

— Ah.

Juro que o vejo esboçar um sorrisinho antes de virar o rosto na direção da TV. Dou a volta no sofá e aponto para a almofada onde ele esticou os pés.

— Posso?

Ele encolhe as pernas e endireita o tronco. Eu adoraria escutar a música que está tocando, mas Warren não faz menção de aumentar o volume. Sua postura enrijece quando eu o encaro, e o ar relaxado de antes desaparece de vez. Em seguida, seu olhar faiscante se fixa em mim.

— Que foi? — pergunto, de repente consciente de cada centímetro que meu corpo ocupa.

— Não seremos amigos, Chloe.

A voz dele é baixa e arrogante, e vejo sua cabeça se inclinar em confusão.

Solto um muxoxo e me obrigo a fazer uma expressão de surpresa, sem deixar transparecer o sentimento de rejeição que me invade.

— Nossa, então tá. Sem problemas.

— Eu não quero ser babaca, mas... acho que não tem por que forçar uma amizade se só vamos conviver por cinco meses.

Por um momento não sei o que dizer, então apenas lanço um olhar melancólico para a televisão, onde uma nova música começou a tocar.

— Acho que nosso conceito de amizade é diferente, Warren. Até onde sei, sentar perto de alguém no sofá não significa que quero virar melhor amiga da pessoa... A menos que você queira usar pulseirinhas da amizade comigo. Fiz isso uma vez, em um acampamento que fui.

Ele cerra a mandíbula.

— Só quero me certificar de que estamos em sintonia. Não espero nada de você, e Luke também não.

— Nem eu de você — retruco.

Warren revira os olhos para mim.

— Ué, que foi? — pergunto com rispidez.

— Até parece.

Dou uma risada falsa, sentindo a tensão na mandíbula.

— Por quê?

— Porque garotas como você tiveram ajuda a vida inteira.

Ele aponta para o apartamento com um gesto amplo. Parece irritado e divertido ao mesmo tempo, e me encara como se dissesse: "Acorda pra vida!"

— Garotas como eu? — repito, com desdém. — Por favor, Warren, fale mais sobre mim, já que você parece saber tanto.

Ele apoia os braços nos joelhos.

— Você foi adotada, morou em uma casa bacana, fez faculdade e agora está em um apartamento chique. Nós dois não temos nada em comum.

Fico até atordoada. Como foi que ele descobriu tudo isso? Não que isso represente quem eu sou. É impossível resumir uma pessoa a uma lista de acontecimentos.

— Calma. Eu devo estar alucinando, só pode. Você acha mesmo que...

— Então você discorda? — interrompe Warren. — Não acha que para você foi tudo mais fácil?

— Hã, não... Mas...

Eu me detenho e Warren se estica para apoiar o braço no encosto do sofá.

— Vou te deixar em paz, e espero que você faça o mesmo por mim — declara ele. — É só isso que eu peço.

Quando se vira para mim, seus olhos azuis parecem mais cinzentos do que antes. Ofuscados por uma ideia pronta, ao que parece.

Tento pensar em uma resposta à altura, algo que deixe claro que não sou uma garotinha mimada cheia de privilégios. E aí a ficha cai. Por quê? Por que sinto essa ânsia de me explicar para um cara que mal conheço? Ele não sabe nada sobre mim. E, pelo jeito, nem quer descobrir... Na verdade, é até libertador. Passei anos tentando corresponder às expectativas dos outros.

Eu o encaro de volta, e nosso olhar se funde em uma conexão que fica mais intensa a cada segundo.

— Ok. Então dê o fora do meu sofá.

E é exatamente isso que ele faz.

9

— Oi, Luke. É um prazer conhecer você. Eu sou a Chloe.

Soletro *Luke* com os dedos, já que Warren não me ensinou o sinal que representa o nome do irmão. Em seguida, mostro o sinal que meu pai escolheu para mim.

Luke é quase da minha altura, com cabelos castanhos lisos que caem sobre os óculos. É a cara de Warren, com olhar penetrante, maxilar anguloso e rosto encovado, mas tem um ar bondoso que não transparece no irmão.

— Prazer em conhecer você, Chloe. — Ele olha sério para Warren. — Por que não me contou que ela sabia língua de sinais? Eu poderia ter passado vergonha.

Warren me lança um olhar sorrateiro, depois sinaliza para o irmão:

— Eu já passei. Nada mais justo.

Tento esconder meu sorriso quando Luke me olha em busca de uma explicação.

— Seu irmão me chamou de gostosa.

— Que constrangedor.

Luke o observa com uma expressão curiosa, depois olha para mim como se quisesse ver se o irmão estava certo. Considerando que ele teve que olhar duas vezes, acho que não.

— Enfim, desculpe por estar enferrujada. Faz quatro anos que não pratico direito. Meu pai é surdo, mas não conversamos muito desde que entrei na faculdade.

— O que você cursou? — sinaliza Luke.

Warren dá um tapinha no ombro dele para chamar a sua atenção, depois olha para mim. Pela cara, já dá para saber que está prestes a pegar no meu pé. Ele conduz o irmão até a propaganda de absorvente pendurada na sala de jantar. Ao que parece, é o quadro de que mais gostou.

— Design gráfico. As obras dela estão espalhadas pela casa. Eu sinto muito.

— Otário — digo para Warren quando Luke está de costas para nós.

Ele me dá um sorrisinho por cima do ombro. Está me provocando, é isso? Interessante. Até onde sei, isso é coisa de amigo, não? Magoar alguém é diferente de só encher o saco. Ou talvez ele só esteja de bom humor porque o irmão chegou.

— Eu gostei — elogia Luke, com um sorriso educado.

— Obrigada, Luke. Pelo menos um de vocês tem bom gosto. — Faço questão de não olhar para Warren. — Você e seu irmão devem estar cheios de coisa para fazer, então vou deixar vocês em paz.

Vou até a cozinha para beliscar alguma coisa e os vejo desabar no sofá. Os dois riem de tempos em tempos, e não consigo deixar de sorrir ao vê-los assim. Luke deve ter se sentido muito sozinho no abrigo coletivo.

Sigo em direção às escadas, com meu lanche na mão, quando percebo Luke acenar para mim.

— O seu quarto é lá em cima?

Ele aponta para a escada em espiral.

— Sim.

— Que legal! Posso ver?

Ele parece mesmo interessado. Acho que fiquei tão acostumada com o loft que já até perdeu a graça.

— Claro que pode.

— Aonde você vai?

Warren se posiciona ao meu lado, impedindo o irmão de chegar ao pé da escada.

— Eu quero ver o loft.

Luke aponta para o meu quarto.

— Aquele é o espaço da Chloe.

As mãos de Warren se movem tão rápido que mal consigo acompanhar.

— Eu não ligo — sinalizo para ele. Agradeço a preocupação, mas não é necessária.

— Mas eu ligo.

Warren olha feio para mim. Meu coração para de bater. Parece até que meus pés estão colados no chão. Ver alguém sinalizar para você com sangue nos olhos não é uma experiência lá muito agradável.

— Ah, tudo bem.

Abro um sorriso educado para Luke, tanto para servir de consolo quanto para evitar o olhar de Warren.

— Luke. — Warren chama o irmão, e memorizo o sinal que faz.

— Que foi? — sinaliza Luke, de cara feia.

Acho que está na hora de eu dar no pé antes de me meter na briga entre os dois.

— Venha, temos que ir ao mercado.

Warren fala e sinaliza ao mesmo tempo, sabendo que está fora do meu campo de visão. Paro na curvinha da escada e respondo com sinais e também em voz alta:

— Eu vou fazer compras mais tarde. Se quiser, é só fazer uma lista que eu trago para vocês.

— Não — Warren recusa, com rispidez.

Sinto uma pontada de frustração e a extravaso através de um suspiro exagerado.

"Warren é tão babaca", penso enquanto dou os últimos passos até meu quarto. Pelo jeito, quase todos os caras bonitos são assim. Acho que eles devem receber permissão para agir feito babacas assim que completam dezoito anos. Coloco os fones de ouvido e volto a fazer os cartões de visita para a firma de tecnologia que me passou o trabalho. É um projeto chatinho, mas paga bem.

Dedico as horas seguintes a criar três opções de design. Assim que termino, envio os arquivos para o cliente e dou uma olhada no relógio. Antes de meu cérebro assimilar que já são oito da noite, minha barriga ronca.

Tiro os fones de ouvido e tento escutar algum barulho vindo do andar de baixo. Pelo jeito, estou sozinha. Desço as escadas e abro a geladeira, agora lotada, para separar os ingredientes do jantar. Percebo que várias coisas estão marcadas com *L* e *W* à caneta. Ao que parece, compartilhar também está fora de cogitação.

Luke bate no armário para chamar a minha atenção. Olho para ele e logo percebo que vai ser fácil retomar a rotina de dividir a casa com uma pessoa surda.

— O que você vai cozinhar? — sinaliza ele.

— Uns tacos.

Até tremo de tão animada que estou.

— Legal.

Luke nem se mexe. Não sei se veio aqui em busca de comida ou companhia.

— Estou atrapalhando? Você quer pegar alguma coisa na geladeira? — indago.

— Não, obrigado. — sinaliza Luke.

— Quer também? — Aponto para os ingredientes.

— Claro.

— Pode cortar o pimentão? — peço.

— Ok. — Luke se acomoda ao meu lado e eu passo a faca e a tábua para ele, além dos pimentões vermelhos.

— Desculpa por Warren ter sido tão babaca naquela hora. — Chego a estremecer. Eu não queria que Luke sentisse que *ele* me devia um pedido de desculpas.

— Você não precisa se desculpar.

— Ele é um cara legal, juro. — Luke me oferece um sorriso sincero, com os olhos se curvando em formato de meia-lua.

— Acho que ele não vai muito com a minha cara.

— O problema não é você. Na verdade, acho até que ele gosta de você, mas Warren odeia que este seja o único jeito de eu poder morar com ele. — Luke encolhe os ombros e empurra o miolo do pimentão para o cantinho da tábua. — Ele não é muito fã do Conselho Tutelar e daquelas regras todas.

Eu era muito parecida com Luke quando tinha essa idade. Estranhamente consciente do mundo ao redor e determinada a manter a paz, algo que nenhuma criança deveria ter que aprender tão cedo.

— E você? A Rachel mencionou que ninguém no abrigo coletivo conhecia língua de sinais... Deve ter sido péssimo.

— Bom, pelo menos minha caligrafia melhorou. — Luke sorri, mas seu olhar sustenta o peso dessas palavras.

— Entendi. — "Caramba."

Depois de pegarmos os ingredientes picados, colocamos a mão na massa. Luke põe a última fatia de pimentão na frigideira antes de se virar para mim.

— Caso meu irmão ainda não tenha dito... obrigado.

— Não. Por favor, não precisa agradecer. Eu também precisava de vocês aqui, talvez até mais.

Nós dois assentimos e voltamos ao trabalho. Começo a ralar o queijo enquanto os legumes refogam.

— Sua irmã se chama Willow, certo? — sinaliza Luke.

— Isso.

— Warren falou que ela vai se mudar para cá semana que vem.

— Espero que sim. Ela precisa conseguir ficar sem o tubo de oxigênio por três dias antes de receber alta. — Abro um sorriso forçado, cheia de apreensão.

— Ela está doente?

— Está. Ela nasceu prematura. E também tem um problema no coração por causa da síndrome alcoólica fetal. Minha mãe biológica não sabia que estava grávida.

— Cacete.

Não sei se deveria fazer cara de censura para o palavrão, mas deixo passar dessa vez. Talvez seja bom ver com Warren o que *ele* acha sobre a questão.

— Pois é.

— Você a vê com frequência? Sua mãe?

O rosto de Luke não está cheio de pesar. Acho que ele deve estar acostumado a esse tipo de conversa. Imagino que seja um assunto bem recorrente em abrigos coletivos.

— Não. Ela não está bem.

— Onde ela está agora?

— Não sei. Depois que teve alta do hospital, ela não entrou em contato com mais ninguém. — Evito olhar para ele. A compaixão dos outros às vezes me dá vontade de chorar, e não quero assustar o garoto.

— Sinto muito. — Luke franze os lábios com apreensão.

Sirvo a comida e me acomodo ao lado dele na mesa. Pouco depois, Warren aparece com uma sacola de compras da farmácia do bairro. Imagino que sejam coisas para o Luke, já que as guarda no quarto do irmão.

Ele se detém ao ver o jantar na mesa. Em seguida, passa reto por nós, pega um copo de água na cozinha e volta pelo corredor.

Ouço o barulho do chuveiro e, antes de conseguir me conter, eu o imagino sem camisa. O que será que ele esconde por baixo daquelas camisetonas pretas largas que sempre usa? Já faz muito tempo que não vejo um homem pelado. Morar com minha irmã recém-nascida com certeza não vai me ajudar nesse quesito. Será que devo tentar dar umazinha antes de ela vir para cá? Só para matar a vontade. Que horror… É melhor pensar em outra coisa. Algo mais apropriado para ser discutido à mesa de jantar. "Sobre o que a gente estava falando mesmo?"

— E sua mãe? Você tem contato com ela? — pergunto a Luke.

— Minha mãe morreu quando eu era bebê. Meu pai só aparece quando dá na telha.

Ai. Até perco o rumo.

— Eu sinto muito... — sinalizo com os punhos frouxos.

Se Luke era bebê quando a mãe morreu, Warren devia ter uns oito anos. Eu me vejo como aquela garotinha de quatro anos sozinha no ônibus. Posso ter perdido minha mãe, mas não foi para sempre. Mesmo nos momentos mais difíceis, eu sempre me agarrei a esse pensamento.

— Não era tão ruim quando Warren e eu estávamos juntos, mas não moramos na mesma casa desde que eu tinha nove anos.

— Que bom que vocês estão juntos de novo. Fico feliz.

— Eu também.

A porta do banheiro se abre e… Warren aparece na sala só de toalha. "Não olhe. Não olhe. Não olhe… Droga." Minha respiração fica entalada na garganta. Meu coração começa a martelar no peito. Da cintura para cima, Warren é puro músculo e pele aveludada.

Ouvi dizer que basta olhar para uma coisa para imaginar a sensação dela na sua língua. Será que isso também vale para a linha delineada do peitoral de Warren? Ou para o declive de sua clavícula, ainda molhada do banho? Meu olhar desliza mais para baixo. Seu abdômen se afunila em uma marcação em V, como se apontasse diretamente para o… "Caramba, será que eu estou no período fértil? Só pode ser. Sossega, Chloe."

— Ei. Tá tudo bem? — sinaliza Warren para Luke, sem nem olhar para mim.

Engulo a comida e volto minha atenção para o restinho de jantar na cumbuca.

— Sim. A gente está falando mal de você — sinaliza Luke de volta, todo sorridente.

— Legal. Está na hora de dormir. Mais quinze minutos, ok?

Dou uma olhada no relógio na parede. São nove da noite. Um pouco cedo para um garoto de quinze anos ir dormir, não?

— Ok. — responde Luke.

— Temos que sair às sete e meia. Não esquece de ligar o despertador, ok?

Warren fica plantado no corredor vigiando cada movimento do irmão. Luke sai da mesa e vai lavar a louça que usou, depois enxuga as mãos em um pano de prato e se aproxima para dar um abraço no irmão mais velho. Warren resiste de início, duro feito pedra, mas depois abaixa a cabeça e envolve Luke com um dos braços, puxando-o mais para perto. Eu levanto da mesa e começo a arrumar a cozinha em silêncio. Acho que Warren não ia gostar que eu presenciasse essa cena.

10

— Fiquei sabendo que alguém aqui está de parabéns.

Escuto a voz de Calvin antes mesmo de ele entrar pela porta do quarto. Sorrio assim que o vejo, com Willow ainda aninhada no meu colo.

— Eu não sabia que você vinha trabalhar hoje — digo.

— E não vou mesmo, mas quis dar uma passadinha para me despedir da minha paciente preferida.

Calvin estica a mão e faz cócegas no pezinho de Willow. Ele trabalha quatro turnos por semana, então me tranquilizava saber que sempre estava aqui com ela na minha ausência.

— Willow, deixa de ser mal-educada! Agradeça ao Calvin por ter se esforçado tanto. — Chego mais perto para cochichar no ouvido dela, mas falo alto o bastante para que ele também escute. — Você deve muito a ele, mocinha.

Calvin nos observa com uma expressão afetuosa, depois dá um pigarro.

— Então... já que tecnicamente não estou trabalhando hoje e Willow não é mais minha paciente, será que você... não quer me passar seu número?

Arregalo os olhos, mas a verdade é que isso nem me surpreende. Eu sei o quanto Calvin se importa com Willow. Afinal, segundo me disse, ele começou a trabalhar na UTI neonatal bem no dia que ela nasceu. Minha irmã foi a primeira e única paciente que ele teve até então.

— Mas é claro!

Ele sorri, mas parece surpreso.

— Nossa, eu achei que não ia colar.

Em seguida me entrega um pedacinho de papel com seu telefone anotado. Viro de costas para acomodar Willow na cadeirinha de carro e pergunto:

— Ué, por que não?

— Sei lá, é meio inusitado... E você é muita areia pro meu caminhãozinho...

Fico imóvel na hora. Ainda bem que estou de costas, porque só agora percebo que ele queria meu número por *minha* causa. Penso em tudo que vivemos juntos nessas últimas onze semanas.

Calvin é bonitinho, tem quase a minha idade e parece legal. Além do mais, está muito familiarizado com a bagagenzinha preciosa que terei que carregar a partir de agora. Ok, acho que estou tranquila com isso.

Sorrio e o observo com uma expressão divertida.

— Eu não sou muita areia pro seu caminhãozinho.

Ele vê que estou me desdobrando para carregar a mala, a bolsa de maternidade e a cadeirinha com Willow, então oferece:

— Quer ajuda para levar tudo isso até o carro?

— Hã, na verdade a gente vai de táxi.

Preciso juntar dinheiro para comprar um carro, já que vou ter que levar Will para cima e para baixo nas consultas, mas antes quero ter uma boa quantia guardada para não me afundar ainda mais em dívidas e ficar em maus lençóis com o pessoal do Conselho Tutelar.

Sem tirar os olhos do chão, Calvin diz:

— Eu vim de carro. Querem carona? Não quero ficar de bobeira aqui por muito tempo. Vai que alguém aparece e me põe para trabalhar?

E então me lança um olhar ansioso.

"Hum, eu economizaria trinta e três dólares de táxi."

— Claro, seria ótimo. Obrigada.

Calvin estende a mão para pegar a mala e nossos dedos se roçam de leve.

— Certo, hum, permita-me fazer as honras do primeiro passeio de carro da Willow. — Ele abre a porta de correr e eu dou um adeus silencioso ao quartinho que abrigou minha irmã por quase três meses. — Sem pressão, claro.

Dou uma piscadinha para ele conforme avançamos lado a lado pelo corredor. Paramos para nos despedir das enfermeiras, que ficam todas cheias de sorrisinhos e olhares arregalados quando veem Calvin sem uniforme e com a mala de Willow nas mãos. Fico vermelha, sem saber até onde vai a imaginação delas.

Calvin nos conduz pelos elevadores até o estacionamento no subsolo. Depois de verificar três vezes se o cinto de segurança está no lugar, me acomodo ao lado de Willow no banco de trás do SUV esportivo.

— Tudo bem se eu ficar aqui atrás, né? Estou meio nervosa.

— Claro. Eu também estaria.

De repente, percebo que não sei quase nada sobre Calvin. Acho que esqueci que não se deve aceitar carona de estranhos, mesmo que sejam enfermeiros gentis.

Jogamos conversa fora durante todo o trajeto de vinte minutos, e o papo flui com naturalidade. Calvin insiste em estacionar e nos acompanhar até a porta do apartamento, como um perfeito cavalheiro. Ele leva a bolsa de fraldas e a cadeirinha com Willow enquanto eu puxo a mala de rodinhas.

— Pois é, né? — continua a contar. — Nunca mais caio nessa de surrupiar uma gelatina extra para um paciente. Foi horrível. Acho que jamais vou conseguir comer qualquer coisa com sabor de limão outra vez.

Eu rio da história conforme saímos do elevador.

— É aqui.

Destranco a porta na terceira tentativa e enfio a mala no vão para mantê-la entreaberta. Em seguida, olho para Calvin, paradinho ali no corredor.

— Enfim. Obrigado por ter aceitado a carona e obrigado por…

Ele se detém, espiando por cima do meu ombro.

Eu me viro e dou de cara com Warren encostado na parede atrás de mim. Está de braços cruzados e nos observa com uma expressão desafiadora. Olho para Calvin, que sorri meio sem jeito.

— Este aqui é Warren, com quem eu divido a casa. Warren, este é o Calvin.

Calvin passa por mim, coloca a cadeirinha de Willow no chão e estica o braço para apertar a mão de Warren, que aceita com relutância.

— Prazer em te conhecer, cara. — diz Calvin.

— É, prazer — responde Warren, examinando-o de cima a baixo.

Fico alternando o olhar de um para o outro. Parece até que os dois estão travando uma conversa silenciosa inaudível aos ouvidos femininos. Acho que essa é aquela parte em *Amor, sublime amor* em que eles começam a bater boca e se rodear, mas ainda não entendi por quê.

— Hã, enfim. Muito obrigada, Calvin — digo para quebrar o clima esquisito.

Ele olha para mim e assente com a cabeça.

— Sempre que precisar. — Depois se vira para Willow e acrescenta: — Até logo, Will.

Calvin se aproxima meio de lado e fico parada feito uma tonta, sem perceber que ele pretendia me abraçar. Por fim, chego mais perto e trocamos um abraço desajeitado, rindo quando nos afastamos.

— Bom, então a gente se vê em breve.

— Claro! — respondo com mais empolgação do que pretendia.

— Foi um prazer conhecer você — diz Calvin para Warren, que dá um aceno rápido antes de enfiar a mão no bolso da calça outra vez.

Eu me despeço com um "Tchau" e puxo a mala para fechar a porta. Viro para trás e vejo que Warren continua apoiado na parede, mas agora me olha como se eu estivesse com o dente sujo.

— Que foi? — pergunto, meio irritada.

— Quem é *aquele* cara?

— Aquele cara — imito seu tom de desdém — é Calvin. Enfermeiro da Willow e meu… amigo.

— Enfermeiros sempre acompanham todo mundo até a porta de casa ou isso só acontece quando a responsável pela paciente é solteira e gostosa? — Seu sorriso é zombeteiro, apesar do tom impassível.

Tento ignorar o fato de ele ter me chamado de gostosa *de novo*, mas meu coração começa a palpitar. Decido não responder e apenas me ajoelho para tirar Willow da cadeirinha, depois a aninho no colo.

— Willow, este aqui é o Warren. O cara rabugento que mora com a gente.

Bem nessa hora, Luke emerge do quarto e abre um sorrisão conforme se aproxima. Ele sinaliza *olá* algumas vezes e segura a mãozinha de Willow.

Olho para Warren, que só pode estar *colado* no chão para ainda não ter vindo ver essa fofura de bebê mais de perto. Por fim, ele se aproxima e dá um tapinha no ombro do irmão.

— Venha, vamos liberar o corredor. Willow precisa conhecer o resto do apartamento.

Os dois se acomodam na sala de estar: Warren na poltrona e Luke no sofá.

Olho para Willow, depois contemplo o apartamento ao meu redor. Esperei tanto por este momento. Nem parece real. Sinto uma pontinha de ansiedade quando penso que agora estou por conta própria. Nada de enfermeiros, pediatras, cardiologistas e terapeutas respiratórios para me ajudar.

Sento no sofá e acomodo Willow entre mim e Luke. Ela tem quase três meses, mas parece um recém-nascido de tão pequena. Não pesa nem cinco quilos.

— Posso pegar no colo? — pergunta Luke.

Olho para Warren em busca de permissão, e ele concorda. Não quero que o incidente do loft se repita.

— Claro. Mas não esqueça de segurar o pescocinho dela — instruo, já acomodando-a nos braços de Luke.

Ele sorri ainda mais quando a vê em seu colo. Parece levar jeito com bebês. Talvez tenha morado com crianças mais novas nos lares de acolhimento. Percebo que Warren o observa com uma expressão preocupada. Tento captar seu olhar para dizer que está tudo bem, mas ele nem pisca.

Willow começa a se debater depois de alguns minutos, e com um olhar apreensivo Luke me pede para pegá-la de volta. Abro um sorriso e a aninho junto ao peito, assim consigo usar as mãos para sinalizar:

— Você foi ótimo. Ela só ficou agitada porque está com fome.

Eu a coloco com delicadeza na cadeirinha de balanço no canto da sala e vou até a cozinha preparar a mamadeira, mas antes pego a fórmula na bolsa maternidade. Os gritinhos e resmungos de Willow ficam cada vez mais altos.

Olho para trás e vejo que Warren e Luke não estão mais ali. Meu coração afunda no peito. Acho que ninguém deveria ter que passar por essa experiência sozinho, mas depois dos julgamentos e comentários de Warren, estou decidida a não pedir ajuda. Vou ter que me virar sozinha. Não pode ser tão difícil, né?

11

Se eu dormi mais de duas horas consecutivas esta semana foi muito. Willow odeia dormir. Também odeia o berço, a cama, a cadeirinha de balanço e o tapetinho de atividades. Basicamente, ela odeia tudo que não seja o meu colo.

Eu deveria ter dado mais valor à época em que podia deitar na cama e só levantar quando precisasse ir ao banheiro. Quando podia cair no sono com a certeza de que dormiria por mais de seis horas, mesmo que tivesse ficado acordada até tarde. Meu corpo não é mais composto de oitenta por cento de água. Agora nas minhas veias só corre café.

Deixo a cadeirinha de Willow na cozinha enquanto preparo o café da manhã. Ela começa a se debater, então estico o pé e balanço o assento, vasculhando os armários em busca dos ingredientes. Acabou o leite. E os ovos, o pão, o queijo e basicamente todo o resto. Mas eu já sabia disso ontem. Fecho a geladeira e pego uma das barrinhas de cereal que Luke guarda na bancada.

Não é muito bonito da minha parte roubar de um garoto de quinze anos, mas juro que vou repor.

Vou ter que tomar o café puro. Nunca fui muito chegada em café preto, mas agora não consigo mais viver sem. Preparo uma mamadeira para Willow e, por um breve segundo de desespero, cogito colocar um pouquinho da fórmula na minha xícara. "Não", me repreendo. "Você não pode usar isso para substituir a espuminha do leite." Levo nosso desjejum líquido para o sofá.

Acho que até agora assistir ao nascer do sol tem sido a única parte boa de ter virado a responsável por Willow. "Além da própria Willow, claro."

A porta do quarto de Warren se abre e eu conto os catorze passos que ele dá até o quarto do irmão. É sempre a mesma coisa, toda manhã. Warren acorda bem antes do alarme das sete e meia que ele insiste em configurar para os dois. Aí vai até o quarto de Luke, abre a porta, acende a luz e espera uns vinte segundos antes de entrar. Luke toma banho enquanto Warren prepara o café da manhã dos dois, quase sempre uma tigela de cereal ou fatias de pão com ovo. Então, enquanto o irmão se arruma, Warren embala o almoço dos dois. Em seguida, sem dizer ou sinalizar nem uma mísera palavra, eles saem pela porta às oito e meia em ponto. Aposto que hoje vai ser igualzinho.

— Hã. Tá tudo bem aí? — pergunta uma voz.

Pela janela, vejo o rosa do céu dar lugar ao laranja.

— Chloe? — chama a voz.

"Ah, está falando comigo."

— Hum? Que foi?

— Tá tudo bem?

Warren está parado atrás de mim no sofá. Não tenho forças para olhar para ele, mas sinto o julgamento em seu tom de voz... Mesclado a alguma coisa nova. Pena, talvez?

— Tá, sim. Por quê?

— Porque você está dando mamadeira para uma almofada.

"Quê? Puta merda." Olho para a mão direita, onde seguro a mamadeira, e percebo que Willow está do meu lado esquerdo, profundamente adormecida.

— Ah...

Coloco a mamadeira na mesinha de centro. Deixo escapar um resmungo baixinho e sinto as lágrimas começarem a vir à tona. "Nossa, eu tô só o pó."

— Foi mal... Eu nem dormi.

Não olho para Warren. Não quero ver a expressão em seu rosto. Com certeza é algo parecido com *agora acabou a moleza, né, mimadinha?*

Fecho os olhos sem nem perceber e me entrego a um momentinho de descanso, com Willow dormindo ao meu lado. Acordo assustada com um rangido no sofá. Olho para o lado e a vejo aninhada no braço de Warren.

Ele acena para mim, um esboço de sorriso nos lábios, e então caminha até o quarto de Luke. Abre a porta, espera uns segundos e depois volta com Willow ainda aninhada em seu braço como um filhotinho de coala. Eu o sigo com os olhos, atenta, e o vejo pegar duas tigelas de cereal na cozinha.

— Você quer tomar um banho ou algo assim? — pergunta ele, sem nem olhar para mim.

Fico tão feliz que dá até vontade de chorar.

— Hã, ok. Pode ser. Mas tudo bem pra você?

Warren me olha com pena e assente uma vez.

É bem provável que eu me arrependa disso mais tarde, mas preciso tanto de um banho que estou disposta a engolir meu orgulho. Subo as escadas às pressas e pego uma muda de roupas limpas, as últimas sem manchas de vômito de bebê, e praticamente corro até o banheiro. Deixo a água quente do chuveiro bater nas minhas costas por um longo minuto antes de começar a me esfregar. É uma sensação gloriosa. Será que Warren me imagina pelada no banho igual eu o imaginei? É involuntário. Ok, nada de desperdiçar meus minutinhos preciosos de banho pensando nisso.

Ouço uma leve batida na porta enquanto me visto. Fecho o zíper da calça jeans e, quando saio, dou de cara com Luke no corredor.

— Bom dia — sinalizo.

— Oi.

Passo por ele e volto para a cozinha, ainda com a toalha na cabeça. Eu me sinto uma nova mulher.

— Muito obrigada. — Estendo os braços para pegar Willow de volta e Warren a entrega como se fosse um troféu. — Eu estava mesmo precisando de um banho. Obrigada.

Ele abre um sorrisinho travesso.

— Estava mesmo. Nosso olfato agradece.

Reviro os olhos, mas não consigo deixar de sorrir.

— Enfim, obrigada de verdade. Sério.

— Já pode parar agora.

— Parar com o quê? — pergunto, confusa.

— De agradecer — responde Warren na lata.

— Ué, eu só queria frisar. Você deixou bem claro que ajudar um ao outro estava fora de cogitação, então quis mostrar minha gratidão antes de você começar a ficar com raiva de mim. Só isso.

É o cansaço falando ou realmente é mais fácil ser honesta quando você já sabe que a outra pessoa não gosta de você? "Seja como for, funciona..."

Warren dá uma mordida na torrada e me olha de cima a baixo, me prendendo onde estou. Espero para ver se ele vai dizer alguma coisa, mas continua em silêncio, para variar.

— Que foi? — pergunto.

— Nada.

Ele dá outra conferida demorada no meu corpo antes de nosso olhar se encontrar.

— Você está me encarando — declaro em tom baixo, mas firme.

— Você é agradável aos olhos, ainda mais quando está limpa assim.

Então dá uma piscadinha e, em algum lugar, um anjo ganha asas.

— Não fale essas coisas — repreendo.

Warren inclina a cabeça e abre um sorriso diabólico, ainda mastigando a torrada.

— Por quê?

— Porque elogiar é coisa de amigos. E você não quer ser meu amigo, esqueceu?

— É, acho que você tem razão.

Mas ele não desvia o olhar.

— Enfim, obrigada de novo.

Dou as costas e levo Willow até meu quarto.

Bem quando a deito na cama para trocar a fralda, meu telefone começa a tocar no andar de baixo. Quem quer que seja, vai ter que esperar. Tomara que não seja um cliente pedindo orçamento... Eu preciso trabalhar.

Coloco uma roupinha confortável em Willow, que fica agitada ao sentir o vento frio na pele. Antes de voltar lá para baixo, pego outra muda de roupa, uma fralda e a chupeta e jogo tudo na bolsa velha que vou levar para o mercado.

— Nós vamos ter que explorar o mundo lá fora hoje, Will. Sua irmã mais velha também precisa se alimentar.

Enfio a mão no vão do sofá e pego meu celular. Uma ligação perdida de Calvin. É a segunda vez que ele me liga desde que nos deu carona para casa. Pelo jeito, não é muito fã de mandar mensagem. Acrescento "ligar para Calvin" à lista dos afazeres do dia, ao lado de ir ao mercado, lavar as roupas, trabalhar e dormir. "Por favor."

— Aonde você vai? — pergunta Luke da mesa de jantar.

— Ao mercado. Aliás, estou te devendo uma barrinha de cereal.

— Não esquenta com isso.

Dou uma espiada em Warren, que felizmente está de costas.

— Obrigada.

— Fique à vontade para pegar qualquer coisa marcada com um L. — Luke aponta para a geladeira. — Eu não me importo de dividir.

— Eu também não. — Sorrio para ele.

Warren dá um pigarro e Luke segue meu olhar na direção do irmão.

— Está pronto para ir? — sinaliza Warren.

Luke lava sua tigela na pia, depois a coloca no escorredor. Nunca morei com outro garoto de quinze anos, mas este parece bem tranquilo. Fico até mal por ter presumido aquelas coisas sobre ele antes de nos conhecermos. É um bom menino. E talvez o irmão dele também não seja de todo ruim.

Os dois ainda estão calçando os tênis quando saio pela porta. Pode não ser uma competição, mas eu com certeza ganhei. Já na calçada, empurro o carrinho de Willow com uma das mãos enquanto a outra segura o copo de café preto. A mulher que ofereceu a mamadeira para a almofada já não está mais aqui. "Já me recompus, mundo! Olha só pra mim!"

O mercado fica a quinze minutos de caminhada, então aproveito para retornar a ligação de Calvin. Eficiência é meu nome.

— Oi, desculpa não ter atendido — trato de dizer na hora.

— Não tem problema. Achei mesmo que estava muito cedo, mas eu tinha acabado de sair do trabalho e...

— E agora vai dormir?

Nem consigo disfarçar a inveja.

— Antes preciso fazer umas coisas, mas depois vou, sim. E o seu dia, como está?

— Hoje nós finalmente saímos um pouquinho de casa. Vou ao mercado e depois lavar roupa, se a Will deixar. Estou com um trabalho meio atrasado e preciso muito dormir. — Já perdi o fio da meada. — Enfim… Também estou cheia de coisas para fazer.

— Da próxima vez, me avisa, aí eu posso ir junto.

É um jeito velado de me oferecer ajuda, o que acho muito fofo.

— Claro, claro. Eu ia adorar, obrigada.

— Tenho que ir agora, mas antes de desligar… Eu queria saber se você vai estar livre no fim de semana que vem. Vou ter os três dias de folga, uma raridade. Aí pensei que a gente poderia ver um filme enquanto a Willow dorme, que tal?

— Ela não dorme, só cochila. É a marca registrada dela.

— Ah, lembro muito bem. Eu não podia bobear perto dela à noite. Fiquei até com inveja dos meus colegas que cuidavam das crianças mais velhas.

Dou risada.

— Mas enfim, eu topo ver o filme.

— Maravilha. Depois a gente combina — despede-se Calvin.

— Ok, tchau.

Desligo e guardo o celular no bolsão do carrinho. Tomei banho, estou a caminho do mercado, marquei um possível encontro… Hoje estou com tudo.

12

Faço compras para a semana inteira e dou um jeito de enfiar tudo no bolsão inferior do carrinho de Willow, depois penduro algumas sacolas na alça e saio para o dia de outono lá fora. Não faz nem três meses que deixei este mesmo mercado para conhecer minha irmã, e agora estou aqui com ela. Bom, pelo jeito não fiquei marcada como a fulana que abandonou o carrinho no meio do caixa. Não vi nenhum cartaz de procurada com a minha cara, pelo menos.

Ainda me sinto tão despreparada para cuidar dela quanto naquele dia, mas não questionei minha decisão nenhuma vez. Nem vou questionar. Willow não deveria ter que ficar longe da família. Ninguém deveria.

Decido voltar pelo caminho mais longo, que passa pelo parque, já que o carrinho parece ser a única coisa que Willow não odeia. "Mais uma vitória." As árvores estão começando a ficar alaranjadas, e as folhas quebradiças estalam sob as rodas do carrinho. Há uma calmaria no ar. Falo em voz alta com Willow, pois li em algum lugar que isso é bom para os bebês:

— Um dia a gente vai vir brincar neste parquinho, Will. Será que você vai gostar do escorregador?

Ela não é muito boa de papo, mas não desisto.

— Pois eu acho que você vai amar o parque. Vai poder brincar no balanço, no trepa-trepa... Vai fazer isso tudo.

Olho para ela, ainda tão pequena, mas crescendo a cada dia.

— Eu tenho tanto orgulho de você, Will. Está se saindo muito bem.

"Sobrancelhas grossas, narizes marcantes, corpos robustos, corações fortes." Como todas as mulheres da família. Já mostrando que nossa mãe estava certa, pois sobreviveu a todas as dificuldades pelas quais ela a fez passar.

Avisto um grupinho de adolescentes reunidos e, entre eles, um rosto familiar. Da trilha, consigo enxergar Luke com clareza, mas duvido que ele consiga me ver. Está rodeado de amigos de sua idade, quase todos garotos. As meninas do grupo conversam em língua de sinais, mas não consigo entender muito bem daqui. Acho que eu deveria só seguir em frente e cuidar da minha vida, mas será que Luke tem permissão para sair da escola no meio da manhã?

— Willow, não olhe agora, mas seu amigo Luke está bem ali. Sabe como a gente chama um grupo de bagunceiros dessa idade? Aborrecentes.

Dou um impulso para conseguir empurrar o carrinho depois de ter parado para espiar. Percebo que uma das meninas entregou um cigarro para Luke. Pelo aroma que paira no parque, tenho certeza de que não é um cigarrinho qualquer. "Sei muito bem que cheiro é esse, garoto." Encontro uma mesa de piquenique vazia a uns cinco metros do grupo e empurro o carrinho até lá. Não vou envergonhá-lo na frente dos amigos, mas quero que ele saiba que foi pego no flagra.

Depois de me acomodar, apanho o café no porta-copos do carrinho. Apenas uma mãe aproveitando o parque com a filha. Os amigos de Luke nem vão notar, mas ele me vê e eu aceno com educação. Ele fica pálido na hora, mas consegue manter a calma na frente dos amigos, que também começam a olhar para onde estou. Pego o celular e finjo que nem percebi. Espio outra vez e vejo que o grupo está caminhando para a saída do parque. Se bem me lembro, pelo menos fica na direção da escola.

Saio da mesa com uma sensação de triunfo.

— Vamos ter que falar com o Rabugentinho mais tarde, Willow. Seu amigo Luke está aprontando.

Acho que esse não é o tipo de conversa com o bebê que os blogs de maternidade recomendam, mas é o que tem para hoje.

Algumas horas depois de chegarmos em casa, coloco Willow para dormir e desabo com tudo no sofá. Enquanto descanso um pouco, tento decidir se vou trabalhar, comer, cochilar ou lavar roupa. A opção *E*, ficar à toa no celular, parece a escolha óbvia. Assim que o tiro do bolso, escuto a porta do apartamento se abrir. A mochila de Luke cai no chão com um baque audível e eu dou uma olhada no relógio: ainda é muito cedo para ele estar em casa. E nem sinal do Warren.

Eu me endireito no sofá para conseguir ver o corredor.

— Oi — sinalizo.

— Oi.

Luke se senta no chão em frente à poltrona.

— Você está bem?

— Não — responde ele, com uma expressão vazia.

— Você quer falar sobre isso?

— Eu sei que você me viu hoje mais cedo.

Ele morde o interior da bochecha e eu me ajeito no sofá, me preparando para uma conversa delicada.

— Vi, sim.

— Você vai contar para o Warren?

— Acho que eu deveria.

Luke apoia a cabeça no assento da poltrona, com os olhos voltados para o teto. Ele tem uma vantagem que a maioria dos adolescentes não tem: pode ignorar a falação dos adultos quando quiser.

Jogo uma almofada no colo dele.

— Eu acho que Warren vai reagir melhor se você mesmo contar para ele.

— Acho que estou fodido de qualquer jeito.

— Também não é pra tanto. Aliás, você não deveria estar na escola agora?

— Não estou me sentindo bem.

Ele está mais pálido do que o normal, com os olhos vermelhos e a testa suada.

— Está enjoado?

— Estou.

— Foi a primeira vez que você ficou chapado, Luke?

Nem sei se usei os sinais certos. Não era o tipo de coisa que meu pai me ensinava.

— Foi.

— Está falando a verdade?

— Não.

Não consigo evitar um sorriso.

— Quando Warren chegar, vou deixar vocês conversarem a sós.

Fico de pé para ir preparar o almoço. Luke está futricando o tapete, sem tirar os olhos do chão.

— Você está com fome? — pergunto.

— Estou. — Luke franze os lábios em uma careta exagerada.

— Ok, vem comigo. — Aponto para a cozinha e vamos juntos até lá.

Faço um queijo-quente para ele, que agradece com um rápido aceno antes de levar o prato para o quarto. Acho que Warren não vai pegar leve com ele, mas eu também não pegaria se fosse Willow. Espero, do fundo do coração, nunca ter que passar por isso. Fumar maconha não é o fim do mundo, mas com nosso histórico familiar? Qualquer coisa vira um risco.

Eu me esforcei para ficar longe de tudo que vicia. Menos café, claro. E açúcar. E uma ou outra tacinha de vinho. Por sorte, nunca fui muito chegada a excessos, embora talvez esteja na hora de dar uma maneirada no café.

Espero que Connie esteja bem, seja lá onde for. Espero que os pontos tenham cicatrizado e que ela os tenha mantido limpos. Um dia depois de Willow ter alta, Odette me ligou para avisar que não tivera notícias dela. "Nada ainda", foram suas palavras, como se o reaparecimento de Connie fosse só questão de tempo. Conversamos por quase uma hora. Odette é uma ótima ouvinte, alguém para quem eu contaria tudo o que está no meu íntimo, se ao menos soubesse como acessar essas partes de mim. Falamos sobre a solidão inesperada que sinto mesmo tendo uma companhia constante, e ela me garantiu que é normal.

Faz só uma semana que me tornei responsável por outro ser vivo, e sei que ainda deve levar um tempo para essa sensação ir embora, mas a verdade é que estou esgotada. A solidão que me rodeou por anos ameaça me dominar por inteiro. Sinto falta da vida que nem pude viver, aquela com a família e os amigos que não tive a chance de encontrar. E isso me dói.

Odette me sugeriu listar todas as coisas que poderei fazer agora que tenho Willow, mas seria uma lista recheada de falsas esperanças. Todos os momentos e experiências pelos quais anseio não são meus, e sim de Willow. Talvez cuidar de outro alguém seja isto: sempre ter que se colocar em segundo plano. Vai ver foi por isso que meus pais adotivos nunca ficaram satisfeitos com as escolhas que fiz. Como cursar design gráfico, ser autônoma, virar guardiã da Willow... Parece que tudo que fiz nos últimos anos foi frustrar as expectativas que minha mãe criou para o meu futuro. Se eu puder fazer alguma coisa por Will, será apoiar as decisões que ela tomar conforme cresce. A vida é *dela*, afinal de contas.

13

— Chloe! — A voz nervosa de Warren reverbera pelo chão do meu quarto.

Arrasto a cadeira de rodinhas até a lateral da mesa e estico a cabeça sobre a grade do loft.

— Chamou? — Sem querer, acabo soando mais confusa do que preocupada.

— Será que você pode vir aqui? — O tom dele é sério, como se fosse uma ordem, não um pedido.

Acho bom Luke não ter botado toda a culpa em mim. Eu preparei até um queijo-quente para ele, poxa!

— Já vou.

Willow já acordou da soneca e está muito ocupada mastigando a própria mãozinha. Vou usá-la como escudo humano. "Ela meio que me deve essa."

— O que aconteceu? — pergunto.

Luke está todo cabisbaixo na cadeira. Warren está na ponta da mesa, de braços cruzados e de cara amarrada.

Ele fala e sinaliza ao mesmo tempo, embora o irmão nem esteja olhando:

— Fiquei sabendo que você trombou com Luke no parque hoje.

Nem sei quando me pronunciar, então espero.

— Luke também me contou que ele voltou da escola três horas mais cedo e que vocês dois tiveram um belo almoço juntos.

Meus lábios se curvam de leve. Estou nervosa, mas a forma como Warren diz *belo almoço* me dá vontade de rir. Pelo jeito, meu sorrisinho o irritou. Ele contrai o maxilar e começa a bater o pé no assoalho de madeira.

— Valeu mesmo por ter tirado um tempinho para me contar. — Warren olha feio para mim enquanto sinaliza.

— Falei pro Luke que achava melhor ele mesmo contar para você. E, caso contrário, eu mesma contaria.

Luke me observa falar em voz alta, sem fazer os sinais. Ajeito Willow no colo e repito o que disse, dessa vez sinalizando, e depois acrescento:

— Eu não queria me meter entre vocês.

— Mas foi exatamente o que fez assim que escolheu não me contar que Luke matou aula. Eu não sabia onde ele estava. Bem, na verdade achei que soubesse. Para mim, ele estava na escola!

O rosto de Warren fica cada vez mais vermelho.

— Mas aí a professora dele me ligou para contar que ele perdeu as duas últimas aulas — continua. — Imagina a minha surpresa quando corri para casa e o vi desmaiado na cama, fedendo a maconha, com um lindo queijo-quente na mesinha de cabeceira.

Mordo a língua para conter o riso.

— Não tem a menor graça. — O timbre baixo de Warren faz a temperatura do cômodo baixar. Aninho Willow junto ao peito, puxando-a para mais perto de mim.

— Eu sei. Foi mal. Eu rio quando estou nervosa.

Warren aperta o ossinho do nariz.

— Porra, eu tinha certeza de que isso ia acontecer.

— Isso o quê? — pergunto, frustrada.

Warren se remexe no lugar, e por um momento parece até que vai dar as costas e ir embora. Em vez disso, ele se vira de frente para mim. Depois coça a cabeça com movimentos frenéticos, como se tentasse usar o próprio crânio para se acalmar.

— Nós não somos uma equipe, entendeu? — grita Warren.

Meu corpo enrijece e todas as articulações se retesam de uma vez. Não há nada de bonito na expressão de Warren ao perder a paciência. Os olhos perdem o brilho, o canto da boca perde o calor.

— Você não pode bancar a boazinha enquanto eu faço o papel de malvado na história. Você não tem o direito de tomar nenhuma decisão relacionada ao meu irmão. Devia ter me ligado assim que viu Luke no parque.

Olho para o chão. Não me sentia acuada pelo temperamento de outra pessoa desde que entrei na faculdade. Escolhi sair de casa e continuar longe dos meus pais por um motivo. Eu odeio esse tipo de coisa. Odeio sentir que decepcionei alguém. Como se eu fosse intrinsecamente má ou inadequada. Meus olhos ficam marejados.

— Eu sei disso. Eu...

Warren me interrompe, ainda mais agitado do que antes.

— Você não tem o direito de opinar sobre a nossa vida.

O tom dele muda no final, a voz mais aguda e trêmula como se estivesse chegando ao limite. Dou um passo para trás e me sento na cadeira. Talvez ele relaxe um pouco se eu mostrar que não represento nenhuma ameaça. Como se fosse um urso ou algo do tipo.

— Eu sei disso, Warren.

— Ótimo.

Ele ergue os braços em um gesto exasperado, mas de repente hesita. Posso ver um pouco de familiaridade retornar ao seu rosto. Sem tirar os olhos do chão, ele enxuga o nariz com os nós dos dedos, depois apoia as mãos nas laterais do quadril e meneia a cabeça.

Quando olha para cima, não há mais raiva nem arrogância em seu semblante, apenas... vergonha. Ele olha para mim, depois para Luke, e faz menção de dizer alguma coisa, mas então dá as costas e sai batendo o pé até o quarto.

Meus pais sempre me dispensavam depois de uma bronca. Geralmente diziam "Vá para o seu quarto" ou "A conversa acabou" e eu sabia o que fazer para, no mínimo, não piorar as coisas. Com Warren, porém, não tenho ideia... Acho que só depende de mim. Levo Willow de volta para o quarto, tomada por uma profunda sensação de derrota.

Duas horas se passam em silêncio. Escrevo e apago dezenas de textões sobre limites entre colegas de casa e acessos de raiva, polvilhados por um ou outro pedido de desculpas. Por fim, desço com Willow e a deixo no tapetinho da sala enquanto preparo o jantar.

Warren e Luke ainda estão enfurnados em seus quartos. Não há nenhum sinal de vida além dos barulhinhos de Willow e o tilintar dos seus brinquedos. Decidi mais cedo que a melhor estratégia seria preparar uma porção generosa de espaguete com almôndegas para dividir com eles. Quase uma oferta de paz. Com um ramo de alecrim, em vez de oliveira.

A cara que Warren fez antes de se trancar no quarto deixou claro que estava muito mais chateado com ele mesmo por ter perdido a cabeça do que comigo ou com Luke.

Cuidar de Willow é uma tarefa desafiadora, mas pelo menos ainda faltam mais de dez anos para eu ter que lidar com a criação de uma adolescente. Warren faz o melhor que pode nessa situação, mas *bem* que poderia ser menos babaca quanto a isso.

Estou escorrendo o macarrão quando o ranger da porta de Warren quebra o silêncio. Respiro fundo e lembro ao meu sistema nervoso que tenho todo o direito de permanecer aqui. Warren pode ficar fulo da vida, mas não vou permitir que me deixe desconfortável na minha própria casa. Não vou dar esse poder a ele.

Sirvo três porções de macarrão nas cumbucas enfileiradas na bancada enquanto escuto a aproximação de Warren. Os passos dele se detêm no canto da cozinha, onde fecha devagar a gaveta que deixei aberta. E continua parado onde está. Eu me viro, com uma tigela em cada mão, e me aproximo.

Considerando que foi ele quem deu um show esta tarde, está com uma cara bem convincente de criança arrependida que levou bronca. Parece tão cabisbaixo que chega a encarar o chão, mas de repente ergue a cabeça. Vejo seu olhar pesaroso, hesitante. Talvez até assustado. Será que está com medo de mim? Que esquisito. Nunca senti medo dele, nem mesmo enquanto ele dava seus gritos. Fiquei nervosa, claro... Mas assustada jamais.

Faço sinal para que ele me siga até a sala, ainda munida das tigelas, e então nos sentamos lado a lado no sofá.

— Obrigado.

Ele aceita o macarrão e eu me esforço para comer o mais silenciosamente possível.

Quando pouso a tigela vazia na mesinha de centro, vejo que Warren mal tocou na comida. Ele me observa por um instante, depois diz:

— Desculpe por hoje. Não foi nada legal.

Concordo com um aceno, quase sentindo falta do silêncio desconfortável.

— Eu fico com raiva às vezes. E aí... — Ele hesita. — Estou tratando isso, entre outras coisas, na terapia...

A voz é baixa e rouca, um fantasma do que costuma ser.

— Está tudo bem.

— Não está, não.

Ele dobra a perna e se ajeita no sofá para ficar de frente para mim. Parece perdido em pensamentos, quase como se não me visse ali. Acho que levaria anos para alguém decifrar tudo o que se passa por trás daquele olhar.

— Não está nada bem, e eu sinto muito por isso.

Warren olha para baixo, com as narinas dilatadas. Consigo até ouvir o sermão interno que ele está se dando. Não preciso me juntar ao coro.

— Porra... Eu...

Eu o interrompo.

— Eu deveria ter te ligado. Agora sei disso. Acho que fiquei dividida entre ser colega de casa de Luke e de você. Mas eu errei. Ele é só uma criança. Mesmo que a gente não seja uma... equipe... eu deveria ter colocado os seus interesses acima dos dele.

Warren morde o lábio inferior e olha para mim.

Continuo a falar só para me distrair do turbilhão que começa em meu peito ao vê-lo me observar com tanta atenção.

— *Equipe* é uma palavra esquisita, né?

— Coabitantes mutuamente beneficiados. — Ele nem pisca ao responder, mas sua voz está menos grave.

— CMB, para abreviar? — brinco.

— Você poderia até criar um design novo para aqueles panfletos horríveis da Rachel. — A voz de Warren parece retomar um pouco da confiança habitual.

Sorrio para ele.

— Eu ia adorar.

Warren cutuca a pelezinha do polegar, perdido em pensamentos. Não quero atrapalhar, então olho para o outro lado.

— Mas eu fico feliz por você se importar com Luke. A maioria das pessoas nem liga. Ele é um bom menino. Toma decisões idiotas quando está tentando impressionar alguém, mas isso é de família... — Antes de eu dizer qualquer coisa, Warren continua: — Mas só peço que você não se aproxime demais. Daqui a cinco meses, vamos estar fora da vida um do outro. Andei procurando outras escolas para Luke em cidades vizinhas. É um pouco mais fácil arranjar uma casa decente por aquelas bandas, e eu poderia ir e voltar do trabalho todos os dias ou procurar outra oficina por lá. — Ele faz uma pausa e ergue o olhar, que antes fitava o próprio colo. — Não quero que Luke perca mais ninguém.

A exaustão em seu rosto é tão intensa que ele chega a contrair o maxilar. Escolho minhas próximas palavras com todo o cuidado.

— Não vou me intrometer de novo, mas... o que você está me pedindo não é muito justo. Para nenhum de nós. Aqui também é minha casa, e não quero ter que viver pisando em ovos ou ser tão... distante. — Sustento o olhar de Warren, acanhada. — Para ser sincera, uma ajudinha viria bem a calhar. Desde que a Willow chegou aqui, hoje foi a primeira vez que me senti mais eu. E tudo isso por um simples banho. Não quero ter medo de pedir ajuda de vez em quando. Podemos separar as coisas sem deixarmos de ser humanos.

— Humanos?

Um brilho provocativo retorna ao olhar dele.

— É, tipo os caçadores-coletores. Vamos pensar no que é melhor para nossas crianças e nossa sobrevivência.

— E o que você sugere? — pergunta Warren.

Fico feliz ao ver o cantinho de sua boca se curvar.

— Vamos fazer as compras juntos. Ainda podemos separar o que é de cada um, mas não faz sentido ir duas vezes ao mercado. Você cuida do café da manhã e eu do jantar. Vamos rachar as contas meio a meio. Não vou interferir na criação do Luke, mas quero que a gente seja amigo, porque gosto dele e acho que talvez ele precise de outro amigo além do irmão rabugento. — Abro um sorriso tímido para Warren. — De vez em quando vou pedir que você ou Luke cuidem da Willow um pouquinho enquanto faço alguma coisa. Podemos parar de nos evitar tanto, e talvez começar a nos comunicar mais. Assim não vamos perder a cabeça quando a coisa apertar.

— Tudo bem… isso pode funcionar. — Warren assente de leve, com o lábio projetado para fora.

— Ok, que bom — respondo, triunfante.

"Para ser sincera, não achei que seria tão fácil convencê-lo."

Ele recolhe nossas tigelas e abre a porta do quarto de Luke. Em seguida, os dois saem juntos e Warren dá um tapinha nas costas do irmão, para quem entregou as tigelas.

— E Luke vai lavar a louça — sinaliza Warren.

O garoto parece aliviado, como se esperasse um castigo muito mais severo do que apenas cuidar da casa.

14

— Para onde vocês vão tão cedo assim? — pergunta Warren.

Ele pega Willow no colo para que eu consiga apoiar a cadeirinha e a bolsa de maternidade na mesa de jantar, e então, quando pensa que não estou olhando, faz carinho no nariz dela.

— Ela tem a primeira consulta com o cardiologista às dez. A gente nem precisaria sair tão cedo, mas o terceiro ônibus só passa meia hora depois que o segundo chega no ponto.

Guardo outra mamadeira de água na bolsa e vou até a cozinha para encher o potinho de fórmula.

— Vocês vão pegar três ônibus?

Parece até que a pergunta foi direcionada a Willow, mas eu respondo por ela:

— Arrã.

Warren a ajeita no colo, o corpinho apoiado na dobra do braço e a cabeça encostada em seu peito. Fico babando ao vê-lo carregar minha irmã com uma mão só. Ela parece tão minúscula ali, e ele a segura com tanta naturalidade, como se não pesasse nada.

Depois de tomar um longo gole de água, ele me observa andar pela cozinha. "Sempre me encarando."

— Que foi? — pergunto, sem entender nada.

Warren sorri para o copo e balança a cabeça antes de responder:

— Você sabe dirigir?

— Estou juntando dinheiro para comprar um carro, você sabe disso.

— Não foi isso que eu perguntei — rebate ele, abrindo um sorrisinho.

— Tá, eu sei dirigir — respondo, com um muxoxo.

— Bem? — Seu tom é quase zombeteiro.

— Acho que sim.

Olho feio para Warren, que sorri ainda mais. "Pelo jeito, minha irritação o diverte." Ele pende a cabeça de um lado para outro, como se tentasse tomar uma decisão.

— Tudo bem, então.

— Ué, tudo bem o quê?

Ele pega a chave do carro no bolso e a agita na mão.

— Você vai ter que me levar ao trabalho e deixar Luke na escola e depois buscar a gente, mas pode ficar com meu carro… por hoje.

Sem pensar duas vezes, atravesso a cozinha e jogo meus braços ao redor dele. Apoio a cabeça em seu peito, bem ao lado de Willow.

— Obrigada!

"Eu não estava com a menor vontade de ir de ônibus."

O tecido da camisa de algodão é macio sob meus dedos, mas todo o resto é rígido. As linhas do peitoral são duras, puro osso e músculo. Warren tem um cheiro suave de gasolina e ferrugem, como uma moeda antiga. Não é algo que eu normalmente acharia sexy, mas, *caramba*, faz até minha pulsação acelerar. Sinto meus seios pressionados contra a lateral do seu abdômen, mais próximos a cada vez que inalo seu cheiro inebriante. Prolonguei esse abraço por tempo demais. "Chega pra lá, Chloe." Ergo o queixo para ver seu rosto.

Warren olha para mim com uma expressão tão angustiada que recuo alguns passos até minhas mãos encontrarem a bancada às minhas costas.

— Hã, desculpa — murmuro.

Ele franze a testa e dá um pigarro.

— Não precisa pedir desculpa.

— Que horas vou te pegar? — pergunto.

Warren arregala os olhos e começa a esboçar um sorrisinho.

— No trabalho! Que horas pego você no trabalho?

Sinto o rosto arder.

— Às quatro — diz ele.

Aceno com a cabeça, pego a chave do carro e a guardo na bolsa.

— Olha só, Will, acho que vamos ter tempo de tomar um café antes de ir.

Faço de tudo para não olhar para Warren enquanto a tiro do colo dele.

— Isso. O dever me chama.

Ele prepara ovos mexidos e torradas e, depois que Luke se acomoda à mesa, nós tomamos café da manhã juntos, como temos feito todos os dias desde o combinado da semana passada. Por mais que não queira admitir, acho que Warren está começando a gostar mais de mim e de Willow. Ele a tirou da cadeirinha ontem à noite e ficou lendo no sofá enquanto ela dormia em seu colo.

O pedido nem partiu de mim, mas graças a ele consegui colocar o trabalho em dia. Essas ocasiões, assim como os cafés da manhã compartilhados, ajudam a manter a solidão sob controle. Acho que já nem quero que esses cinco meses acabem.

— Vou lavar a louça. — Depois que Luke recolhe os pratos e vai até a pia, Warren se vira para mim.

— Então, eu queria pedir um favor...

Penso na chave do carro na minha bolsa. Será que foi uma gentileza ou uma forma de suborno?

— Pois não? — respondo, desconfiada.

— Meu aniversário é semana que vem e eu queria saber se posso receber alguns amigos aqui no sábado.

Eu o encaro.

— Bryce?

Warren sorri.

— É, ele também vem.

Suspiro alto.

— Bom, esta casa também é sua. Você pode receber quem quiser. É só me falar o horário direitinho para eu poder dar no pé.

— Ah, ok.

Vejo o rosto dele murchar. Será que pretendia me convidar para ficar com os amigos dele? "Duvido muito."

— Obrigado.

"Não falei?" Ainda assim, sinto uma pontinha de decepção. Eu gostaria de ser convidada, mesmo que por pena.

Ah, droga, quase esqueci...

— Na verdade, também vou receber alguém aqui no sábado. Desculpa, eu deveria ter avisado.

— O enfermeirinho lá?

É melhor do que o apelido da semana passada: "Homem-jaleco".

— Isso, o Calvin.

Eu me levanto para arrumar Willow.

— Hã, e vocês vão ficar lá no seu quarto, né... — Warren diz isso como se fosse uma pergunta. Confirmo, sem conseguir ler sua expressão. Ele contrai os lábios e acrescenta: — Entendi.

Depois se vira para pegar a marmita na cozinha. Para variar, dessa vez sou eu quem o observo andar para cima e para baixo. Ele estica o braço até a prateleira mais alta onde esconde suas guloseimas, pois sabe muito bem que é o único que consegue alcançá-la, e tenho um vislumbre de seu abdômen torneado por baixo da blusa. Fecho as pernas com força.

Warren é um gostoso. Não tem como negar. Infelizmente, ele também sabe muito bem disso. Será que uma dessas pessoas que ele convidou é a namorada? Deve ser linda. Aposto que o coração dela também sempre acelera ao sentir o cheiro de gasolina, como uma reação pavloviana ao seu aroma.

Luke pigarreia alto, chamando minha atenção para a extremidade do corredor. Vejo-o parado ali, com uma expressão divertida no rosto.

— Limpa essa baba aí — sinaliza ele quando passa por mim para pegar a mochila.

— Sossega o facho — retruco.

Ele me lança um olhar cismado enquanto ajeita a mochila no ombro.

— Eu não estava babando!

Ou será que estava? "Merda." É a segunda vez esta manhã que fico toda... alvoroçada... por causa de Warren. Não posso deixar isso acontecer. Não tem nada de seguro em relação a ele. Ele é próximo demais, bonito demais, reservado demais, intrigante demais. Sem contar que se ele for embora, Willow vai ter que ir para um abrigo. Isso por si só já basta para minar qualquer atração que eu possa sentir.

— Temos que ir, Will.

Eu a acomodo na cadeirinha com delicadeza e a carrego em silêncio porta afora.

Saímos do elevador e seguimos até a lateral do prédio. Vou ter que brigar com Warren pela vaga de estacionamento se conseguir mesmo comprar um carro nos próximos meses.

Coloco a cadeirinha de Willow no banco de trás e passo o cinto. Luke se acomoda ao lado dela enquanto Warren senta no banco do carona.

Tento fingir costume quando sento diante do volante. O carro é tão sexy quanto Warren, talvez até mais. Afinal, não posso montar em Warren e cruzar a cidade. "Cala a boca, cérebro."

O interior é todo de couro preto, com um aparelho de som integrado e o banco do motorista inclinado até dizer chega. Por que os homens sempre acham que quanto mais afastados do volante, mais descolados eles ficam? "E por que é que estão certos?"

Warren abre um sorrisinho enquanto ajeito o banco e os retrovisores.

— No seu tempo, sem pressa... — ironiza, rindo da minha cara.

Eu me controlo para não o mandar para aquele lugar.

O banco elétrico zumbe conforme desliza para a frente, até estar em uma posição confortável para minhas perninhas curtas. O carro de Warren é bem mais potente do que o Mitsubishi dos meus pais que eu estava acostumada a dirigir, então talvez eu tenha pisado muito fundo no acelerador quando saímos do estacionamento. Warren pelo menos teve a decência de ficar quieto, mas deu uma olhadinha rápida no velocímetro.

Deixamos Luke na escola primeiro e o observamos se aproximar de um grupo de amigos diante do portão.

— Eram esses aí que estavam com ele no parque aquele dia — aviso. Warren coça o queixo e estica o pescoço para olhar direito. — Eles parecem relativamente inofensivos — acrescento, na esperança de aliviar a expressão preocupada de Warren. — Luke é um bom menino.

Abro um sorriso animador, ao mesmo tempo sutil e caloroso, mas Warren apenas suspira e me indica o caminho até seu trabalho.

Cerca de dez minutos depois, estamos diante de uma oficina mecânica bem no finzinho da estrada industrial. Warren aponta para a vaga diante de uma cerca pichada com o símbolo da paz, e eu estaciono ali.

— Guerra e paz, tipo *War and peace*? Seu apelido é War, não é?

Ele me olha sem entender e abre a boca para falar alguma coisa, mas é interrompido por uma batida dupla na janela do carro. Em seguida, assente para mim, então abro o vidro.

— Ora, ora! Olá!

Apoiado na lateral do carro, com o corpo virado para a frente, está um senhor de uns sessenta e tantos anos, com estatura robusta e uma longa barba grisalha.

— Oi — respondo.

Dou uma olhada no banco do passageiro, mas Warren não está mais lá.

— Imagino que você seja a garota que mora com ele?

Eu rio, meio sem jeito.

— Bom dia, Ram — diz Warren, já ao lado do homem.

"Outro apelido? Eu quero um também!"

Ram o cumprimenta de volta, mas seu olhar passeia pelo interior do carro antes de pousar na cadeirinha no banco de trás, e um sorrisinho se forma sob sua barba espessa.

— Eu sou Ram, o dono da oficina.

— Muito prazer, eu me chamo Chloe.

— Que bom conhecer você, Chloe. Já ouvi muito a seu respeito.

"Ouviu, é?" Olho para Warren. Aposto que ele odiaria admitir que saiu falando de mim por aí... mas ele não esboça a menor reação. Nem parece envergonhado.

— Bela! — chama Ram.

Pelo retrovisor, vejo uma mulher da idade dele emergir da oficina. Ela veste jeans da cabeça aos pés e tem um cabelão louro volumoso que poderia ser visto do espaço. Já virei fã.

— A Chloe não tem o dia todo, Ram — repreende Warren, mas parece resignado.

— Olá, querida — cumprimenta Bela assim que se aproxima.

Ela poderia se passar pela Dolly Parton, tanto na voz quanto na aparência.

— Oi, eu sou a Chloe.

Sorrio tanto que meu rosto chega a doer.

Bela assente e espia o banco de trás, depois olha para Warren.

— E aquela ali é a...? — pergunta, apontando para Willow.

Ele concorda e abre a porta do carro. Para ser sincera, nunca imaginei que algum conhecido de Warren soubesse da nossa existência, muito menos que ficaria empolgado em nos ver. Ou que já tivesse ouvido falar muito a nosso respeito. Meu coração palpita só de pensar nisso.

Bela se acomoda no banco de trás e solta um suspiro audível quando olha para Willow.

— Minha nossa, é a bebê mais linda que eu já vi! Oi, gracinha!

Warren observa tudo de braços cruzados, com um sorriso no rosto. Parece orgulhoso, mas não sei muito bem do quê.

— Tudo bem, agora já deu. Willow tem um compromisso daqui a pouco — avisa ele.

Depois olha para Ram em busca de apoio, como se ele devesse dar um jeito de afastar Bela de lá.

— Ora, então tudo bem. Cuide dela, viu, Chloe? E de você também.

Bela me dá um tapinha gentil no ombro.

— Pode deixar.

— Boa menina. Foi um prazer conhecer vocês.

Ela fecha a porta do carro e eu me aproximo da janela para responder:

— O prazer foi meu!

Ram e Bela voltam para a oficina lado a lado, com as mãos enfiadas no bolso de trás um do outro. Warren chega mais perto do carro e abaixa a cabeça na altura da janela.

— Eles parecem bem legais — comento.

Nem me dou o trabalho de esconder o brilho nos olhos ou meu sorrisinho que diz: "Ahá, então você se importa com a gente!"

— E são mesmo. — Ele revira os olhos ao ver minha expressão convencida. Faz menção de falar alguma coisa, mas muda de ideia e sorri, dando tapinhas no teto do carro.

— Vejo você às quatro — diz, já se afastando.

Fecho o vidro e faço todo o trajeto até o hospital com um sorriso inabalável no rosto.

15

— INFELIZMENTE, as notícias não são tão boas.

O dr. O'Leary analisa o prontuário duas vezes antes de me entregar a folha. Nem sei o que significa. Só vejo um gráfico ligeiramente curvado para cima.

— A esperança era que esta linha aqui, que representa a pressão arterial nos pulmões, diminuísse ou estabilizasse. Em casos de canal arterial patente, precisamos garantir que não tenha muito sangue fluindo para os pulmões. Quanto maior a pressão arterial, maior a chance de isso acontecer. O risco de hipertensão está controlado, mas temos que evitar que a pressão arterial continue subindo.

Corro os olhos pela folha. Acho que não entendi nem metade do que ele disse.

— Então, o que eu preciso fazer?

— Vamos ajustar a medicação e marcar consultas semanais até a situação dela se estabilizar. Acredito que dentro de alguns meses o coraçãozinho vá estar transbordando saúde, mas, se a pressão arterial continuar elevada ou o duto na artéria não fechar, talvez haja necessidade de uma intervenção cirúrgica.

Meus lábios se abrem e puxo o ar com força.

— Entendi.

— Fora isso, ela está ótima. — Ele estende a mão para pegar o prontuário de volta. — O ganho de peso está dentro do esperado. O desenvolvimento não parece ter sido afetado pela síndrome alcoólica fetal nem pelo nascimento prematuro. Você está fazendo um excelente trabalho com ela, Chloe.

Ele segura meu ombro com firmeza e eu respiro fundo, com uma única lágrima escorrendo pelo rosto. É tão bom ouvir isso. Quase sempre tenho a impressão de que nem sei o que estou fazendo.

— Passe na recepção antes de ir embora. Só atendemos no ambulatório às sextas. Você pode deixar as consultas agendadas para os próximos dois meses, uma por semana. Depois disso, a gente reavalia a situação.

Aceno com a cabeça e pego a bolsa, depois acomodo Willow na cadeirinha. Recomponho-me e luto contra o tremor no queixo, tentando parecer forte.

Depois de uma passadinha rápida na recepção, entramos no carro de Warren e só então permito que as lágrimas venham à tona. De repente, penso em um monte de coisas que eu gostaria de ter perguntado ao médico. Envio uma mensagem a Calvin para tirar algumas dúvidas, mas também acrescento que estou ansiosa para vê-lo no fim de semana. Não quero que ele pense que só estou interessada em seus conhecimentos médicos.

CALVIN: Putz, foi mal. Esqueci que já tenho um compromisso no sábado. Podemos deixar pra semana que vem? Quanto a suas dúvidas, vou perguntar pra um colega cardiologista e depois te falo.

CHLOE: Ah, que pena. Mas não tem problema. Podemos marcar pra semana que vem. Obrigada!

Penso em Connie durante todo o caminho para casa. Quero saber onde ela está, se está bem e… acima de tudo, se entende o impacto, talvez permanente, que teve na vida de Willow. No coração de Willow. Duvido que o álcool que ela ingeriu tenha valido a pena.

Penso também no pai da minha irmã, seja quem for. Connie não tocou no assunto, nem comigo, nem com Odette, mas eu me pergunto se ela ao menos sabe quem é. Ou se contou ao cara que ele tem uma filha. Espero que não. Não quero que ninguém apareça atrás de Willow. Ainda faltam oito meses para a audiência, e tenho quase certeza de que o pai biológico poderia pedir a guarda, se quisesse, o que no mínimo atrasaria o processo. O sinal fecha e eu prendo a respiração até o peito doer. Por mais que não ajude a resolver o problema, é bom sentir que tenho controle sobre alguma coisa, por menor que seja.

Já em casa, preparo Willow para a soneca. Eu a embalo por um bom tempo e apoio o rosto em seu corpinho para ouvir os batimentos, sentindo o peito subir e descer a cada respiração. "Eu a amo tanto." Temos o mesmo nariz largo, as mesmas sobrancelhas grossas. Quem não conhece vai achar que somos mãe e filha. Isso vai ser bom para mim, tenho certeza.

Faço carinho nas costas de Willow até ela adormecer no bercinho, depois começo a trabalhar em um projeto novo, pôsteres para um festival de música. Por enquanto não tive que reduzir o ritmo de trabalho, só de sono. Preciso continuar correndo atrás de trabalhos até ter certeza de que Rachel e o Conselho Tutelar estão satisfeitos com minha renda mensal. Vou poder descansar depois da reavaliação. Ou, quem sabe, após conseguir a guarda definitiva de Willow.

O tempo parece se arrastar por uma eternidade, mas enfim o alarme do celular toca e anuncia que está na hora de acordar Willow e buscar Luke na escola. Enquanto acomodo a cadeirinha no carro, sinto uma pontada de orgulho por conseguir equilibrar trabalho, cuidados com Willow, consultas e afazeres de colega de casa.

Descubro como ligar o rádio e começo a ouvir as batidas de um rock que não conheço. Parece uma mistura de Rush e Led Zeppelin, mas não é nenhum dos dois. Eu amei tanto que vou até perguntar o nome da banda para Warren. Ou posso só tirar o CD e ver por conta própria... se eu conseguir. "Por que esse treco tem tantos botões?"

Vejo Luke na frente da escola e buzino duas vezes antes de lembrar que ele, assim como a maioria dos alunos, não consegue me ouvir. Uma professora me olha feio e eu aceno, toda envergonhada, para me desculpar.

Por fim, Luke me avista e se despede da menina ao seu lado, que não para de mexer no cabelo enquanto o observa entrar no carro. Abro um sorriso. Será que ela tem uma quedinha por ele?

— Ei! Quem é aquela ali? — pergunto, e aponto pela janela.

Luke olha para a menina como se já soubesse de quem estou falando.

— Stephanie.

Aceno a cabeça e saio do estacionamento da escola. Nunca dirigi enquanto conversava por língua de sinais, e não vai ser agora que vou começar. Warren gosta mais deste carro do que de muita gente. Não posso deixar nem um mísero arranhão. Por isso, espero até o próximo sinal vermelho para continuar:

— E aí? Quero saber mais sobre ela.

Luke fica todo vermelho.

— Warren me proibiu de sinalizar no carro.

Talvez seja só uma desculpa esfarrapada, mas decido acreditar nele. Fazemos o trajeto até a oficina sem trocar uma palavra, embalados pelos barulhinhos alegres de Willow no banco de trás.

— Oi — sinalizamos ao mesmo tempo enquanto Warren entra no carro.

— Acho que nunca sentei aqui atrás.

— Quer dirigir? — pergunto e sinalizo ao mesmo tempo.

Quando olho para trás, Warren afivela o cinto de segurança e afasta a tela da cadeirinha para dar uma espiada em Willow.

— Não. Assim tá ótimo — responde ele, depois acrescenta com um sotaque britânico bobo: — Motorista, me leve para casa, por favor.

De canto de olho, vejo Luke se virar para conversar com Warren, mas não consigo entender os sinais.

Jogo as chaves para Warren assim que saímos do carro, e ele o rodeia em busca de danos na lataria. Nem posso culpá-lo. O fato de ele ter me emprestado o carro quando precisei já lhe rendeu muitos pontos comigo.

— Não olhe o capô muito de perto, por favor. Eu atropelei uns velhinhos na saída do hospital.

— Foi um favor que você fez para eles — responde Warren sem rodeios, com os olhos franzidos para esconder o ar de diversão.

Solto uma risada estrangulada, o que por si só já me enche de vergonha, mas Warren não esboça a menor reação; está muito concentrado no carro.

Eu pego o carrinho no porta-malas enquanto Warren tira o cinto de Willow. Luke sai andando na frente, o retrato perfeito do adolescente deprimido. Talvez a conversa que perdi tenha sido uma bronca.

— E aí, como foi a consulta? — pergunta Warren, segurando a porta para mim.

— Não foi muito boa. Vão ter que ajustar os remédios, e o médico ficou preocupado porque a pressão arterial dela não para de subir. Pediram para eu voltar toda sexta-feira.

Eu me viro para encontrar o olhar dele. Warren já fez bem mais do que eu esperava nessa última semana. Não posso pedir mais nada.

— Toda sexta? — Ele assente, e eu repito o gesto. — Tudo bem.

— Tudo bem? — pergunto, cheia de gratidão.

— É, deu tudo certo hoje, não deu?

Warren fala com tanta naturalidade que parece até que esqueceu as regras rígidas que tentou implementar duas semanas atrás.

— Deu. Hã, obrigada, Warren.

Não sei o que dá em mim, mas decido pegar a mão dele enquanto esperamos o elevador. Envolvo o dorso dos seus dedos e dou um apertãozinho. Preciso parar de encostar nele. Isso afeta tanto meu cérebro que, por um momento, chego até a acreditar que ele estava virando a mão para segurar a minha antes de as portas do elevador se abrirem e eu ter que entrar.

16

Eu disse a Warren que não precisava se preocupar com o barulho da festa, pois eu lidaria com Willow, caso ela acordasse (não é como se ela dormisse muito bem mesmo), mas, *cacete*, os amigos dele não fecham a boca.

Dou uma espiada lá embaixo, pela terceira vez desde que eles chegaram. São seis convidados no total: Bryce, um outro cara que vi na oficina na segunda de manhã e duas mulheres com os respectivos namorados, creio eu, já que estão sentadas no colo deles. Uma delas é particularmente barulhenta e parece estar bêbada. Já a ouvi berrar mais de uma vez que quer "sair para dançar" e que é "muito gostosa para passar o sábado enfurnada dentro de casa". Por um *breve* instante, chego até a sentir inveja de Luke.

A impressão é que Warren não sabia o que esperar da festa que ele mesmo organizou. Pediu umas pizzas e serviu bebidas vagabundas, depois surgiu com uma garrafa de vinho refinado e escolheu músicas que podiam muito bem ter saído de um filme adolescente *indie*. Confesso que fiquei surpresa. Warren não me parece o tipo de cara que toma vinho. Ele colocou até algumas das minhas taças ao lado dos copos de plástico vermelhos.

Depois de resistir por quase uma hora, minha bexiga finalmente leva a melhor sobre mim. Dou uma conferida no espelho. *Talveeez* eu tenha vestido uma roupa arrumadinha, só para o caso de ser convidada para a festa. Uma blusa de tule preta e a calça jeans perfeita que realça muito bem a minha... *abundância* de curvas.

O tecido da blusa é tão fino que dá para ver o formato e os detalhes do sutiã roxo de renda que uso por baixo. Nem se compara ao que as duas lá embaixo estão vestindo; elas parecem modelos. *Lindas modelos seminuas.* Mas eu só não quero destoar, certo? Não é uma competição.

Desço a escada em caracol e a garota barulhenta grita assim que me vê:

— Aimeudeus! Você tava lá em cima esse tempo todo?

Olho para Warren, que parece momentaneamente surpreso. Ele se ajeita na cadeira e responde antes de mim:

— Esta é Chloe, que divide a casa comigo.

Seus olhos deslizam sem pressa pelo meu corpo e o maxilar se retesa. É tão intenso que chego a me arrepiar. "Pelo jeito a blusa fez sucesso."

— Ela tem um encontro marcado esta noite — continua ele, de cenho franzido, tomando um gole da cerveja.

Hesito por um instante, satisfeita com sua reação, mas decido corrigir o equívoco.

— Na verdade... Não tenho, não. Só quero usar o banheiro. Desculpa interromper.

Tento parecer casual ao passar por eles, mas prendo a respiração até chegar ao banheiro. Depois de lavar as mãos, reaplico um pouco de rímel.

Começo a contornar o sofá em direção às escadas quando Bryce diz:

— Ei, Chloe, fica aqui com a gente.

Escuto alguns murmúrios de aprovação e olho para Warren, que indica a cadeira vazia ao seu lado. Sinto uma pontinha de orgulho por ter sido chamada para a festa, como se fosse um convite para me sentar com as meninas populares do colégio.

A mulher barulhenta me oferece uma cerveja e eu agradeço, sorrindo.

— Meu nome é Giorgianna, mas pode me chamar de Gigi. Este aqui é o Tyler, meu namorado. — O cara escondido no canto da sala, perto da mesa de jantar, ergue o copo em um cumprimento. — Aquela ali é a Cassie e o namorado dela, Caleb — continua Gigi. — *Aimeudeus!* Acabei de perceber que vocês dois têm nomes que começam com C!

Cassie e Caleb acenam para mim, então aceno de volta. Dou uma espiada rápida em Warren, que lê o rótulo da cerveja como se fosse a coisa mais interessante do mundo.

— Eu sou o Matt, prazer.

O cara ao lado de Bryce se inclina para me cumprimentar. De todos ali, parece a pessoa mais tranquila de se conversar, a mais receptiva. E é lindo. O olhar é penetrante como o de Warren, mas um pouco mais suave. Tem cabelos pretos longos e ondulados, barba cheia e pele em um tom quente de marrom.

— E o Bryce você já conhece — diz Warren.

Dou um sorriso educado, mas me viro para fuzilar o sujeito com os olhos. Ele apenas sorri com malícia, sem desviar a atenção da cerveja.

— É um prazer conhecer vocês. — Engulo meu orgulho e acrescento: — É bom te ver de novo, Bryce.

Gigi pega outra bebida antes de retomar sua conversa com Tyler e o casal C, e Bryce se levanta e vai até a mesa para encher o copo. A música não combina com o clima da festa. Está mais para relaxamento acústico do que para festinha da faculdade, mas fazia tempo que o apartamento não ficava tão animado. É uma boa mudança de ares.

Matt desliza pelo sofá para ficar mais perto de mim, e Warren endireita os ombros ao meu lado.

— Então, Chloe, o que rolou com seu encontro? — A fala arrastada deixa claro que Matt já está um pouquinho bêbado, mas seu sorriso caloroso é reconfortante.

— Ah, ele tinha outro compromisso e não podia desmarcar — respondo, indiferente.

— O namorado dela é *enfermeiro* — diz Warren, como se "enfermeiro" fosse um palavrão.

— Eu não diria que ele é meu *namorado*… — A gente ainda nem saiu, caramba. — Hoje seria nosso primeiro encontro. Só íamos ver um filme e pedir alguma coisa para comer… Nada de mais.

Matt arqueia a sobrancelha para Warren e eu olho de um para o outro, sem entender o que se passa entre os dois, mas logo Matt põe um fim ao meu sofrimento:

— Estamos tentando entender por que alguém daria bolo em uma… — Ele dá uma coçadinha no queixo. — Hã… Em uma mulher como você.

— Depois aponta para mim com a mão aberta. — Porque você parece tão... hum... legal!

A voz dele fica mais aguda, e Warren se esforça para conter o riso.

— Até porque você o convidou para vir aqui. No seu quarto. No primeiro encontro — argumenta Warren de forma incisiva, todo confiante ao se recostar na cadeira, e então abre o sorrisinho malicioso de sempre.

"Será que Calvin achou que era um convite para transar?" Não, ele sabia que tinha que ser aqui em casa por causa da Willow... Não sabia? Dou um gole na cerveja só para me distrair. "Eca, tá quente."

— Não foi isso que, hã... Eu não ia...

Paro de falar. Não tem por que discutir minhas intenções. E daí se eu quisesse mesmo transar com Calvin? Ninguém tem nada com isso. Vejo o olhar de Matt repousar nos meus lábios e ajeito a postura na hora. Ele inclina a cabeça, concentrado, e parece imerso em pensamentos. Pela expressão dele, acho que dizem respeito a mim. Quando viro para Warren, percebo que está olhando feio para Matt. Acho que minha blusa está fazendo sucesso até *demais*.

Dou um pigarro.

— Vou pegar um pouco de vinho. Alguém quer?

E então me afasto antes que os dois tenham tempo de responder. Enquanto pego o saca-rolhas na gaveta, Warren se levanta abruptamente e vem atrás de mim.

— Acho que posso levar a taça lá pro meu quarto — aviso por cima do ombro.

Ele faz menção de dizer alguma coisa, mas nós dois ficamos imóveis assim que nos viramos para a sala de jantar.

Coloco o saca-rolhas na bancada e agarro a borda de mármore para me firmar. "Não pode ser." Vejo Tyler, Gigi e Bryce ajeitarem uma carreirinha de pó branco com a ajuda de um cartão de crédito. Com os lábios trêmulos, tenho que me segurar para não acabar com a raça desses imbecis.

— Mas nem fodendo — murmuro baixinho.

A expressão de Warren decai na hora, seus lábios tensos e pálidos. Ele pousa a mão no meu ombro com delicadeza, mas me desvencilho dele e vou até a mesa de jantar.

— Guardem essa merda agora e deem o fora daqui. — Mal reconheço minha própria voz. — Vocês não podem fazer isso nesta casa.

Eu me esforço muito para ser uma pessoa agradável. Uso roupas delicadas e cabelo preso; mantenho a voz calma e animada, a postura curvada e a cabeça baixa, as pernas cruzadas para ocupar o mínimo de espaço possível, mas agora é diferente.

É uma sensação boa deixar a raiva extravasar. Boa até demais.

Os três lançam um olhar rápido para Warren, ainda imóvel na cozinha, como se tivesse pisado em cimento fresco, e depois se voltam na minha direção. Bryce assoma sobre mim, estúpido como sempre, e observa os outros convidados às minhas costas com uma cara que diz: "Dá pra acreditar numa palhaçada dessas?" Nem espero pelo apoio de Warren. Eu também moro aqui. Minha irmã recém-nascida está nesta casa.

Vou armar o maior barraco.

— Tem duas crianças aqui que eu e Warren nunca mais poderíamos ver se vocês fizessem alguma merda e a assistente social descobrisse. Drogas são proibidas nesta casa. — Fecho ainda mais a cara e chego bem perto de Bryce, depois continuo mais devagar: — Eu mandei dar o fora daqui, *porra*.

Fiquei a um triz de bater o pé no chão. É vergonhoso, mas me dou uma colher de chá: não estou acostumada a confrontar os outros.

— Pô, cara, você vai deixar essa *vadia* falar assim com a gente? — pergunta Bryce com desdém, voltando o rosto para a cozinha.

Cerro os punhos ao lado do corpo. Nem me viro para ver a reação de Warren. Não quero tirar os olhos da mesa. Apesar de boquiaberta, Gigi parece estar achando graça da situação. Eu a encaro com ar de desafio. "Você não vai querer se meter comigo agora."

Em sua defesa, pelo menos ela assente depressa e trata de recolher a latinha que estavam usando como bandeja. O namorado, mais afrontoso, chupa os dentes e derruba uma pilha de copos ao sair pela porta.

Bryce segue logo atrás, ainda me fulminando com o olhar, mas nem respondo. Só me mexo quando a porta da frente se fecha atrás deles. Afundo em uma cadeira e a adrenalina escapa com o ar dos meus pulmões.

Apoio o rosto nas mãos, ouvindo o arrastar de pés e cadeiras atrás de mim. A porta se fecha com um baque audível. Matt, presumo, cochicha algo para Warren sobre deixar a comemoração para outro dia, mas nem espera pela resposta antes de se retirar também.

Olho para trás. "É, não sobrou ninguém." Cheguei e esvaziei a festa de Warren em menos de vinte minutos. Que merda. Passo as mãos pelo cabelo até encostar a testa nas dobrinhas dos meus antebraços.

Warren sai devagar da cozinha e senta diante de mim, com o peitoral largo colado no espaldar da cadeira, bem onde os três idiotas estavam segundos antes. Ele contrai o maxilar e mantém os olhos fixos em um ponto além da mesa, depois agarra as bordas da cadeira, com os nós dos dedos tão brancos quanto seu rosto.

Respiro fundo e me preparo para a conversa difícil que me aguarda.

17

Reúno coragem para falar primeiro:

— Olha, eu até pediria desculpa por ter estragado seu aniversário, mas...

— Não. — A voz de Warren é baixa e determinada. Ele pigarreia e passa a mão pelo rosto, puxando as pálpebras e os lábios para os lados. — Desculpa... — continua. — Só... me dá um minuto.

O apartamento mergulha em silêncio entre uma música e outra, e só se ouve o batucar do pé de Warren na lateral da mesa.

— Está tudo bem?

Não sei direito como interpretar a expressão dele. Pelo menos não parece irritado comigo.

— Eu... Eu só quero me acalmar... para não ir atrás de Bryce — responde Warren.

Ele arfa algumas vezes, depois fica de pé e caminha entre a cadeira e a parede com o pôster de que ele mais gosta. Ouço o coração martelar nos ouvidos enquanto o observo andar de um lado a outro. Warren está com uma expressão concentrada, intensa, angustiada.

Assim que ele relaxa o corpo e se senta, sirvo duas taças de vinho e empurro uma em sua direção.

— Obrigado.

Depois de entornar tudo em uma golada só, Warren coloca a taça vazia na mesa, e sirvo mais uma dose.

Ele toma um pequeno gole antes de continuar:

— Chloe, eu não fazia ideia de que eles tinham trazido drogas. Quero que você saiba disso. Eu nunca teria... — Ele cerra a mandíbula e fecha os olhos. — Fiquei sem reação. Desculpe por isso.

Coloco a mão sobre a dele no tampo da mesa, e enfim seu olhar encontra o meu.

— Vou falar uma coisa para você, Warren, mas é de coração: seus amigos são uns babacas.

Ele sorri e esfrega o polegar calejado na lateral do meu dedo, um gesto que parece quase inconsciente. Um arrepio percorre minhas veias. Começa no dorso da mão e se estende até o órgão inchado no meu peito, que bate mais rápido a cada toque de Warren.

— Acho que chamar alguns deles de *amigos* já é forçar a barra. Bryce convidou Tyler e Caleb, que trouxeram as namoradas, mas nem conheço essa gente. E Bryce é um lixo, disso eu sei.

— Sinto muito por ter estragado sua festa.

Eu não pretendia pedir desculpas, mas não tive escolha. Ele parece arrasado, como se fosse a criança que convidou a turma toda para o aniversário e ninguém apareceu.

— Nem estava divertida mesmo. Não sei o que deu em mim.

Quando me olha, a arrogância habitual não está mais ali. Não vejo o brilho nos olhos, nem a confiança escondida no cantinho dos lábios. E isso faz falta.

Ele toma um longo gole de vinho e apoia a taça na mesa, depois pousa as mãos no colo.

— Minha mãe morreu de overdose.

Sinto um aperto no estômago, mas tento continuar impassível. Warren nunca se abriu muito comigo e não quero que pare agora só porque reagi mal.

— Eu sinto muito por isso — digo.

Ele dispensa as condolências com um aceno, mas vejo seu rosto murchar por trás da máscara de bravura, os olhos fixos no próprio colo.

— Ela... Hã... Morreu no dia do meu aniversário.

"Puta merda." Nem tento disfarçar dessa vez. Estou sem palavras.

— É sempre um dia esquisito para mim. Então aquilo ali, justo hoje? — Ele ri com desdém, tomando outro gole de vinho. — Desculpe por você ter lidado com tudo sozinha, mas... obrigado.

Warren afasta as mãos da mesa como se fosse me tocar, mas hesita e alcança a taça, entornando o resto do vinho. Depois de pousá-la de volta na mesa, olha no fundo dos meus olhos, e eu retribuo.

É como se, em troca da vulnerabilidade que ele me mostrou, eu lhe desse permissão para me ver por inteiro. Normalmente não deixo as pessoas se aproximarem tanto assim. Isso nunca trouxe nada além de um coração partido.

Meus pais não demonstravam sentimentos. Connie me deixou na mão. As crianças eram cruéis, e os adolescentes, egoístas. Só tive relações rasas, conexões vazias. Aprendi a dar mais valor a algo educado em vez de genuíno.

Mas isso não é raso nem vazio. É vasto, completo, abundante. A dor estampada nos olhos de Warren combina com a minha. Aqui, eu poderia até escolher sentir a mágoa dele em vez da que sinto. Poderíamos compartilhar nossos sofrimentos. Aliviar o fardo um do outro.

— Espero ganhar uma medalha de ouro na terapia, mas minha vontade mesmo era ter esmurrado Bryce pelo que ele falou.

A voz de Warren está baixa, contida. Interrompo nosso contato visual e vejo seus punhos cerrados sobre a mesa.

— Já fui chamada de coisa pior — digo em um tom patético.

O corpo dele se retesa.

— Eu tive um problema sério com brigas. Foi por isso que fiquei tanto tempo separado de Luke. Briguei com outro cara no abrigo em que a gente estava... Agora já nem lembro por quê. — Warren flexiona as mãos, esticando os dedos antes de apoiar as palmas na mesa. — Ainda assim... eu queria mesmo ter batido no Bryce pelo que ele te disse.

— Vamos combinar o seguinte: da próxima vez, eu bato nele e você assiste de longe — digo. Ele me observa tomar o último gole da taça. — Mas ainda bem que não bateu — continuo. — Você é maior do que isso.

Estou muito ciente de seu olhar enquanto lambo a última gota de vinho no meu lábio superior. Algo dentro de mim clama para que eu me afaste dele. Levo as taças vazias para a pia e começo a lavar a louça. Aqui sou capaz respirar. Consigo fugir daquele olhar que me observa como se quisesse me *devorar*.

Depois de deixar as taças um brinco, viro de costas e me apoio na bancada. Warren recolhe as caixas de pizza, os pratos e os copos espalhados pela sala, parecendo perdido em pensamentos antes de colocar tudo ao lado do fogão.

Acho que, pelo canto do olho, ele percebe que estou admirando seu perfil. Não consigo evitar; a tensão em seu rosto realça ainda mais as feições afiadas que tanto me atraem. Sigo a linha acentuada de seu maxilar até o pescoço, o que não ajuda a aplacar o calor que cresce dentro de mim.

Sei que eu poderia simplesmente desviar o olhar, mas não quero. Meu peito sobe e desce a cada respiração ofegante. As roupas parecem muito coladas na minha pele. Assim que o olhar de Warren encontra o meu, sei o que estamos prestes a fazer.

— Chloe...

Ele chega mais perto, envolve minha cintura e me coloca na beira da bancada sem o menor esforço. Pouso minhas mãos em sua clavícula, os dedos agarrados ao tecido da camisa, e o sinto tracejar a linha do meu maxilar, com a outra mão ainda na minha cintura. No entanto, Warren não me beija. O olhar dele pousa nas minhas pálpebras semicerradas antes de recair nos meus lábios, que se projetam em um beicinho.

— Você tem que parar de me olhar desse jeito — avisa ele, passando o polegar no meu lábio inferior. Fecho os olhos e ele solta um grunhido. — E pode parar com isso também.

— Isso o quê? — pergunto, com a voz mais ofegante do que nunca.

— De agir como se não quisesse nada além de ser tocada por mim.

Warren acaricia meu lábio outra vez, um movimento demorado de um canto a outro. O toque me deixa trêmula, mas me mantenho firme para que ele não se afaste. Não quero que pare.

Minha língua encontra o polegar de Warren. Áspero, salgado. Movida por essa intensidade que emana entre nós, mordisco a pontinha do seu dedo, sem desviar o olhar. Dessa vez, é ele quem fecha os olhos. É tão gratificante vê-lo reagir ao meu toque. Quero descobrir que outras reações sou capaz de despertar. Meu coração palpita com as possibilidades.

Warren desliza a mão pelo meu cabelo, depois envolve minha nuca e abre um sorriso tão largo que mal o reconheço. Não é um olhar de desejo; tem algo além: entusiasmo, alegria, gratidão. Um alerta se acende dentro de mim. Isso pode acabar mal. Muito mal. Nem conheço Warren direito, e, se algo der errado nesse arranjo, Willow vai acabar em um orfanato. "Que raios eu estou fazendo?"

— Eu, hã... Acho que deveríamos ser só amigos — gaguejo enquanto minhas mãos desejosas me contradizem, passando por seus ombros e pescoço.

Meu lado racional diz que isso é uma péssima ideia, mas todo o resto de mim grita que seria uma ideia tão, tão boa.

Warren inclina a cabeça com um sorrisinho malicioso. Seu olhar recai no meu peito arfante antes de pousar nas minhas mãos, que agarram sua camiseta.

Ele lambe os lábios, depois diz bem baixinho:

— Eu avisei que não queria ser seu amigo.

Então Warren me beija, firme e arrebatador.

Meu cérebro derrete. A parte de mim que lutou contra isso se foi. Era uma tola. Sua língua desliza por entre meus lábios e eu o seguro pela nuca, puxando-o mais para perto. Tracejo a base de seu cabelo raspado, mais macio do que eu esperava, e o sinto acariciar a lateral do meu corpo antes de apertar minha bunda. Suas mãos me agarram por onde quer que passem, cheias de ganância, e eu amo cada segundo.

Warren deixa escapar um gemido e se ajeita, agarrando minha bunda com as mãos. Ele sabe beijar, beijar *mesmo*. Acho que, antes disso, eu nunca tinha sido beijada de verdade. Mordisco seu lábio e o puxo entre os dentes. Ele sorri contra minha boca e devolve na mesma moeda. Nossos beijos são como nossas brigas, em que um sempre tenta superar o outro.

Meus lábios estremecem contra os dele. Beijos incandescentes como ferro em brasa. Bocas que se chocam e se encaixam com tanta facilidade que parecem ter feito isso a vida inteira. Um fogo arde dentro de mim ao pensar em todos os beijos que desperdiçamos desde que ele entrou por aquela porta. "Prometo que vou recuperar o tempo perdido, corpinho."

Warren tem gosto de vinho e alcaçuz, e, por mais que eu prove, ainda quero mais. Pelo jeito não sou a única, porque ele lambe meus lábios sem parar.

Deixo escapar um gemido quando o imagino fazendo isso em outras partes do meu corpo.

Ele me agarra ainda mais forte e se afasta para dizer alguma coisa, mas muda de ideia e volta a colar os lábios nos meus. Abro um sorriso ao vê-lo sem palavras. Nem parece o mesmo cara que uns dias atrás nem queria se sentar ao meu lado.

— Que foi? — pergunta Warren, com a voz carregada de divertimento e sensualidade.

Beijo o cantinho de sua boca, depois o queixo, que ele ergue com um suspiro, deixando o pescoço livre para mim.

— Eu só estava pensando que devo ter te conquistado mesmo... para estarmos assim agora. — Beijo o lóbulo de sua orelha, arrancando-lhe um gemido entrecortado. — Eu achei que você me odiava.

Ele respira fundo quando mordo seu pescoço.

— Chloe, você é muito diferente do que eu imaginava, mas foda-se o que eu acho. Sou só um bundão. — Ao dizer isso, ele agarra meu quadril. — O seu é maravilhoso, aliás.

Eu me afasto de seu pescoço e faço menção de beijá-lo, mas ele apoia a testa na minha. De alguma forma, o gesto parece mais íntimo do que um beijo.

Minha respiração ofegante se estabiliza enquanto Warren se recompõe para continuar:

— Mas eu nunca odiei você. Longe disso. O problema aqui não é você.

Depois da confissão, ele me beija de novo, o ritmo se intensificando até voltarmos ao desejo febril de antes, mas dessa vez salpicado por uma camada de coisas não ditas.

Abro mais as pernas ao redor de seu quadril, e ele se aproxima até não haver mais espaço entre nós. Exploramos o corpo um do outro com as mãos, e eu acaricio o topo de sua cabeça outra vez, extasiada com a sensação sob minha palma. Pressiono o peito ao dele, que parece entender isso como um lembrete. A mão de Warren percorre minhas costas, deslizando pela lateral do meu corpo em um movimento dolorosamente lento e delicado. Sinto seu toque através da blusa, quase como se ela não estivesse ali.

Warren ergue a mão para apalpar meu seio, mordendo meu lábio em sequência, e tudo o que quero é que ele me leve logo para o quarto, e acho que ele sabe disso. Suas mãos agarram o meu quadril como se estivesse prestes a me levantar no colo. Passo os dois braços em volta de seu pescoço para me firmar, mas bem nessa hora escuto um tilintar de pratos no canto da cozinha. Nós nos soltamos, assustados, e eu afundo na cuba da pia enquanto Warren se vira na direção do barulho. "Merda."

— O que é isso?

Luke não sabe onde pousar os olhos. Eu me viro para Warren, que tenta ajeitar o volume na calça jeans. Pego impulso para sair da pia, depois desço da bancada. "Não, não, não."

— Acho que você já está grandinho o bastante para entender o que viu — sinaliza Warren em resposta, tão rápido que os movimentos mais parecem um borrão.

— É, muito obrigado.

A princípio achei que Luke estava em choque, mas ele está com raiva. Tento calcular quanto tempo preciso para alcançar as escadas. Dou um passinho para a esquerda, mais perto da minha rota de fuga, e Luke continua:

— E aquela história de não se apegar demais? Se você fizer merda porque só pensa com o pau, eu vou ser mandado para outro abrigo.

Luke está furioso, e Warren não parece muito diferente.

— Eu vou para o meu quarto — aviso.

Passo por eles sem nem olhar e me lanço escada acima. Fico sentada na ponta da cama, desejando desesperadamente que fosse possível *escutar* uma conversa em língua de sinais. Depois de uma hora lenta e torturante, as luzes lá embaixo enfim se apagam. Pelo jeito, eles tinham muito a discutir.

Pego o celular e abro uma conversa com Warren. Vejo os pontinhos indo e vindo na tela. Também não sei o que dizer, mas começo a digitar.

CHLOE: O Luke tá bem?

WARREN: É, tá sim.

CHLOE: Ah, que bom.

WARREN: Que beijo sensacional, hein?
Salvou meu aniversário.

CHLOE: Bom, feliz aniversário.

WARREN: Você tem certeza de que não precisa ir ao banheiro?
Antes de dormir e tal...

CHLOE: Não, acho que estou bem.

WARREN: Tomar uma água, quem sabe?

CHLOE: Melhor não.

WARREN: É importante se manter hidratada.

CHLOE: Boa noite, Warren.

WARREN: Boa noite, pombinha.

CHLOE: Pombinha?

Como ele não responde, decido me render ao sono. Deito na cama outra vez e toco meus lábios com o dedo. Estão inchados e quentes, mesmo agora. "Realmente, que beijo sensacional."

18

Uma boa noite de sono e a ausência de álcool no organismo são o suficiente para colocar minha cabeça no lugar. Não tem por que negar que o beijo foi ótimo, incrível até, mas não haverá outro. Já decidi. Minha vagina pode reclamar o quanto quiser. "Sou eu que mando aqui, caramba."

Escuto os barulhinhos de Willow no berço ao lado da cama e a pego no colo, acomodando-a sobre minhas coxas. Chego mais perto para admirar seu rostinho. Ela anda bem mais expressiva ultimamente, cheia de sorrisos que parecem ser só para mim.

— Não vou pisar na bola com você, fofinha. Eu prometo — sussurro enquanto acaricio sua bochecha macia.

Não vou arriscar o bem-estar da minha irmã por nenhum homem no mundo. Nem que ele seja incrivelmente lindo e more na mesma casa que eu. E beije *daquele jeito*.

Meu plano é ser direta e reta. Já repeti esse mantra uma dezena de vezes esta manhã.

— Direta e reta — murmuro de novo, enquanto desço as escadas para a sala de jantar.

Ah, *claro* que ele está sem camisa. "Isso é jogo baixo, Warren."

Em vez de deixar Willow na cadeirinha enquanto preparo a mamadeira, a levo comigo para a cozinha. Preciso parar de usar essa pobre criança como escudo.

— Bom dia.

Warren sorri e me olha dos pés à cabeça, depois vira a panqueca na frigideira. Até isso ele resolveu fazer? Céus, enquanto eu vou com a farinha ele já voltou com o bolo pronto. "Ou com a panqueca, no caso."

— Qual é? — respondo.

"Qual é?" Foco, Chloe. Sem complicar as coisas. Apenas pegue a mamadeira. Misture a fórmula. Alimente Willow. Vá para o sofá. Ele fica de costas para a cozinha. Lá você vai estar a salvo. "Longe da visão deste abdômen torneado... Deus, tenha piedade."

— Dormiu bem? — pergunta Warren.

Ele pega Willow no colo enquanto eu luto para abrir o pote da fórmula. "Droga, lá se vai meu escudo..."

— Arrã.

Tento soar confiante e despreocupada, mas nem me atrevo a olhar para ele. Ainda está muito perto, muito pelado.

— Minha noite também foi fantástica, valeu por perguntar. Tive um sonho maravilhoso... Talvez você possa me explicar o que significa?

A presunção dele é tanta que consigo até sentir, mesmo sem olhar. Pelo jeito, além de querer tirar minha roupa, Warren também está decidido a me tirar do sério.

— Saca só — continua ele. — Eu estava beijando uma menina e estava tudo incrível, quase perfeito, mas aí...

— Merda! — interrompo, depois de ter derramado três doses de fórmula na bancada e no chão da cozinha.

Tento devolver o máximo possível para dentro do pote. "A bancada está limpa, né?"

Warren faz uma careta e ajeita Willow no colo, depois usa a mão livre para pôr outra panqueca na pilha ao lado do fogão.

Quando enfim termino de varrer tudo que derrubei, Warren está oferecendo a Willow uma mamadeira que deve ter preparado enquanto eu limpava. Ainda com ela no colo, ele leva o prato de panquecas para a mesa de jantar. Vejo os dedinhos de Willow agarrados no cordão preto que ele usa no pescoço. Percebo que tenho menos de quinze segundos antes que esta manhã se torne tão perfeita (com exceção da bagunça que fiz) que não terei coragem de dizer nada.

— A gente precisa conversar sobre ontem — deixo escapar quando afundo na cadeira diante dele.

— Pode falar.

Warren ajeita a mamadeira de Willow, que está com a cabecinha apoiada em seu peito. "Sortuda."

Eu pigarreio.

— Certo. Então... Acho que nós dois concordamos que a noite passada foi...

— Que parte da noite?

Tenho que dar o braço a torcer: Warren é um ótimo ator. Quase consegue me convencer de que não sabe do que estou falando, mas a contração de seu lábio o denuncia.

— A parte do beijo?

— Ah, claro! *Essa* parte. Ótimo trabalho, aliás. — Ele abre um sorrisinho sexy que não ajuda em nada.

— Hã, valeu. Enfim, eu vou ser bem direta e dizer que...

— Você não quis dizer *direta e reta*?

Sinto o estômago afundar. Ele ouviu tudo. "Ai, meu Deus, que vergonha."

— Isso... — Respiro fundo para criar coragem. — O beijo não pode se repetir.

Pronto, falei. Agora não tem como voltar atrás. Meu olhar recai nos lábios dele por um instante. "Adeus, queridos amigos."

— Ok... Entendo o que você quer dizer...

Warren faz Willow arrotar com tapinhas nas costas, depois a acomoda no tapetinho de atividades na sala e liga os brinquedos do móbile.

Eu o sigo com os olhos. A arrogância que lhe faltou na noite passada voltou com força total. Ele se senta diante de mim, sorrindo por cima da xícara antes de tomar um gole. Nosso olhar se encontra e eu engulo em seco. Fico em silêncio. Sei que ele ainda não concluiu o pensamento, e eu já disse tudo o que tinha para dizer.

— Mas eu discordo.

"Pronto, aí está."

— Warren...

— Chloe — interrompe ele.

É evidente que ele não está levando isso a sério. Deixo a frustração transparecer no meu rosto, e ele percebe. Faz uma pausa e estreita os olhos, talvez para medir as próximas palavras com mais cuidado.

Então recomeça:

— Podemos muito bem dizer que não vamos mais nos beijar. Posso me fazer de santo, sem problemas, mas isso não vai mudar o jeito que você olha para mim. E definitivamente não vai mudar o jeito que eu olho para você. Cedo ou tarde a gente vai acabar se beijando de novo... E provavelmente não vamos ficar só nos beijos. Então, a meu ver, podemos lutar contra isso... sentir essa tensão aumentar até a gente explodir feito dois adolescentes tarados... ou podemos ver no que dá.

Fecho a boca — "Droga, quando foi que deixei meu queixo cair?" — e encaro o prato na mesa. Não consigo me concentrar quando olho para Warren. Hesito até para começar a formular uma frase, mas o tempo está passando. Enfim olho para ele.

— Não.

Warren recua em resposta, com as sobrancelhas levantadas. Está surpreso... Pelo menos consegui essa façanha.

Viro na direção de Willow antes de continuar:

— Desculpa, mas não. Se... Se a gente ficar mais... *envolvido* e isso acabar mal, pode ser que você vá embora com Luke antes da minha reavaliação com Rachel... E eu perderia Willow. É só que... eu ainda não conheço você bem o bastante para saber se isso poderia ou não acontecer. Eu jamais me perdoaria se Willow fosse parar em um orfanato só porque não consegui controlar minha vontade de... — Decido não concluir a frase.

Um silêncio pesado paira sobre o cômodo. Respiro fundo e reúno as forças necessárias para olhar para Warren. Ele está mordendo o lábio inferior enquanto espia por cima do meu ombro, na direção da escada que leva até meu quarto.

Ele assente uma vez, bem devagar, depois diz com mais afinco:

— Catorze de janeiro, certo?

"Como ele lembra o dia da minha reavaliação?" Pelo jeito não sou a única a consultar o calendário pendurado ao lado da porta, afinal.

— Isso... — respondo, um tanto cética.

— Tudo bem. — Warren umedece os lábios e assente outra vez.

— Tudo bem? — pergunto.

Ele observa Willow com um olhar perdido, como se estivesse imerso em pensamentos, e depois diz:

— Então vamos fazer um trato.

Sinto um arrepio na espinha quando seu olhar encontra o meu.

— Pode falar... — respondo, desconfiada.

— No dia quinze de janeiro... vou poder te levar para um encontro.

Reviro os olhos, mas ele não desiste.

"Calma." Será que ele planejaria mesmo um encontro com quatro meses de antecedência? Justo comigo? A pessoa de quem ele nem queria ser amigo cinco semanas atrás?

— Você tá falando sério?

Warren assente uma vez e faz menção de responder, mas meu celular começa a vibrar na mesa. Uma chamada de Calvin.

O olhar dele recai na tela.

— A menos que você tenha outro motivo para não querer?

Sua expressão já não está mais calorosa como antes. Há uma tensão no seu maxilar.

O celular toca outra vez e eu fico sem saber o que fazer. Cada fibra do meu ser quer se jogar nos braços de Warren, mas já perdi uma ligação de Calvin. Não quero que ele ache que o estou ignorando.

— Hã, é melhor eu atender.

Saio da mesa e levo o celular para o banheiro, sem conseguir encarar Warren. Preciso de um momento para me recompor. Fecho a porta e me olho no espelho. Estou vermelha, com os olhos borrados da maquiagem de ontem.

— Oi, Calvin, não estou podendo falar agora. Posso te ligar mais tarde? — Minha voz falha, mais aguda do que o normal.

— Oi, foi mal — responde ele.

Apoio o dorso da mão no rosto para me acalmar. Quase não consigo entender o que ele diz ao telefone.

— Estou de plantão hoje, mas devo sair lá pelas sete. Posso ligar para você depois disso? Ou prefere que eu vá até aí? — Pelo jeito, Calvin está andando enquanto fala, a voz é rápida e abafada.

— Claro, pode ser.

Afasto o celular do rosto e faço uma careta. Acho que aceitei um encontro em vez de uma ligação. Tudo porque meus pensamentos estavam bem longe, concentrados em um ponto específico na sala de jantar.

— Maravilha. Vejo você hoje à noite, então. Vou levar alguma coisa para gente comer. Pode escolher aí, depois me avisa por mensagem.

"Merda, merda, merda." Tarde demais para voltar atrás.

— Ok, até mais.

Desligo e pressiono o celular na têmpora. O que foi que eu fiz? Calvin é um cara legal, claro. Bonito, sem dúvida. Mas não sinto um frio na barriga quando olho para ele. Não sinto que ele está prestes a me *devorar*.

Além do mais, como você fala para uma pessoa que não pode sair com ela porque talvez tenha um encontro marcado para daqui a quatro meses? Não dá.

Abro a porta do banheiro bem na hora que Warren fecha a do quarto dele. Vou até lá e bato.

— Está ocupado — responde ele lá de dentro.

— Será que a gente pode conversar? — pergunto.

— Pode esperar um pouquinho? Estou me trocando. Ou pode entrar e assistir, você que sabe.

Apoio-me na parede ao lado da porta, com a cabeça virada para o teto, e tento acalmar meus ânimos. Estou tão concentrada em não espiar o corpo seminu de Warren que, quando vejo, já comecei a tagarelar:

— O Calvin vem aqui mais tarde. Eu nem queria, mas meio que concordei por engano. Mas ele até que é legal, não é? E bonitinho, eu acho. Você não concorda? Não, desculpa. Bom, sei lá, né. Talvez você também ache o cara bonito. Por mim, tudo bem. Isso nem é da minha conta, desculpa... Enfim, nem sei se é um encontro mesmo... É que eu nunca tive aquela experiência que as pessoas têm nos filmes, sabe? O casal saindo para jantar ou para ir ao cinema... Algo fofo assim... Às vezes até as duas coisas juntas. E aí depois eles voltam para casa de mãos dadas. Eu nunca fiz isso. No máximo pedi delivery na casa de alguém. Mas acho que agora nem vou poder sair muito, né? Agora que tenho a Willow e tal... Eu nunca fui chamada para um encontro de verdade... Quer dizer, antes de hoje, quando você... Hã... Você estava se referindo a um encontro tipo esses? Ou então...

A porta se abre e Warren me observa com os olhos arregalados, deslocando o maxilar de um lado para outro.

— Chloe?

— Hã?

Meu olhar se perde em um ponto acima de seu ombro, na direção da cama. "Cheguei tão perto de me deitar ali."

— Respire um pouco.

— Desculpa...

"Exagerada, Chloe. Sempre exagerada."

— Não precisa se desculpar.

Warren passa a língua nos dentes com a boca fechada e olha para mim, mas não parece me ver.

— Escuta, o beijo foi bom e tal, não tem como negar... — continua ele. — Mas acho que você tem razão. Seria um desastre, eu e você juntos. — "Espere, eu não disse isso." — Não ia dar certo. Eu ia acabar pondo tudo a perder para Luke e Willow... E então, o que ia ser? O homem-jaleco é uma escolha bem mais segura.

Ele passa por mim e segue pelo corredor até a sala de estar. Vou atrás, com a coragem renovada depois do meu rompante de tagarelice.

— Eu nunca falei que a gente não daria certo... — começo, contornando o sofá.

— Bom, então pode deixar que eu falo... A gente não ia dar certo, Chloe.

Warren pega o prato com as panquecas já frias e o apoia na bancada da cozinha.

Ele só pôs a mesa para duas pessoas, preparou algo diferente do costume... Será que tinha planejado um café da manhã especial... Só para nós dois? As panquecas não eram simples panquecas?

Eu o sigo até a cozinha.

— Por que não?

— Você pretende me seguir o dia todo?

— Não.

Mas não arredo o pé da cozinha. Minha pergunta ainda paira entre nós, e, por fim, ele cede, não sem antes revirar os olhos.

— Porque você é *você*. — Warren cospe a palavra como se fosse um insulto, e é assim que eu a recebo. — Você é a garota dos macacões amarelos e do sofá cor-de-rosa. Você é fofa. O tipo ideal de um enfermeiro. A menina boazinha... Eu não tenho uma mãe para te apresentar. Nenhum dos meus amigos vai se encantar com seus vestidinhos rodados e coloridos. Você nunca ia se encaixar, por mais que a gente tentasse.

Deixo escapar um muxoxo e contraio os lábios para mascarar minha careta.

— Então, quinze de janeiro...

Tem uma pergunta implícita ali, mas não a revelo por completo.

— Pode riscar da sua agenda.

"Essa foi rápida." Faltavam quatro meses para o meu primeiro encontro; agora, já nem tenho mais um. Não tento esconder a decepção que se instala nos meus olhos e ameaça me levar às lágrimas.

— Algum dia, *Warren*, eu vou dizer quem *você* é.

Tento imitar o seu desdém, mas não chego nem perto. É um som triste, a voz de uma garota arrasada.

— Fique à vontade! Eu vou adorar!

O corpo dele confronta o meu, na defensiva, com as narinas dilatadas conforme treme de raiva. Vejo uma pontada de dor em seus olhos.

Talvez minha réplica patética tenha tocado em uma ferida que eu nem sabia estar lá. Tento pensar em um jeito de me desculpar, mas não consigo.

Então, como se para mostrar que o universo está rindo da nossa cara, Willow começa a chorar a plenos pulmões na sala ao mesmo tempo que Luke sai do quarto. "Pelo menos os dois estão em sincronia."

Eu e Warren interrompemos o contato visual e olhamos para nossas mãos, que, em algum momento, começaram a se buscar.

Eu enfio as minhas depressa no bolso e vou me juntar a Willow na sala.

19

Olho boquiaberta para Calvin, que está sentado na beira da minha cama. "Uau."

— Não pode ser! — digo.

Ele ri e apoia as mãos nos joelhos.

— Não foi de propósito!

— Como isso é possível? — pergunto, com um toque agudo de divertimento na voz.

— Cresci em um lar muito religioso e meus pais não eram muito fãs dessa ideia de vampiros, aí eu simplesmente... Sei lá! Nunca pensei muito no assunto!

— Ok, então está decidido. A gente vai assistir agora mesmo.

Alcanço o computador ao lado da cama e dou play em *Crepúsculo*. Depois me viro toda sorridente para Calvin, mas logo fico preocupada ao vê-lo olhar nervosamente ao redor do quarto.

— Aconteceu alguma coisa? — quer saber ele, com os olhos fixos em mim.

— Não... Você não está se sentindo pressionado a assistir ao filme, né?

— Quê? Não, Chloe. Claro que não. Topo ver qualquer coisa. Só estou um pouco triste por ter perdido meu "Eu nunca", mas pelo menos vou descobrir por que falam tanto desse filme.

Ele aponta para a tela e se ajeita na cama, se apoiando nos cotovelos.

— Quantos filmes são mesmo? — pergunta. — Cinco?

Faço que sim.

— Aí, ó... Outra vantagem. Então já temos mais quatro encontros marcados — conclui ele, abrindo um sorriso caloroso.

Fico sem reação por um instante, depois vejo o brilho em seus olhos.

— Quer pegar alguma coisa para beber antes? — pergunto.

— Claro, pode ser.

Ele se levanta da cama e dá uma olhadinha em Willow antes de descermos as escadas. Afastei um pouco o berço esta noite, mas não por achar que vai rolar alguma ação na minha cama, apesar do que Warren e o amigo dele possam ter pensado. Só não quero que ela acorde por causa do filme.

Calvin chega à cozinha primeiro.

— E aí, cara? — diz.

Desço o último degrau e vejo Warren ocupado em vigiar a chaleira no fogão. Ele tira a mão do bolso da calça em silêncio e acena sem nem olhar. "Então é assim que vai ser?" Ofereço um sorriso de desculpas para Calvin antes de ir buscar dois copos no armário do canto.

— Vou ao banheiro, já volto — avisa Calvin, já seguindo pelo corredor.

Pego gelo no freezer, depois fecho a porta da geladeira. Warren abandonou o posto no fogão e se acomodou perto da pia, quase ao meu lado.

— Que foi? — pergunto.

— Você viu que o cara tá de aliança?

Olho feio para ele.

— Não tem graça.

— Mas é sério! E acho que ele percebeu que eu vi. Deve ter sido por isso que correu pro banheiro.

Warren abre um sorrisinho malicioso, saindo do personagem.

— Vai se foder — retruco.

Reviro os olhos e começo a servir o refrigerante que Calvin trouxe.

— Só se for com você. — A voz de Warren fica mais grave. Ele pousa a mão na beira da pia, a poucos centímetros do meu quadril.

Meu olhar recai ali, na mesma mão que ontem à noite me acomodou no lugar onde agora repousa. Abaixo a garrafa sem tirar os olhos do seu polegar, que desliza pela superfície da bancada, e me lembro do gosto dele na minha língua. Engulo em seco. "Quando foi que fiquei tão ofegante?"

Warren agarra a beirada da pia, as veias e os músculos ficam saltados. Ele sabe muito bem o que está fazendo. Recordo a sensação de sua mão na minha, como pequenos fogos de artifício sob a pele. Meu olhar segue a veia que se projeta do pulso ao cotovelo, antes de enveredar pela manga da camiseta.

Sigo a linha da costura até a base do pescoço, onde se desvia para formar uma leve gola V. O pomo de adão sobe e desce. Uma névoa parece encobrir a cozinha quando olho para ele, como se não existisse nada ali além de nós dois. Warren me observa com os lábios entreabertos e um olhar que parece me devorar. Respiro fundo e me preparo para ouvir o que ele tem a dizer, seja lá o que for.

— Chloe... — Warren diz meu nome como se fosse uma prece.

— Hã, oi? Tudo bem aí? — A voz arrastada de Calvin ecoa do corredor.

Meu corpo formiga da cabeça aos pés, como se todo o sangue fosse para o meu rosto de uma vez, mas Warren apenas estica a mão, abre o armário e pega dois canudos na prateleira de cima.

— Aqui está — diz e os estende para mim, como se não fosse nada.

— Valeu — murmuro em resposta.

Olho para os dois copos diante de mim, um deles ainda vazio, e sirvo o refrigerante.

Calvin surge ao meu lado e enlaça minha cintura antes de pegar um dos copos. Deve ter entendido muito bem o que viu, ou estava prestes a ver.

— Obrigado, C — agradece ele.

C? Essa é nova. A mão na minha cintura também. É isso que os homens fazem? Reivindicam o que pensam ser deles? Não sou propriedade de ninguém, nem uma terra a ser conquistada. Nem preciso olhar para saber que Calvin e Warren estão se encarando pelas minhas costas.

— Vamos lá pra cima.

Eu o desenlaço da minha cintura e o puxo na direção das escadas. A mão de Calvin é macia e se encaixa perfeitamente na minha, mas... nada de fogos de artifício.

Já no quarto, dou play antes que ele tenha a chance de perguntar o que aconteceu na cozinha. A verdade é que nem eu sei. Não mesmo. Assistimos ao filme em silêncio, apoiados na cabeceira da cama e sem nos tocar. Parece que tenho dezesseis anos outra vez.

— Bom, estou animado para ver o próximo! — exclama Calvin quando os créditos começam a rolar.

— Que bom! Eles ficam cada vez melhores, na minha opinião.

— Eu acredito em você.

Ele abre um sorriso sincero, que eu retribuo sem esforço.

— Posso... — volta a dizer, cheio de dedos. — Posso perguntar sobre o que aconteceu mais cedo?

Meu estômago se revira.

— O quê, exatamente?

"Até parece que não sei."

— Quando voltei do banheiro, parecia que eu estava interrompendo alguma coisa... entre vocês dois?

— Alguma coisa? Entre nós dois? Ah, não. Que isso! Imagina, de jeito nenhum!

Acho que me esquivei com a sutileza de um elefante.

— Tudo bem. É que, se tivesse alguma coisa, eu ia preferir saber de uma vez. Já morei com duas pessoas que acabaram se envolvendo. Sei que as coisas podem ficar intensas quando se divide o mesmo teto.

— Ah, sim. Mas não é nada disso...

É exatamente isso.

Calvin não parece nem um pouco convencido, mas eu quero convencê-lo disso. Eu quero *me* convencer disso.

Eu o agarro pela gola da camisa e o puxo para um beijo, mas acabo batendo meu nariz contra o dele.

— Droga, foi mal — digo.

— Não tem problema. Deixa que eu...

Calvin segura meu rosto, o toque leve como uma pluma, e planta um beijo longo e delicado no meu lábio superior. Depois se afasta com os olhos bem abertos, não como uma pausa antes de um segundo beijo, e sim como se não quisesse mais continuar.

— Você me acompanha até a porta? — pergunta ele, já de pé.

"Nossa." Ele não quer continuar mesmo. Acho que só me beijou por pena.

— Claro.

Calvin oferece a mão para me ajudar a sair da cama, depois nos conduz escada abaixo e se despede com um abraço rápido diante da porta.

— Até logo — digo, com o rosto apoiado em seu ombro.

Ele sai para o hall do prédio, abre um sorriso acanhado e me dá um breve aceno de cabeça antes de seguir até o elevador.

Acho que Calvin não vai assistir à continuação de *Crepúsculo*, afinal. Não comigo, pelo menos.

20

Solto um suspiro e fecho a porta com cuidado, tentando não fazer barulho. Não quero que Warren perceba que estou parada na frente do seu quarto. A última coisa que preciso agora é de outra discussão esquisita. Ainda tenho que processar tudo o que aconteceu nas últimas horas. Vou até a sala na ponta dos pés e me jogo no sofá. Puxo as pontas do meu cabelo, um velho hábito que adquiri na infância quando precisava me tranquilizar.

Acho que estraguei tudo com Calvin. Nem posso culpá-lo. Se eu o tivesse flagrado na mesma situação, provavelmente não teria nem a decência de ver um filme e jogar conversa fora como se nada tivesse acontecido. Teria ido embora na lata. E, por mais que Calvin seja um amor, não senti nada quando o beijei. Talvez, quando a poeira baixar, a gente possa voltar a ser amigo.

Pego o celular, feliz em me distrair futricando a vida de pessoas que mal conheço. Tem um punhado de mensagens não lidas no meu grupo com as meninas que moravam aqui, além de algumas notificações no Twitter e um e-mail da minha mãe adotiva. Abro o e-mail.

> Oi, querida! Eu e seu pai acabamos de comprar passagens para visitar você. Surpresa! Vamos chegar no dia 19 e voltar no dia 24. Podemos dar uma passadinha para comemorar seu aniversário, mas fora isso já estamos lotados de compromissos. Se você estiver ocupada no dia, avise para que a gente possa fazer outros planos.

Podemos sair para jantar (se você arranjar uma babá) ou comer aí na sua casa mesmo. Enfim, espero que você esteja bem... e conseguindo trabalhar apesar das distrações. A Janine me disse que ainda tem vagas abertas na firma do Rodney, se você tiver interesse.

Beijos, Mamãe

Daria para fazer uma tese de doutorado com todos os e-mails passivo--agressivos que recebo da minha mãe, mas este até que não é dos piores. Mesmo assim, não consigo evitar a pontada de dor. Os dois vão passar cinco dias aqui, mas só querem me ver por algumas horinhas no meu aniversário. E ela nem perguntou sobre Willow. Nem chegou a citar o nome dela. Isso sem contar a menção ao meu trabalho e a insistência para eu buscar uma vaga na agência de marketing do marido da amiga dela, desconsiderando totalmente o fato de que agora preciso trabalhar de casa.

Começo a digitar uma resposta.

Olá, mamãe e papai,

Estou ansiosa para ver vocês no dia 20. Vou recebê-los aqui em casa mesmo. Não sei se vocês ainda são veganos, mas tem um restaurante ótimo aqui na esquina. Podemos definir os detalhes mais tarde. Eu e Willow estamos bem. Ela é maravilhosa. Não vejo a hora de vocês dois a conhecerem. Também quero que conheçam as pessoas que estão morando aqui comigo. Às vezes o Conselho Tutelar reúne novos tutores para um ajudar o outro nos primeiros seis meses, uma espécie de trabalho em equipe! Tem sido bem útil nesse período de adaptação. Enfim, espero que vocês estejam bem. Estou com saudade. Deem um abraço na *abuela* por mim.

Chloe

Minha mãe ficou totalmente fora de si quando contei a ela sobre Willow. Enumerou todos os erros que eu cometeria, um por um, se decidisse virar a guardiã legal da minha irmã. No topo da lista estavam minhas finanças. Então pode apostar que não vou revelar a ela que, sem o programa do Trabalho em Equipe, Willow não estaria aqui.

Sei que a intenção dela é boa, e a do meu pai também.

Quando fui adotada, aos sete anos, estava começando a descobrir meus interesses e minha personalidade. Eu adorava arte, bagunça, linhas tortas e música alta, cores vivas e o frizz do meu cabelo, cola glitter e gibis. De repente me vi em uma família que dava valor ao oposto disso tudo, uma família a quem eu queria muito impressionar. Eles me domesticaram.

Ouvi minha mãe dizer isso para as amigas uma vez, durante um jantar. "Chloe já está domesticada." Como se eu fosse um cachorro que eles pegaram no canil. Todos os adultos riram, sem saber que eu conseguia ouvir tudo do outro lado da porta.

Deixo a lembrança ir embora com a mesma rapidez com que chegou. Quando confessei que tinha escutado, minha mãe se desculpou o suficiente por cem vidas. Ainda assim, a dor arde tão intensamente no meu peito quanto naquele dia.

Ajeito-me no sofá e examino a sala silenciosa. Vou ter que fazer uma faxina antes de eles chegarem, mas ainda falta um mês. Estou prestes a voltar para o celular quando uma porta se abre no corredor.

— Oi. — A voz grossa de Warren está baixa, para não acordar Willow lá em cima. — Será que a gente pode conversar?

— Claro — respondo, no mesmo tom.

Ele suspira e abre um sorriso cansado.

— Desculpe pelo que aconteceu aquela hora. Eu não deveria ter me intrometido no seu encontro. Eu não queria deixar o clima estranho.

Olho feio para ele de brincadeira.

— Claro que queria.

Warren sorri outra vez.

— Ok... Tudo bem, mas eu queria não ter feito isso.

"Nisso eu consigo acreditar."

— Eu não fiz nada para impedir — respondo.

— É, não fez mesmo.

Ele se acomoda na outra ponta do sofá, com o braço apoiado no encosto.

— Então a culpa não é toda sua — continuo, roendo meu polegar.

Ficamos em silêncio, esperando para ouvir o que o outro tem a dizer. Dessa vez, não sou a primeira a ceder.

Warren solta o ar e coça a testa antes de começar.

— Estou disposto a fazer o que você decidir. Vou seguir suas regras, Chloe. Não quero estragar nada para ninguém. Mas... — Vejo um lampejo de sua ousadia. — Eu poderia te apresentar o mesmo argumento que usei para convencer o Luke de que isso era uma boa ideia... Se você quiser.

"Não implore com os olhos, Chloe."

— Acho que eu deveria levar isso em conta antes de tomar uma decisão — brinco, sem muito entusiasmo.

— E o Calvin? Vai entrar na balança?

Nego com a cabeça.

Warren vira o rosto, desviando o olhar no que me parece uma tentativa de esconder seu sorrisinho malicioso.

— E aí, qual é o argumento? — pergunto.

Não consigo evitar. Quero muito saber o que é.

Ele se detém por um instante, me olhando de cima a baixo. É como se tivesse acabado de perceber que estou interessada nele, como se não estivesse *na cara* desde o início. Um sorriso desponta em seus lábios, e seu olhar se demora na minha boca por um segundo a mais.

Warren sacode a cabeça, como que para despertar do torpor, e então responde:

— Luke ficou bravo, você mesma viu. Ele achou injusto, já que eu fiz todo aquele estardalhaço sobre a gente se manter afastado e tal. — De repente, sua expressão parece mais focada. — Mas falei para ele que você tornou impossível ficar longe. Que tudo em você me puxa para perto. — Warren meneia a cabeça, com um sorriso de descrença se formando. — Acho que me referi a você como um turbilhão que atrai tudo ao seu redor... É brega, eu sei.

Meus lábios se contraem, tentando esconder meu divertimento.

— Eu poderia resistir, tentar escapar, remar contra a maré — continua ele, mais determinado. — Mas seria mais fácil simplesmente me entregar. E, pela primeira vez, essa ideia não me assusta. — Os olhos azuis de Warren encontram os meus, inundados de um misto de sentimentos. Esperançosos, mas exaustos. — Muitas pessoas já passaram pela minha vida, e fui decepcionado por quase todas em quem eu deveria confiar. — Ele fecha os olhos por um momento, depois os abre. — Seria muita idiotice da minha parte deixar alguém me machucar. Então eu julgo os outros. Rotulo as pessoas. Deixo a raiva me dominar e afasto todo mundo. Mas você sempre volta. Você parece entender.

Por acaso acabei de receber uma declaração? *Foi perfeita*. Como faço para superar isso agora?

— Eu, hã, droga, acabei falando mais do que eu pretendia. — Warren esfrega a cabeça com a palma da mão. — Por favor, diga alguma coisa.

Ele dá uma risada tensa e forçada.

— Nossa. Hã... Caramba. — Mordo o lábio. — Acho que... Hã. — "Fala direito, não estrague tudo." — Eu gosto muito de você, Warren. Gosto mesmo. Mais do que gostaria de admitir.

Abro um sorriso, mas o rosto dele permanece impassível, como se estivesse ansioso para ouvir tudo o que tenho a dizer.

— Mas por enquanto, com tudo o que está em jogo, talvez seja melhor tentarmos ser só amigos. Eu sei que você disse que não queria ser meu amigo, e devo confessar que essa frase me fez derreter... Por incrível que pareça. Mas não posso correr o risco de perder Willow.

Warren assente algumas vezes. Vejo uma expressão arrependida cruzar seu semblante enquanto tento acalmar meus pensamentos acelerados.

— Não quero fechar essa porta para nós dois. Quero muito que aconteça. Mas acho que é melhor esperar até que os dois tenham certeza de que é seguro apostar nisso.

O silêncio de Warren se prolonga, assim como minhas próprias inseguranças. Tento contê-las, mas elas me dominam mais a cada segundo.

— E aquilo que você disse antes? Sobre quem eu sou? — continuo, hesitante. — Sobre eu não me encaixar, sobre a gente não dar certo...

Minha voz some quando Warren olha para mim.

— Eu não sei por que falei aquelas coisas, Chloe. Desculpa. — Um músculo no pescoço dele salta. — Foi idiota. Eu falo um monte de idiotice quando estou com raiva ou... com ciúme. — Ele solta um longo suspiro, depois continua: — Hoje, quando acordei, eu tinha certeza de que a gente ia começar uma nova vida juntos. Que seríamos um só.

— Mas eu não discordo do que você falou. Sei que não sou uma pessoa fácil. Sou toda certinha e penso demais nas coisas. Só mostro ao mundo uma versão condensada de mim mesma. Uma versão minimizada. — Rio sem convicção. — E você também caiu nessa. Só me viu como uma menina mimada, alegre e bem de vida que teve tudo de mão beijada. Mas eu me diminuo. Eu me... domestico. — Engulo em seco. — Minhas amigas da faculdade nem sabiam que eu era adotada. Tem noção de como isso é problemático? Nunca precisei revelar esse lado meu para os outros, porque assim conseguia evitar toda a merda que minha mãe biológica me fez passar. Conseguia fugir disso tudo. — Ajeito-me no sofá, menos inquieta, e cruzo as mãos no colo. — Mas você não teve essa chance.

— Não... Não tive. — Warren faz uma pausa, coçando o queixo. — Mas ainda assim viemos parar no mesmo lugar. E nossas escolhas não tiveram nada a ver com isso. É péssimo, tanto para mim quanto para você. — Ele estende o braço com a palma aberta e eu lhe dou a mão. — Mas comigo você não precisa se esconder — continua ele. — Pode me mostrar todos os seus lados, por piores que sejam. Deus sabe que eu já revelei os meus.

Warren estremece e eu admiro nossas mãos entrelaçadas e apoiadas no sofá. "Será que já me encaixei em algum lugar com tanta facilidade assim?"

— Nós podemos ser amigos... Por enquanto — conclui Warren, e recolhe a mão. — Meu pobre coração a quer de volta. — Mas me avise quando estiver pronta para o que vem depois. — Ele chega mais perto, o suficiente para eu sentir sua respiração no meu rosto. — Também sei ser paciente, pombinha.

— Hã... Tá bom... — gaguejo.

Minha garganta fica apertada enquanto luto contra a vontade de roçar os lábios em seu maxilar. Warren se recosta no sofá e cruza as pernas, dando a conversa por encerrada.

Deixo meus ombros afundarem com um suspiro.

"Quem espera sempre alcança... Certo?"

21

Mais um café da manhã juntos, mais uma tigela de cereal, mais um dia nessa rotina confortável que estabelecemos no último mês. Normalmente sou eu quem interrompe o silêncio matinal dos dois, mas eles nem parecem se importar.

— Que fantasia você vai usar no Halloween? — pergunto a Luke.

— Eu tenho quinze anos — sinaliza ele de volta, e arregala os olhos para enfatizar a idade.

— Quase dezesseis — acrescenta Warren da ponta de mesa, mastigando.

— Não existe limite de idade para se fantasiar no Halloween! — Olho feio para Warren enquanto sinalizo.

— Deixe-me adivinhar, você vai fantasiada? — pergunta ele.

— Claro! É divertido. Tem um monte de crianças aqui no prédio. Ano passado eu tive até que sair para comprar mais doces.

— Você se fantasiou de quê? — quer saber Luke.

— Hera Venenosa, a vilã da DC. — Espero ter usado os sinais certos.

Luke chega a cuspir o cereal com um acesso de riso e, enquanto enxuga o leite do queixo, juro que ouço Warren chutar a perna dele por debaixo da mesa.

— Que foi? — pergunto, fitando os dois sem entender.

— Nada não. — Warren lança um olhar de advertência para o irmão enquanto sinaliza. Pelo jeito, perdi a piada. Fico apreensiva, com medo de ter a ver comigo.

— É sério, o que foi? — insisto, estreitando os olhos para Luke.

Ele olha de soslaio para Warren, e há uma troca de olhares silenciosa que diz: "Se você não contar, eu conto."

— Talvez eu tivesse um pôster da Hera Venenosa na parede do meu quarto no último abrigo em que moramos juntos. — Warren se esforça para soar indiferente, mas não consegue.

Contraio os lábios para esconder meu sorriso. Não quero provocar. "Ele ficou vermelho mesmo?" Warren envergonhado? Nunca imaginei que veria uma coisa dessas.

— Então é melhor eu aposentar a fantasia.

Dou uma olhada para Luke, que tenta disfarçar uma risada.

— Não se atreva. — A voz de Warren adquire um tom grave, desencadeando um arrepio por todo o meu corpo. Ele nem sinalizou a resposta para Luke. Foi dedicada só a mim.

Solto um suspiro e me ajeito na cadeira, tentando me livrar dessa sensação. Temos nos comportado direitinho nas duas últimas semanas, desde a conversa que tivemos depois do meu encontro com Calvin. Não vou botar tudo a perder agora. É possível que Warren só esteja cooperando para eu ser a primeira a ceder? Muito. É possível que eu esteja a *isto aqui* de ceder mesmo? Com certeza.

Desde a proibição dos flertes, tudo tem ido de vento em popa, mas devo admitir que às vezes sinto que estou remando contra a maré.

Eu os levo e busco dois dias por semana, às quartas porque uso o carro para ir ao mercado e às sextas para as consultas de Willow. Tudo por insistência de Warren, que disse que não fazia sentido eu ir a pé fazer as compras para a casa toda. "O clima está começando a esfriar e Willow não pode pegar friagem. Vá de carro, cacete!" Foi a vez dele de interferir no jeito que cuido da minha irmã, mas não me importei nem um pouco.

Por mais que essa relação ainda seja platônica, não consigo deixar de imaginar como vai ser quando, ou se, nós dois concordarmos que é seguro sair em um encontro. Nem penso muito no encontro em si, para ser sincera.

Estou mais ocupada em lembrar de onde paramos na cozinha... O que teria acontecido se Luke não tivesse nos pegado no flagra? Isso ocupa minha cabeça por tempo demais. Principalmente antes de dormir, quando estou na segurança do meu quarto. Tento não pensar nessas coisas na frente de Warren; ele sempre me observa com tanta atenção. Sinto que ele perceberia na hora. Em que será que ele pensa antes de dormir? Será que pensa em mim?

Levo a louça até a cozinha e começo a separar os remédios da Willow. Warren vem logo atrás e para alguns metros à minha esquerda, dando um pigarro antes de perguntar:

— E aí, o que vai fazer hoje?

Acho graça da tentativa de manter o tom neutro. Ele deu uma escorregadinha na mesa, mas está disposto a colaborar.

— O de sempre, mas antes vou tomar café com a Emily, uma das amigas que moravam aqui comigo. Ela está na cidade para um casamento, mas já vai embora hoje à tarde. Estou um pouquinho nervosa com esse encontro.

Coloco o frasco de remédio na mesa e me viro para Warren.

— Nervosa por quê? — pergunta ele.

— Bom, a Emily é ótima e tal, mas é uma pessoa muito transparente. E acho que talvez tenha dificuldade para entender tudo o que escondi dela. Quero ser sincera, mas estou com medo. Tenho muita coisa para contar. Isso sem mencionar a novidade muito óbvia que vai estar lá comigo.

— Se Emily for uma boa amiga, nem vai se importar com isso. Você só queria levar uma vida livre de rótulos. Todo mundo é capaz de entender uma coisa dessas.

Ergo as sobrancelhas para Warren enquanto ele coloca uma maçã na lancheira.

— Que foi? — ele pergunta, franzindo o cenho.

— Nada, não. É que você falou o que eu precisava ouvir. Já estou até me sentindo melhor.

— Ué, não entendi por que a surpresa — rebate ele, e dá uma piscadinha para mim.

Quando se vira de costas, lanço um olhar exasperado para o teto. "Por que esse homem tem que ser tão gostoso?"

Minha vida seria muito mais fácil se ele fosse charmoso, engraçado, inteligente e reservado, só que horrível. Mas quem estou tentando enganar? Ainda seria um tormento.

Depois de deixar Luke e Warren, estaciono na cafeteria onde eu e Emily combinamos de nos encontrar. Willow abre um berreiro assim que o carro para, e eu a tranquilizo enquanto pego as coisas no banco da frente. O novo remédio a deixa irritada. A alternativa é pior, claro, mas ainda é frustrante saber que só existe um medicamento disponível para o caso dela. Se estou com dor de cabeça, posso encontrar dezenas de opções diferentes em qualquer farmácia.

— Sssshh, passou, passou. Já vamos sair daqui, Will. Hora de passear!

Ela fica mais calma quando a acomodo no carrinho. Engancho a alça da bolsa na lateral dele e fecho o porta-malas. Há uns dez dias, comecei a observar pequenas adições no carro de Warren. Primeiro ele instalou a base da cadeirinha no banco de trás para não termos que prender com o cinto toda vez. Poucos dias depois, foi a vez de um espelhinho preso no encosto do banco. Por fim, a adição mais recente, um kit de emergência no porta-malas, cheio de itens úteis no caso de um pneu furado ou algo do tipo.

Cada um desses gestos ganhou um lugar no meu coração. Coisinhas simples que fizeram eu me sentir compreendida e, mais importante, me fizeram perceber que não sou a única com quem Willow pode contar.

— Chloe! — chama uma voz alegre.

Viro de costas e dou de cara com Emily, que acena enquanto pega a bolsa no banco de trás de seu carro. Ela é quase tão alta quanto Warren, com porte atlético, e usa os cabelos presos em coques Bantu. Por ser designer de moda, está sempre estilosa, com roupas únicas que lhe caem como uma luva, quase sempre peças monocromáticas em cores vivas. Hoje, está vestida de cor de laranja da cabeça aos pés.

— Oi, Em!

Travo os freios do carrinho e chego mais perto para abraçá-la.

— É tão bom ver você — diz ela por cima do meu ombro, e nos afastamos depois de alguns balanços para lá e para cá. — E quem é este bebezinho aqui?

— Ah. Verdade. Temos muito papo para colocar em dia.

Ajeito meu cabelo enquanto Emily olha para minha barriga, depois para Willow, e então para mim outra vez, sem dúvida fazendo contas na cabeça.

— Não, ela é minha irmã — explico, respondendo à pergunta não feita.

— Ah, que legal! Nossa, sua mãe...

Emily encontrou minha mãe adotiva uma ou duas vezes, e está na cara que ainda não entendeu como uma mulher de sessenta e poucos anos poderia ter outro filho. Vejo sua expressão ficar cada vez mais confusa. "Ah, céus, por onde começo?"

— Vamos, eu te explico no caminho.

Ofereço um sorriso de desculpas e ela assente, fazendo carinho no meu braço.

— Claro, sem problemas.

Caminhamos em direção ao café, que tem vista para o atracadouro do lago. Na época da faculdade, a gente sempre vinha aqui para estudar.

— Então, primeiro de tudo, me desculpe por não ter contado essas coisas antes. Estou tentando ser mais aberta com minhas amizades. Nem sempre foi fácil para mim. — Emily franze os lábios, esperando que eu continue. — Fui adotada quando eu tinha sete anos. Minha mãe, que você conheceu, e meu pai... não são meus pais biológicos. Minha mãe biológica, Connie, me teve aos dezessete anos. No começo estava tudo bem, mas quando eu tinha uns três aninhos, ela arranjou um namorado. A princípio, ele parecia legal, mas de repente... tudo foi ladeira abaixo. Ele usava drogas, e logo minha mãe também começou a se drogar. Aí as coisas pioraram... Fui levada para uma casa de acolhimento e, alguns anos mais tarde, fui adotada.

Emily se detém e olha para os próprios sapatos.

— Sinto muito, Chlo — diz baixinho, e volta a olhar para mim.

Começo a andar de novo. Não quero que Willow fique agitada outra vez.

— Em junho, me ligaram para dizer que Connie tinha dado à luz. Ela nem sabia que estava grávida, e me pediu para ficar com a criança. E eu... aceitei. E cá estamos.

Tento soar despreocupada, mas meu coração aperta. É a primeira vez que digo tudo isso em voz alta.

— Nossa... — Emily assente, pensativa. — Então a bebê está morando com você?

— Está, sim.

— Deve ser tão difícil. Tenho certeza de que você está tirando de letra, claro, mas deve ser bem difícil.

— É mesmo.

Uma lágrima rebelde me escapa antes que eu consiga impedir.

— Ei, ei. — Emily passa um dos braços em torno do meu ombro. — Você é tão forte, Chlo. — Então ela se afasta, mas ainda segura meu braço. — Eu queria que você tivesse nos contado tudo isso antes — continua ela. — Para ser sincera, sempre fiquei meio intimidada por você ser tão perfeita assim... Saber disso agora me faz te amar mais. — Ela ri e enxuga a lágrima do meu rosto. — E queria que você tivesse me ligado assim que ficou sabendo da sua irmã. Eu teria vindo para cá.

— Obrigada, Em.

Pisco para conter o resto das lágrimas.

— Vou voltar para cá com a Lane daqui a algumas semanas. A gente podia combinar alguma coisa, né? Quero colocar o papo em dia com mais tempo. — Ela faz uma pausa, me oferecendo um sorriso sincero. — E eu ia amar comprar coisinhas fofas de bebê! Você teve um chá de bebê ou coisa assim?

— Ah, não precisa comprar nada! O Conselho Tutelar cobre esses gastos e...

— Eu faço questão. — Ela dá uma espiada em Willow, que está dormindo na cadeirinha. — Ela é tão fofa, Chloe... É a sua cara.

Sorrio e olho para Willow.

— Ela é maravilhosa — concordo. — Está com fome?

— Morrendo! Hoje é por minha conta, mamãe.

Eu me detenho enquanto ela abre a porta do café.

Mamãe. Ninguém me chamou assim antes. Mas é isso que eu sou, não? Mais ou menos? Sou a irmã dela, claro, mas... o título de *mãe* parece tão mais adequado. Outra coisa para discutir com Odette, imagino.

22

O CAFÉ COM EMILY foi bem melhor do que eu imaginava. O voo dela sairia dali a algumas horas, então não pudemos ficar muito, mas ela e Lane pretendem voltar daqui a duas semanas. Senti um alívio enorme ao finalmente revelar as partes da minha história que mantive escondidas, mas acima de tudo senti vergonha. Não de quem sou ou de como cresci, como pensei que seria, e sim de ter escondido isso por tanto tempo.

Emily disse que sente algo parecido quando vai contar a novos amigos que ela é uma mulher trans. "Você não é obrigada a compartilhar sua história com ninguém", disse-me ela, "mas é um ato de confiança." Ela chamou isso de troca genuína. Gostei da definição.

Depois do almoço, fui ao mercado para fazer as compras da semana. Enquanto estava lá, Rachel mandou um e-mail pedindo que eu ligasse para ela quando tivesse um tempinho. Era uma mensagem curta, mas bastou para deixar minha ansiedade no talo.

Eu estava na fila do caixa quando abri o e-mail, perto do banheiro onde recebi a primeira ligação de Rachel. Apesar da sensação desconfortável de déjà-vu, tenho certeza de que dessa vez não é nada preocupante. Era só minha mente me pregando uma peça.

Já de volta ao apartamento, digito o número de Rachel enquanto termino de guardar as últimas compras na despensa.

— Alô, Rachel Feroux falando.

— Oi, Rachel. É a Chloe.

— Ah! Oi, Chloe. Obrigada por entrar em contato. Como você e Willow estão?

Ouço as rodinhas da cadeira dela rasparem o chão.

— Estamos bem. Tudo na mesma, na verdade. Você recebeu meu e-mail com as anotações do médico dela? Sobre a troca de remédios?

— Recebi, sim, obrigada. Ela está reagindo bem?

Rachel deve estar bem ocupada, pois está até digitando enquanto fala.

— Já faz duas semanas que o tratamento começou, e por enquanto a pressão arterial está baixando, mas nada de a artéria fechar. Os médicos querem esperar mais algumas semanas antes de considerar a cirurgia.

Odeio pensar nisto: o corpinho dela escancarado enquanto uma equipe de adultos grandalhões lida com seu coraçãozinho minúsculo. Como conseguem arranjar instrumentos tão pequenos? Estremeço e trato de afastar esses pensamentos. Rachel para de digitar e responde, em tom genuíno:

— Bom, então vamos torcer para que feche logo.

— Arrã.

Há um silêncio carregado enquanto eu a espero falar, mais apreensiva a cada segundo que passa.

— Obrigada por ligar. Bem, eu tenho novidades sobre a Connie. Ela me procurou ontem. — Rachel espera uma resposta, mas não digo nada. — Connie está sóbria desde julho. Isso foi confirmado por uma assistente social do abrigo de reabilitação para mulheres onde ela está.

— Nossa... Ok... Que bom.

Estou em choque. Apoio o corpo na bancada e espero Rachel continuar. Será que Odette já está sabendo?

— Connie quer começar a visitar Willow este mês, se possível. Ela está aberta a visitas supervisionadas aqui ou aí na sua casa, a depender de como você se sentir mais confortável.

Deslizo as costas pela geladeira e desabo com tudo no chão.

— Ah. — É tudo que consigo responder.

— Eu sei que notícias assim podem despertar um misto de emoções, então imagino que você precise de um tempo para processar tudo. — Rachel coloca algo na mesa com um baque audível, talvez uma pilha de papéis. — Não preciso de uma resposta agora — continua —, mas... sua mãe tem direito a essas visitas. Toda semana, por pelo menos duas horas. Se os encontros acontecerem aqui, você pode optar por participar ou não. Uma assistente vai acompanhar Willow de um jeito ou de outro.

Rachel se cala de repente e eu finco os dentes no meu lábio, sem saber o que esperar ou como me sentir.

— Como ela está sóbria há mais de três meses e entrou com um pedido formal, precisamos marcar a primeira visita nas próximas duas semanas — explica Rachel.

Seu tom de voz deixa claro que esses são protocolos que todos devemos seguir.

— Toda sexta-feira a Willow tem, hã, consultas no hospital. Será que podemos marcar depois disso? — sugiro fracamente, esfregando a testa com a mão livre.

— Você está cogitando receber as visitas na sua casa?

Penso em todas as vezes que minha mãe apareceu de surpresa na minha casa ou na frente da escola quando eu era adolescente.

— Não. Por enquanto acho melhor que seja aí.

— Claro. Pode ser. Como você preferir.

"Prefiro que não tenha visita nenhuma."

Vinte anos atrás, quando minha mãe ficou sóbria e pediu para me visitar, foi uma questão de meses até eu abandonar meu primeiro lar de acolhimento e voltar a morar com ela. Eu gostava da família que me abrigou. Eles me deixaram ver *Mulan* todo dia por dois meses seguidos e tinham uma filha mais velha que sempre trançava meu cabelo.

Preciso saber, mas não tenho coragem de perguntar. Minha garganta fica apertada assim que abro a boca:

— Ela está... Ela está considerando... — Dou um pigarro. — Connie vai contestar a adoção?

Cerro os dentes. A pergunta difícil foi lançada.

— Ela não falou nada sobre isso. No hospital, Connie assinou os papéis cedendo os direitos parentais a você. Seja lá o que aconteça, isso vai ter peso para um juiz.

Assinto com a cabeça, mas preciso ter certeza.

— Mas ela poderia fazer isso, não poderia? Mudar de ideia?

Rachel dá um pigarro antes de responder:

— Hipoteticamente, poderia, sim...

— E se ela, hã, conseguisse se manter sóbria até lá? — pergunto em um fiapo de voz.

Fecho os olhos com força para conter as lágrimas.

— Isso provavelmente atrasaria o processo judicial pela guarda de Willow. E Connie teria que encontrar uma moradia adequada, arranjar um emprego etc. O juiz possivelmente estipularia um prazo para que ela se tornasse apta a cuidar da criança.

— E depois disso?

Respiro fundo, com medo do que vem a seguir. Rachel suspira alto.

— Depois disso eles decidiriam qual seria a melhor opção para Willow.

Agarro a camisa e a afasto do meu peito ao sentir o ardor tomar conta da minha pele. O mundo parece mais barulhento do que antes. Puxo o ar com força, mas nada vem. "Não consigo respirar..."

— Chloe? Está tudo bem?

Escuto a apreensão na voz de Rachel enquanto me levanto e começo a andar em círculos frenéticos.

— Desculpe, será que posso...

As lágrimas ardem em meus olhos, lentas e demoradas, refletindo a dor que sinto no peito. Busco o ar, ofegante, mas nem isso é capaz de me acalmar.

— Eu tenho que desligar — digo com mais rispidez do que pretendia.

— Tudo bem, Chloe. Como for melhor para você. Vai ficar tudo bem. Mas por enquanto...

Desligo antes de ouvir o resto. Nem teria cabeça para entender mesmo. Desabo no chão de joelhos, depois apoio a testa no chão frio. O toque gelado ajuda a me recompor, mas não é o bastante.

Conto até vinte, depois de trás para a frente. Não ajuda a controlar o enjoo que me domina. "Vou vomitar." Corro até a pia e boto tudo para fora. Tateio cegamente para abrir a torneira. A água jorra, levando meu vômito pelo ralo. Enfio as mãos sob o jato e lavo o rosto. Só me concentro no barulho e na frieza da água. Por um tempo, isso ajuda. Estou no limbo, entre o pânico e a realidade, onde só existe um torpor tênue. Fecho os olhos e borrifo o rosto com outra dose de alívio fresco e fecho a torneira.

Volto no tempo. Estou no canto da nossa antiga sala de estar, no meu corpo de adulta, observando Connie se arrastar pelo carpete manchado em direção ao meu eu de seis anos de idade. Um guarda e uma assistente social tentam falar com ela, que está esparramada de bruços no chão. Há mais um assistente social ao lado da Pequena Eu, conversando com os outros dois. Não me lembro do que foi dito, e não consigo ouvir as palavras agora. Vejo minha versão criança abraçar a perna daquela pessoa desconhecida. Naquele momento, parecia uma opção mais segura do que minha própria mãe.

Connie parece assustada. Irritada. Sabia que essa seria sua última chance. Ela chega mais perto e a Pequena Eu se esconde atrás das pernas do homem. O guarda a puxa para trás, com os braços estendidos a suas costas. Ainda estou com o pijama da noite anterior, no qual fiz xixi. Não consegui encontrar outra roupa.

Fico parada ali, coberta de urina, chorando e tremendo enquanto minha mãe é arrastada para longe. Aos berros, ela implora aos assistentes sociais que a deixem me dar um abraço de despedida; sua fala está enrolada. Eu estava com tanto medo, mas mesmo assim fui buscar minha boneca atrás do abajur. Não sabia se dessa vez teria tempo de arrumar as malas.

A lembrança se esvai. Quando abro os olhos, tudo o que vejo são os azulejos da cozinha à minha frente. Inclino o corpo sobre a pia, esperando outro acesso de vômito que não vem. O pânico se apodera de mim, e faço o possível para me libertar do aperto.

Dou um passo para trás, trêmula. Não sei se passei horas ou segundos diante da pia. Confiro o relógio no celular e de repente lembro que desliguei na cara de Rachel. Começo a escrever um e-mail, pedindo desculpas. Espero que ela não tenha ficado com raiva de mim. Vou precisar dela ao meu lado.

Oi, Rachel. Desculpe por ter desligado naquela hora. Nos próximos dias vou enviar um e-mail para marcarmos as visitas. Só estou um pouco abalada com tudo.

Isso é o máximo que consigo fazer.

Vou até o sofá e permito que as lágrimas fluam livremente. Talvez Connie só queira visitar mesmo, tento me convencer. Talvez não precise de mais que isso, talvez nem queira a guarda de volta. Talvez ainda me deixe ficar com Willow. Não consigo me imaginar sem ela. "Não vou ficar sem ela." Fecho os olhos com força e apoio o rosto nas mãos. "Vai ficar tudo bem", repito baixinho, até começar a acreditar.

Meu celular vibra com a resposta de Rachel.

Oi, Chloe.

Não se preocupe, já estou acostumada com isso. Vivem desligando na minha cara. Você está bem? Sei que deve estar muito abalada. É impossível não se preocupar com o que vem a seguir, mas vamos nos concentrar no agora. Não sabemos quais são as intenções de Connie neste momento, mas, da última vez que vocês se encontraram, ela cedeu os direitos a você. Isso é crucial. Essa informação vai ser levada a um juiz daqui a sete meses e tenho certeza de que ele vai ver o mesmo que eu. Você é uma guardiã incrível. Aposto que vai passar com louvor na reavaliação. Está se esforçando muito para cuidar de Willow. Lembre-se de que são só visitas. Tente enxergar isso como algumas horinhas livres uma vez por semana, se você decidir não comparecer, e nada mais.

Estou aqui caso você tenha alguma dúvida ou precise conversar. Além disso, preciso saber qual é o melhor horário para agendarmos as visitas e se já podemos começar no dia 19.

Respiro fundo e finalmente sinto o ar preencher meus pulmões. São só visitas. Por enquanto. Posso lidar com isso.

Obrigada, Rachel. Sextas-feiras, às onze da manhã. Vamos ter que sair lá pela uma da tarde para chegar a tempo da soneca dela. Podemos começar na semana que vem.

23

— Bom dia — diz Warren baixinho do corredor.

Ele sempre acorda cedo, claro, mas duvido que esteja de pé às cinco da manhã por vontade própria. Devo ter feito muito barulho enquanto andava de um lado a outro da sala.

— Desculpa, eu te acordei? — pergunto, ainda zanzando pelo tapete.

— Não, eu… também não estava conseguindo dormir. Quer um chá?

Enquanto fala, seu olhar segue meus movimentos frenéticos.

— Quero, por favor. Obrigada.

Desabo na poltrona, de onde posso ver todo o apartamento, e abraço meus joelhos. Warren vai até a pia para encher a chaleira, depois me lança um rápido olhar de compaixão enquanto prepara o chá.

Abraço os joelhos com mais força. "Faltam seis horas até a visita de Connie." Pode ser um dia qualquer, ou o início de um processo doloroso em que ela decide que Willow é perfeita e não queira mais ficar longe. "Como poderia ser diferente?"

Alguns minutos depois, Warren aparece com o chá. Em vez de se acomodar no sofá do outro lado da sala, ele senta aos pés da minha poltrona, com as costas apoiadas na mesinha de centro.

— Obrigada.

Minhas mãos envolvem a xícara fumegante.

— Como você está? — pergunta Warren, com o cenho franzido.

— Ah… Sabe como é…

Tento soar despreocupada, mas as lágrimas que ameaçam vir à tona embargam minha voz.

O fato de Warren me olhar com preocupação, o gesto de me preparar um chá, o silêncio da manhã, o orvalho nas janelas bloqueando a vista lá fora… Tudo isso me transmite segurança para deixar minhas emoções correrem soltas.

Ele assente, com os olhos profundos perdidos em pensamentos, e toma um longo gole antes de falar:

— O Ram tem pegado no meu pé por eu não tirar folga. Não usei nenhum dos meus dias de férias no ano passado e… hã… não estou muito a fim de trabalhar hoje. Então, se quiser, posso levar vocês duas lá mais tarde. Posso esperar do lado de fora ou…

Apoio a xícara na mesinha lateral e me ajoelho diante de Warren, depois jogo os braços ao redor de seus ombros e apoio a testa na lateral de seu pescoço. "Ele tirou o dia de folga para nos ajudar."

Warren coloca a xícara no chão e passa os dois braços em volta da minha cintura. Olho para ele em busca de permissão, depois me acomodo em seu colo, aninhando-me junto ao peito. E então ele me segura enquanto choro.

Os minutos passam: dez, quinze, vinte. Warren não me apressa, e só volta a falar quando as lágrimas secam e um suspiro trêmulo me escapa.

— Ninguém vai tirar Willow de você, Chloe… — Seu tom é firme, decidido. — Quero ver alguém tentar. — Em seguida, acaricia meu cabelo bagunçado com movimentos longos que vão até as costas, um toque tão relaxante que quase me faz adormecer. — Está bom assim?

Warren se ajeita e me puxa mais para perto. Um dos braços envolve minha lombar, o outro enlaça a cintura, e as mãos se encontram em um aperto firme na lateral do meu quadril.

— Perfeito — sussurro.

"Como um cobertor para minha alma."

Na última semana, depois que recebi a ligação sobre as visitas de Connie e acomodei Willow no berço, Luke e Warren conversaram comigo durante horas. Os dois contaram que o pai sumia e aparecia quando dava na telha, com visitas esporádicas aqui e ali. Algumas vezes chegaram a acreditar que ele ficaria de vez, mas nunca aconteceu. O relato foi reconfortante, e a vulnerabilidade que demonstraram significou muito para mim.

Contei a eles sobre a vez que Connie não foi me buscar no ônibus, a ocasião em que ela recuperou a guarda e me levou para tomar sorvete, a época em que passou muito tempo sem me levar à escola, o dia em que suas chances acabaram. Escancarei minha alma para os dois. Foi uma sensação desagradável, mas real. Odiei cada segundo enquanto contava, mas depois senti que uma tonelada tinha sido removida das minhas costas. "Uma troca genuína."

Warren e Luke entenderam meus medos, minhas mágoas e preocupações. Em nenhum momento senti que precisava me conter, me diminuir ou me esconder. Isso nunca tinha acontecido. Mesmo nas sessões de terapia exigidas pelo Conselho Tutelar, sempre suspeitei que tudo o que eu dizia era repassado para os meus pais. Além disso, queria muito que a terapeuta gostasse de mim. Uma vez ela contou que eu era sua paciente preferida, e eu não queria que isso mudasse jamais.

"Pode me mostrar todos os seus lados, por piores que sejam", foi o que Warren me disse esses dias, e estou começando a acreditar que não foi da boca para fora. Esta manhã confirmou isso de uma vez por todas.

— Warren? — chamo, com a voz embargada de choro.

— Oi, pombinha?

"O apelido peculiar outra vez."

— Estou feliz por você estar aqui.

Desenrosco-me de seu pescoço e me endireito, depois pouso a mão na barba por fazer no seu maxilar delineado, acariciando seu rosto com o polegar.

— Obrigada — acrescento, com os olhos fixos nos dele.

As narinas de Warren se dilatam enquanto ele desvia o rosto para o tapete.

— Arrã.

A voz está rouca, carregada. Sei que ele fala pouco para não deixar transparecer o que sente. Ele dá um pigarro forte, depois tosse algumas vezes.

— Eu sei que este fim de semana vai ser puxado para você... — começa a dizer, mas se interrompe.

"E bota puxado nisso." As consultas de Willow são sempre uma caixinha de surpresa: nunca sei que notícias vou receber. Também tem a primeira visita de Connie, a possibilidade de ela mudar de ideia. Isso sem contar tudo o que preciso fazer antes de receber meus pais amanhã.

— Mas eu queria falar com você sobre uma outra coisa... — retoma Warren, com um suspiro. — Acho que demorei demais, e odeio isso, mas depois da ligação da Rachel na semana passada, nunca parecia uma boa hora e...

Ele esfrega o rosto com as mãos e se apoia na mesinha de centro. Saio de seu colo e me sento no chão, de frente para ele.

— Está tudo bem. Pode falar.

— Achei um... apartamento de dois quartos... Não muito longe daqui — conta Warren. — *Ah...* — Eles aceitaram a papelada que enviei meses atrás e precisam de uma resposta até amanhã.

Pisco algumas vezes.

— Quando?

— O aluguel começa a contar em novembro, mas posso continuar pagando minha parte aqui até dezembro se...

Ele balança a cabeça, percebendo que isso não resolveria o problema.

— Mas não ia adiantar. Minha reavaliação é só em... — começo a dizer, tão rápido quanto meus batimentos.

— Janeiro. Eu sei... Que droga, Chloe. — Warren olha para o teto. — Eu... não sei o que fazer. Perguntei se o contrato pode começar em janeiro, e conversei com Rachel para saber se... mas... — Ele esfrega a nuca, sem olhar para mim. — Demorei tanto tempo para arranjar um lugar para morar com Luke. Não sei quando vou encontrar outro apartamento que eu possa bancar, se é que vou encontrar um.

Sei que não posso pedir para que ele abra mão disso. Luke passou seis anos sozinho e Warren tem se esforçado muito para fazer o melhor pelos dois. Mas e Willow? *E eu?*

— Nem sei o que dizer.

Mordo meu lábio inferior e pouso as mãos no colo. Com um movimento rápido, Warren segura meus pulsos e os envolve em seus dedos.

— Então me diga para ficar — pede ele.

A falta de sono, o toque vertiginoso de Warren e a urgência em sua voz se misturam para me deixar atordoada.

— Quê? — pergunto.

Warren umedece os lábios e fecha os olhos, depois continua devagar:

— Diga que podemos fazer um acordo... Pode ser até por escrito. Se isso acontecer, então continuamos aqui.

— Mas... — Minha voz se reduz a nada.

— Mas o quê? — pergunta ele, sem fôlego.

— A gente moraria junto?

— Chloe, a gente já mora junto.

O tom é divertido, mas seu semblante permanece focado.

— Eu sei, é só que parece... diferente. E se...

— Se pudermos combinar que, não importa o que acontecer, eu e Luke poderemos continuar aqui até ele se formar, acho que vai ficar tudo bem.

"Por favor, continue aqui mesmo depois de ele se formar."

— Claro que podemos combinar isso... Com certeza. Sem dúvida.

Minha voz está mais decidida do que esteve durante a manhã inteira.

Warren solta meus pulsos e segura minhas mãos, acariciando-as com os dois polegares.

— Quero continuar com vocês — declara ele, com os olhos azuis me mantendo presa no lugar.

— Eu também quero continuar com vocês.

Abro um leve sorriso enquanto Warren me observa, com as feições acentuadas como sempre, mas cheias de alívio e ternura.

— Desculpe por ter tocado nesse assunto justo hoje.

— Não, eu fico feliz por você ter me contado. Obrigada por não ter fechado o aluguel sem me dizer nada antes.

Ele se afasta, estreitando os olhos.

— Até parece, Chloe. Eu jamais faria isso. Não vou a lugar nenhum.

Será que Warren sabe há quanto tempo espero ouvir isso de alguém? E sentir, *bem lá no fundo*, que é para valer?

Isso deve estar estampado na minha cara, porque a expressão dele muda de repente, cheia de anseio para revelar o que ainda não foi dito. Os lábios de Warren se abrem, como se já não conseguisse mais se conter, mas ele apenas se desvencilha e esfrega os próprios joelhos com as mãos.

— Seu chá vai esfriar — diz, por fim.

"Não era o que eu estava esperando."

— Acho que já esfriou — respondo baixinho.

Warren se levanta e me estende a mão, depois me ajuda a ficar de pé. Meu olhar encontra o dele e sou tomada por uma vontade de beijá-lo, de sentir seus lábios firmes e delicados nos meus. Mas há um quê de inquietude nele que me impede.

— Dia cheio pela frente... Vou lá me arrumar. — Ele solta minha mão e começa a se afastar, mas dá apenas alguns passos antes de acrescentar: — Mas você está bem, né? Precisa de alguma...

— Estou, sim — interrompo. — Já me sinto melhor agora.

Warren assente, dá as costas e segue pelo corredor em direção ao seu quarto no mais absoluto silêncio.

24

— BOA SORTE HOJE, Chloe. Aposto que vai ficar tudo bem.

Luke dá um tapinha no meu ombro antes de sair do carro e caminhar até o portão da escola.

— Ele sabia sobre o apartamento? — pergunto enquanto Warren espia o trânsito por cima do ombro.

— Arrã, eu contei para ele.

— Será que ele vai ficar chateado?

Warren sorri quando paramos no sinal vermelho.

— Duvido muito.

— Qual é a graça?

— Nada. É só que… continuar na sua casa foi ideia dele. E ele me fez prometer que eu perguntaria a você.

— Sério?

Não consigo evitar a pontinha de decepção que me invade… Será que Warren só quis ficar por causa do Luke? Se não fosse por isso, será que teria preferido ir embora?

— Ele sabia que eu nunca pediria por conta própria.

Warren me observa de cima a baixo, percebendo qualquer traço de insegurança que deve transparecer no meu rosto.

— Mas você também quer ficar? — pergunto.

"Preciso ter certeza."

Ele tira a mão direita do volante e a pousa no meu joelho. Eu a cubro com a minha, tracejando as ondulações entre seus dedos.

— Eu quero muitas coisas, Chloe... mas isso é uma conversa para outra hora.

Ele segura novamente o volante. "Não, volte aqui."

Aumento o som do rádio e coloco o CD para tocar. Sem uma palavra, Warren troca de estação.

— Ei! Põe de volta! Aliás, já faz tempo que estou para perguntar: que banda é essa? Até peguei o CD para ver, mas é pirata... seu bandido.

Ele ri, depois fica imóvel, concentrado na estrada.

— Você estava ouvindo esse CD?

— Arrã, não consegui me entender muito bem com o rádio nas primeiras vezes que usei o carro, e o CD já estava no lugar. A quarta música é a minha preferida. Tentei pesquisar a letra no Google, mas não achei nada. Que banda é essa?

Warren abre um sorriso que nunca vi antes, uma mistura de empolgação e receio. Ele desvia o olhar, pressionando a língua no canto da boca.

— Hã, então... A banda se chama Leaps & Bounds.

— Uuuh, que nome maneiro.

— Valeu, fui eu que escolhi — responde Warren, achando graça.

Faço uma careta, mas ele continua me olhando, como se me esperasse somar dois mais dois.

— Calma, quê? Você conhece a banda?

As mãos dele agarram o volante com mais força.

— Eu tocava bateria no ensino médio, aí montei uma banda com um amigo meu. A gente só fazia shows aqui na cidade mesmo, e uma vez abrimos em um festival para a banda de um cara que foi descoberto no bar que costumávamos frequentar. Tivemos até que fazer identidades falsas para poder tocar lá. Enfim, a banda não se chama mais Leaps & Bounds... eles trocaram de nome quando saíram em uma turnê pela Europa.

— Quê? Como assim? O que aconteceu? Por que você...

— Eu precisava arranjar um emprego o quanto antes — interrompe Warren. — E eu até que mandava bem na aula de mecânica da escola, e isso me pareceu uma aposta mais segura. — Ele dá de ombros. — Então, quando eles saíram em turnê, eu larguei a banda e comecei a trabalhar. Luke já tinha ficado sozinho por tempo demais.

— Você desistiu por causa de Luke? — pergunto com delicadeza.

Warren suspira e abaixa o volume até a música quase sumir.

— O solo da bateria na quarta música... é você?

Quando o sinal fecha, ele umedece os lábios e olha para mim.

— Você ouviu tanto assim?

— Arrã. É a minha preferida. Principalmente por causa da bateria. Warren... você é incrível.

Ele me lança um olhar incerto, depois meneia a cabeça.

— Ah, bem... — O rosto dele murcha.

— Você ainda toca? Assim, eu sei que você não tem praticado desde que se mudou lá para casa, mas...

— Não, tive que vender a bateria um tempo atrás para poder comprar o carro. Mas isso nem tem importância. Podemos falar sobre outra coisa.

— Tudo bem, entendi. É só que... eu adoraria ver você tocar.

— Quem sabe um dia...

Warren entra no estacionamento do hospital e abre a janela para pegar o tíquete.

— Um baterista... — murmuro com meus botões, e sinto o rosto corar.

Enquanto espera a cancela abrir, ele se vira para mim com um sorrisinho.

— Não vá me dizer que isso é uma fantasia sua ou algo assim.

— Bom, agora é. — Sorrio e desvio o olhar, acanhada. — Por que você deixou o CD no carro, então? Se não gosta de ouvir?

— Sei lá, acho que tenho orgulho das músicas. Mas não queria ser igual a esses caras que só querem aparecer na frente da... — Ele se interrompe. "Da o quê?" — Esses caras que querem se exibir para os outros. Mas eu sinto falta de tocar.

— Talvez você possa voltar, depois que Luke for para a faculdade.

— É, vamos ver — responde ele, com um suspiro.

Depois que estacionamos, Warren pega o carrinho no porta-malas enquanto eu tiro Willow da cadeirinha.

— Você quer que eu fique? — pergunta ele para mim.

— Não precisa. Bom, mas se você preferir...

— Eu fico.

Warren empurra o carrinho até a entrada do hospital e, assim que passamos pela porta, ele segura minha mão. Não sei se para me tranquilizar ou porque lhe pareceu natural.

"Parece mesmo a coisa mais natural do mundo." Eu bem que poderia me acostumar com isso. Com a ideia de não ter que enfrentar compromissos, medos ou dias difíceis sozinha. Esse pensamento me suga para fora do corpo, e ver meus dedos entrelaçados nos dele basta para aliviar o peso que sinto.

Faço sinal para Warren pegar um lugar na sala de espera enquanto vou até a recepção.

— Bom dia, Chloe. Como vai a nossa mocinha?

De todas as recepcionistas, Joy é a minha preferida, tão alegre quanto o significado do seu nome. Ela está beirando os oitenta anos e certa vez me contou que trabalha no hospital desde antes de o dr. O'Leary nascer. Pelo jeito, adora se gabar disso para os novos pacientes.

— Bom dia! A Willow está muito...

— E quem é aquele rapaz bonitão lá com ela? — interrompe-me Joy.

Abro um sorriso. "Ele é mesmo bonito, não é?"

— É meu colega de casa, Warren.

— Colega de casa? Sei... É assim que os jovens chamam hoje em dia? Arrã...

Ela pega a papelada de Willow que eu trouxe, anotações que faço entre uma consulta e outra, e dá uma secada em Warren, que acena em resposta. Galanteador como sempre. Tenho que abafar uma risada.

— Minha nossa, Chloe — diz Joy, boquiaberta. — Se você não apanhar esse partidão logo, alguém vai passar na sua frente.

— Talvez eu faça isso mesmo — respondo com um sorriso.

— O dr. O'Leary está esperando na sala B.

Ela aponta para as portas duplas à esquerda.

— Obrigada, Joy.

Chamo Warren com um aceno e ele me segue pelo corredor, empurrando o carrinho de Willow até o pequeno consultório.

— Estava falando de mim, pombinha? — pergunta ele, quase num sussurro.

— Quê? Eu não... — respondo para despistar. — E por que você fica me chamando de pomb...

— Bom dia. Como vai minha paciente favorita?

O médico entra na sala e lava as mãos na pia ao lado da porta.

— Ah, e temos uma cara nova entre nós esta manhã — continua a dizer. — Olá, eu sou o dr. O'Leary.

— Warren. É um prazer conhecer o senhor. — Ele dá um aceno educado antes de se acomodar na cadeira mais afastada.

— É um prazer também, Warren.

O médico se alterna entre olhar para nós dois enquanto tiro Willow do carrinho, depois diz:

— Ainda não tive a chance de ver suas anotações desta semana. Como foram as coisas? Willow tem dormido bem desde que começou a medicação nova?

— Então — começo, me aproximando da mesa de exame —, a pressão dela subiu na terça, mas fora isso estava mais baixa do que na última semana. E ela tem dormido melhor, sim. Aliás, ela não acordou nem uma vez na quarta passada... Foi incrível.

Warren tosse alto e eu olho para ele.

— Hã, desculpe — diz. — O sono dela afeta a parte médica? Faria diferença se ela dormisse a noite toda?

Que pergunta esquisita. "Isso aqui não é um evento interativo, Warren."

— De certa forma, sim. Estamos acompanhando o desenvolvimento da Willow, não apenas a saúde do coração. É esperado que aos quatro meses ela comece a dormir por períodos mais longos. No mínimo, essa informação serviria para descobrirmos se a medicação a está deixando agitada.

Depois que o dr. O'Leary responde educadamente à interrupção, Warren coça a cabeça com a palma da mão.

— Bom, então ela não dormiu a noite toda na quarta-feira. Eu, hã, a tirei do berço quando ela acordou...

Meu queixo cai. "Warren entrou no meu quarto?" Quarta-feira foi quando recebi a ligação da Rachel. Eu estava mesmo precisando de uma noite tranquila.

Warren desvia o olhar, todo acanhado, e eu volto minha atenção para o dr. O'Leary.

— Ok, não tem problema. Fico feliz em saber que a pressão dela está melhorando. — Ele abre o arquivo com os exames digitalizados. — Ah, vamos ver. Ok. — Então gira em seu banquinho para ficar de frente para nós, sorrindo de orelha a orelha. — O exame da última consulta ficou pronto hoje de manhã, e acho que você vai adorar saber que o buraco na artéria fechou por completo. Não vamos precisar de cirurgia... Willow conseguiu fazer isso sozinha.

Uma expiração forte escapa pelos meus lábios. O alívio se mistura com o choque, gerando um sorriso escancarado, enquanto observo minha irmãzinha com orgulho. "Ela vai ficar bem. Nós vamos ficar bem."

Warren solta um grito animado no canto do consultório, socando o ar em comemoração.

Rio, e o dr. O'Leary me acompanha no riso.

— Você conseguiu, Willow! Bom trabalho, bebê. — Eu a ajeito no meu colo, esfregando meu nariz no dela.

— Enfim, ainda temos duas consultas agendadas, só para garantir que a pressão dela continua estável. Mas, a partir de agora, Willow não é mais uma paciente com persistência do canal arterial. Um pediatra vai poder acompanhar o desenvolvimento dela a partir de agora, como qualquer bebê saudável. — O médico fecha o arquivo no computador e junta as mãos antes de acrescentar: — Vocês fizeram um ótimo trabalho, Chloe e Willow.

Depois acena para mim e sai do consultório.

— As consultas sempre são rápidas assim? — pergunta Warren, radiante enquanto caminha na nossa direção.

— Não, geralmente ela tem que fazer um ecocardiograma e exame de sangue, mas...

Warren brinca com as mãozinhas de Willow, que ainda está no meu colo. Nunca o vi tão feliz quanto agora, com os olhos brilhantes e um sorriso largo. Tudo por causa de Willow.

Acho que vou pedir ao médico que venha examinar o *meu* coração, de tão acelerado que está. Só consigo pensar em outro tipo de pressão agora: a dos lábios de Warren nos meus.

— Warren?

— Sim?

Ele mal tira os olhos de Willow enquanto endireita os ombros.

Dou um passo à frente, fico na ponta dos pés e dou um beijo doce, breve e delicado em sua boca.

— Obrigada por ter vindo.

Ele leva uma mão aos lábios e sorri.

— Sempre que quiser.

25

A sala de visitação do Conselho Tutelar é decorada com móveis, brinquedos e jogos para crianças de todas as idades. É um espaço aconchegante, com um grande mural de arco-íris e paredes pintadas em cores vivas, uma janela que vai do chão ao teto e tapetes felpudos espalhados por toda parte. Ao lado da porta há um botão de emergência para chamar os seguranças, um lembrete de onde realmente estou.

Meu coração despenca quando ouço duas vozes familiares se aproximarem pelo corredor.

Odette entra primeiro, seguida por Connie, que para na soleira da porta e olha para mim, sentada com Willow em um dos pufes. Cerro a mandíbula e tento acalmar minha respiração trêmula. "Vai ficar tudo bem."

— Minhas meninas — sussurra Connie, levando a mão aos lábios.

Ela está bem mais reconhecível agora do que em junho. Ganhou um pouco de peso. O cabelo, cortado na altura dos ombros, está voltando à cor natural. A pele recuperou o viço. Ela parece bem, e isso me deixa feliz.

— Oi... — Faço uma pausa, oferecendo-lhe um sorriso gentil. — Oi, Odette. Obrigada por ter vindo.

Odette me dá aquele aceno encorajador perfeito que faz meus ombros relaxarem.

— Eu não perderia essa reunião por nada, meu bem.

Ela fecha a porta e se apoia na lateral da mesa onde estão servidos os lanchinhos, depois dá uma olhada no relógio. A contagem regressiva de duas horas começou.

Connie se afasta de Odette e atravessa a sala com movimentos delicados antes de se acomodar no pufe diante do meu.

Eu viro Willow de frente para ela.

— Nossa, ela é a sua cara — comenta Connie, olhando de uma para a outra.

— É, a gente ouve isso sempre. — Deixo escapar uma risada leve.

— Posso? — pergunta Connie, esticando os braços.

Depois ela olha para Odette, que assente em concordância, e então volta a me encarar com ar de súplica. Endireito os ombros, tentando manter a compostura, e entrego Willow para ela.

Connie a acomoda na dobra do braço, e tenho que me segurar para não dizer que ela não gosta de ficar deitada no colo.

— Oi, bebê.

As lágrimas de Connie começam a escorrer ao mesmo tempo que as minhas. Do outro canto da sala, vejo que Odette também parece estar enxugando o rosto. Connie brinca com os dedinhos de Willow, que solta um gritinho alegre, fofa como sempre.

Eu estremeço. "Não seja tão fofa assim."

— Eu escolhi o nome Willow — conto. — Espero que não se importe.

— É perfeito.

Connie estende a mão e dá dois tapinhas no meu joelho antes de devolvê-la às costas de Willow.

— Qual é o nome do meio? — pergunta.

— Jean, igual ao nosso.

Ela parece surpresa. Assente para mim com os lábios franzidos e os olhos cheios de gratidão.

Acho que ela nem cogitou que eu manteria a tradição do nome do meio da família. Minha avó se chamava Jean. Eu não a conheci, mas Connie e eu temos este nome do meio. Parecia errado não o colocar em Willow também.

Connie dá um pigarro e enxuga o rosto antes de falar.

— Ela parece tão saudável. Está tudo bem?

— Está, sim. Na verdade, tivemos boas notícias hoje. O buraco na artéria dela fechou, então não vai precisar de cirurgia... Ela se curou sozinha.

— Claro que se curou. Mulheres fortes, as da nossa família.

Connie hesita, mas então dizemos juntas, quase em um sussurro:

— Sobrancelhas grossas, narizes marcantes, corpos robustos, corações fortes.

— Corações fortes mesmo — diz ela, enxugando outra lágrima com a manga do cardigã. — Obrigada, Chloe. Por... Por fazer o que eu não pude.

Aceno a cabeça, depois enxugo minhas próprias lágrimas. Preciso descobrir. Agora mesmo.

— Mãe... eu... hã... estou muito orgulhosa de você... por se manter sóbria. Mas...

— Não, meu bem — interrompe-me Connie. — Sei o que você vai perguntar, e a resposta é não. Willow... vai continuar com você. Eu prometo. — Ela respira fundo, o peito sobe e desce. — Eu... sinto muita saudade dela, assim como senti de você todos esses anos, mas sei que posso ter uma recaída. Sei tudo pelo que você passou. E sei que Willow vai ficar melhor com... você. A versão mais forte de mim.

Sou dominada por uma sensação cálida e intensa de calmaria. O ar me escapa em respirações ofegantes e espaçadas conforme cada um dos medos que senti na última semana abandonam meu corpo. Estou atônita e ainda sem entender como passei de ressentida com minha mãe pelo nascimento da minha irmã a ser grata a ela por deixar Willow comigo.

Ficamos em silêncio por alguns minutos enquanto Connie acaricia o cabelinho macio de Willow.

— Estou tão feliz por vocês duas estarem juntas — diz ela.

Ainda estou reflexiva, tentando processar e dizimar todas as angústias que surgiram desde que Rachel ligou para me avisar sobre as visitas. Olho para Willow. Ainda estou emocionada com a notícia maravilhosa que o médico nos deu esta manhã.

Mais alguns minutos se passam antes de eu responder:

— Acho que ficamos mais fortes a cada geração. Como se estivéssemos evoluindo.

— Ora, então... — Connie faz uma pausa e me observa com orgulho. — É bom o mundo tomar cuidado com Willow, porque a irmã dela já é a pessoa mais incrível que eu conheço.

Ela faz menção de segurar minha mão, e eu deixo.

As mãos dela são macias como me lembro, mas trêmulas. Procuro a cicatriz em seu dedo mindinho que eu costumava tracejar para cima e para baixo enquanto ela lia historinhas para mim. É tudo tão familiar, tão difícil de ignorar. Esta mulher é a minha mãe. E ela tomou a decisão certa.

A visita passa depressa. Já quase no fim, Willow começou a ficar agitada e chorosa de sono. Connie teve a chance de lhe dar a mamadeira, o que parecia importante para ela. Antes de ir embora, ela me perguntou quatro ou cinco vezes se eu estava mesmo de acordo com as visitas semanais e prometeu que vai comparecer a todas. Eu a abracei antes de nos despedirmos. O primeiro abraço que recebi da minha mãe em seis anos.

Depois que Connie sai da sala, Odette se demora por um instante e também me oferece um abraço.

— Foi muito bom ver você, querida — comenta ela por cima do meu ombro.

— Eu digo o mesmo.

Por mais que eu goste muito de falar com Odette ao telefone, nada se compara à sensação aconchegante de estar perto dela.

— Obrigada mesmo por ter vindo hoje.

— Eu não perderia por nada, Chloe. Estou tão orgulhosa de você. O que você fez hoje foi muito difícil. A primeira visita é sempre bem complicada, mas você tratou sua mãe de um jeito muito gracioso. Espero que esteja orgulhosa de si mesma.

Não deixo as palavras perdurarem por muito tempo. Já chorei demais nesta sala.

— Obrigada, Odette.

— E como vão as coisas? Em casa? No trabalho?

— Tudo tranquilo. Estou trabalhando bastante. Faço um ou dois projetos pequenos por semana... Tentando ganhar o suficiente para passar na reavaliação. Se bem que... acho que agora vai ser um pouco mais fácil. Hoje de manhã decidimos que Warren e Luke vão continuar morando comigo definitivamente.

— Que ótima notícia! Talvez seja uma boa hora para você pegar mais leve no trabalho. Está com uma carinha tão cansada...

Dou um muxoxo.

— É, vamos ver.

— E as coisas com o Warren, como vão?

"Onde paramos na nossa última conversa?" Acho que passei quase meia hora tagarelando sobre o fiasco do dia das panquecas antes que ela me interrompesse.

— Hã... Então... Eu o beijei hoje.

Odette estica o pescoço para trás, com os olhos arregalados e a boca curvada em um sorriso, e faz sinal para eu continuar.

Penso em Warren me esperando no carro lá fora e meu coração dispara. Nunca senti algo parecido com o conforto que ele me transmitiu hoje. Esta manhã em seus braços, o aperto de mão firme no hospital. Warren vê todos os meus lados... e continua aqui. Balanço a cabeça, prestes a admitir pela primeira vez... Talvez até para mim mesma.

— Acho que estou apaixonada por ele.

Odette sorri como um adulto ao ouvir uma criança lhe contar algo que ele já está careca de saber.

— Meu bem, eu poderia ter te falado isso há muito tempo. Você se ilumina quando fala dele.

Willow começa a chorar e eu a pego no colo para acalmá-la.

— Estou preocupada que seja cedo demais. Eu só o conheço há alguns meses.

— Bem, às vezes a gente simplesmente sabe... E vocês dois já passaram por muita coisa juntos. Ele parece ser um bom rapaz.

— Ele é mesmo.

O choro de Willow fica mais intenso.

— Acho melhor eu ir andando. Posso ligar mais tarde para...

— Ligue quando quiser, meu bem — interrompe Odette. — Eu adoro nossos papos.

Ajeito a bolsa de maternidade no ombro e levo Willow até o estacionamento onde Warren nos espera, depois a acomodo na cadeirinha e abro a porta do passageiro.

— E aí, como foi?

Warren se endireita no banco do carro e se vira para estudar meu rosto em busca de respostas.

— Muito bom.

O corpo dele parece relaxar.

— Connie vai me deixar ficar com Willow. Não vai contestar a guarda. Ela... — Minha voz fica embargada. — Ela parece estar bem, saudável.

Warren envolve meu rosto com as mãos e apoia a testa na minha, soltando um longo suspiro.

— Ela me abraçou — continuo, com a voz trêmula.

— Isso é ótimo, Chloe.

Ele se afasta devagar e dá um beijinho na minha testa. Depois se aproxima novamente.

— Willow vai ficar comigo... — digo em voz alta pela primeira vez, e a ficha começa a cair. — Acho que o pior já passou.

— Já passou, pombinha. Já passou. Você conseguiu.

Passo a mão no maxilar dele antes de olhar para Willow, que começa a armar um berreiro no banco de trás. Respiro fundo para me recompor e afivelo o cinto de segurança. Warren faz o mesmo antes de sair do estacionamento e tomar o caminho para casa.

Quero dizer a ele que o amo agora e centenas de vezes depois disso, mas antes preciso lidar com a visita dos meus pais. Imaginei todos os cenários possíveis de como Warren pode reagir à minha declaração, do melhor ao pior, e em nenhum deles o fato de conhecer meus pais amanhã interfere de forma positiva.

26

— Olá, querida!

O sotaque da minha mãe ainda dá sinais de sua origem, mesmo que ela tenha saído de Barcelona há quarenta anos. Ela me dá um tapinha rápido no ombro e avança pelo corredor do apartamento. Meu pai me puxa para um abraço de urso, e eu solto um gritinho alegre quando ele me levanta do chão.

— É bom ver você, Panda.

É assim que meu pai me chama desde o dia que a assistente social me levou para a casa deles. Os dois tinham deixado um panda de pelúcia no meu travesseiro, e quando eu disse que era meu animal preferido, eles interpretaram isso como um sinal de que deveríamos mesmo ser uma família. Na verdade, eu gostava mais de coelhos. Mas aprendi a amar pandas com o tempo. Meu pai sempre me trazia um de presente quando viajava a trabalho, e a coleção só aumentava. Globos de neve, chapéus, camisetas, bichinhos de pelúcia: tudo de panda. Tenho o primeiro até hoje, lá na escrivaninha do meu quarto.

— É bom ver você também, papai.

Ele passa o braço pelo meu ombro e eu o conduzo até a sala de estar, onde minha mãe observa tudo com os lábios ligeiramente franzidos. Quando se trata da minha mãe, expressões neutras são sempre um perigo. A felicidade dela é escancarada: o riso que se transforma em gargalhada, o sotaque espanhol cada vez mais carregado, o sorriso que adquire um toque de travessura, mas fora isso, é apenas um jogo de adivinhação que sempre termina com alguém, geralmente um garçom ou uma camareira, aos prantos.

— Warren e Luke, que moram aqui comigo, foram buscar a comida e levaram Willow junto para que a gente pudesse conversar um pouquinho a sós.

Dou um tapinha ao meu lado no sofá e minha mãe se acomoda, toda sorridente enquanto afasta meu cabelo do rosto. Ela faz carinho no meu ombro antes de se virar para o meu pai e sinalizar:

— Eu contei sobre o pessoal que mora aqui com a Chloe? Acho que esqueci.

Ele responde:

— Aquelas meninas que a gente conheceu no último Natal? Lane e Elizabeth, é isso?

Tomo o lugar da minha mãe:

— Não, Lane e Emily. Mas elas mudaram de cidade depois da formatura. Agora eu moro com Warren e o irmão dele, Luke. Warren também é um guardião do Conselho Tutelar. Fizemos uma parceria para facilitar o processo. Luke tem quinze anos e também é surdo.

— Ah, que maravilha! Vou ter mais alguém com quem conversar. Eles já estão chegando? — quer saber meu pai, dando uma espiada na porta da frente.

— Eles só foram buscar a comida. Willow está com os dois.

— Ah, sim, a Willow. Ela está com, o quê, uns seis meses? — sinaliza ele.

— Quatro.

Dou um sorriso educado. Não vou ter tempo de externar tudo o que sinto nesta breve visita, então preciso escolher minhas batalhas com cuidado.

— E como está sendo? Ser responsável por uma criança? — Meu pai fica tenso e continua focado em mim, mas de canto de olho percebo que minha mãe tenta chamar sua atenção.

— Ótimo. Ela é incrível.

— Ah, feliz aniversário, aliás! Que bobeira a nossa! Parabéns, querida.

Minha mãe beija meu rosto e depois faz sinal para meu pai, mas nem vejo o que é. Não sei o que dói mais: eles terem esquecido meu aniversário ou só terem lembrado para desviar o assunto de Willow.

— Verdade, feliz aniversário de vinte e cinco anos. Nem dá para acreditar.

Meu pai tira um maço enorme de dinheiro da carteira e o estende para mim. Por mais que sejam ricos, os dois não costumam ser tão generosos.

Olho para o dinheiro, depois para o meu pai, hesitante, e por fim estico a mão para aceitar. Observo o maço que tenho em mãos.

De acordo com meus pais, o dinheiro que seria destinado a pagar minha faculdade foi gasto com os professores particulares e as atividades extras de que precisei para conseguir entrar lá, já que tive uma "infância difícil". Tenho que me controlar para não contar as notas agora mesmo. Quero muito saber se é o suficiente para quitar o carro.

Se bem que... talvez seja melhor conversar com Warren primeiro. Agora que ele decidiu ficar de vez, podemos até dividir o carro dele.

— Está tudo bem, querida? Você estava com uma carinha distante... — diz minha mãe em voz alta, sem sinalizar.

— Hã, sim, desculpa. Obrigada. — Coloco o dinheiro na mesinha ao lado do sofá. — Obrigada, papai.

— Vamos passar o Natal por lá este ano, mas adoraríamos que você fosse nos visitar nas férias. Dá para usar uma parte do dinheiro para as passagens — responde meu pai, sorrindo.

— Nossa, seria ótimo, mas não posso viajar enquanto a custódia de Willow não for definitiva. Ela ainda não pode sair do país.

Meu pai se remexe na poltrona e olha para minha mãe, que meneia a cabeça como quem diz "deixa isso pra lá". E ele deixa... por enquanto. Solto um suspiro profundo e teatral. "Preciso de um tempinho a sós."

— Vocês querem tomar alguma coisa? Água? Vinho? Chá?

Saio do sofá e começo a caminhar até a cozinha.

— Eu aceito um vinho, por favor... Seu pai disse que também quer — avisa minha mãe em voz alta.

Sirvo três taças e, aproveitando que estou longe do olhar atento da minha mãe, envio uma mensagem para Warren.

CHLOE: Por favor me diz que você já tá chegando. Preciso de reforços urgente!

WARREN: Estamos no elevador.

Guardo o celular no bolso da calça e levo as taças para meus pais.

— Warren avisou que já estão subindo. Vocês estão prontos para conhecer a Willow?

Tento manter a voz animada enquanto sinalizo, mas o meu desespero é quase palpável.

— Ué, por que não estaríamos?

"Hum... Não sei, mãe, por que será?"

Meu pai abre um sorriso amarelo.

Ouvimos a porta ser aberta, seguida pelo som de sacos de papel e das rodas do carrinho de bebê. Faço sinal para os meus pais, depois sigo até o hall de entrada.

— As coisas estão ficando complicadas ali rápido: me dê a bebê mais fofa do mundo. — Pego Willow no carrinho e a ajeito no colo antes de continuar sinalizando. — Obrigada por terem ido.

— Warren comprou comida suficiente para alimentar um batalhão, então pelo menos nossas bocas vão estar ocupadas — brinca Luke.

— Você está bem? — pergunta Warren.

Ele tenta chamar a minha atenção, mas estou tão tensa que não consigo parar quieta.

Não conversamos muito sobre meus pais adotivos, além do fato de meu pai ser surdo e os dois terem ido morar no exterior, mas hoje Warren testemunhou meu nervosismo em primeira mão. Ele colocou Luke para nos ajudar a faxinar a casa e só tirou sarro de mim uma vez, quando comecei a limpar a parte de cima dos armários da cozinha. "Por acaso seus pais são gigantes?", perguntou-me ele. E, mesmo assim, me ofereceu outro pano para ajudar a limpar.

— Estou, sim. Venham, vou apresentar vocês.

Dou um aceno rápido, reunindo coragem.

Warren arregaça as mangas do suéter de tricô e ajeita a bainha enquanto começo a avançar pelo corredor. "Espere aí, suéter de tricô?" Ele se arrumou? Não está com a camiseta de manga comprida e os jeans rasgados de sempre. A calça de hoje é preta, e parece novinha em folha... "Será que é mesmo?"

— Warren, Luke, esta é minha mãe, Martina, e meu pai, Tom.

É difícil usar as mãos para sinalizar enquanto seguro Willow no colo. Minha mãe esboça um sorriso, avaliando Luke e Warren de cima a baixo antes de estender a mão para cumprimentá-los.

— É um prazer conhecer vocês dois.

Luke sorri, impassível. Ao contrário do meu pai, ele não se força a fazer leitura labial.

— Igualmente. — Warren assente e dá um passo para trás, depois se vira para meu pai. — É um prazer conhecê-lo, senhor.

— Por favor, pode me chamar de Tom. Prazer em conhecer vocês.

O sorrisão do meu pai é contagiante. Acho que, assim como Luke no abrigo coletivo, fazia tempo que ele não tinha com quem conversar em língua de sinais. Tirando minha mãe, claro.

Depois de trocar um aperto de mãos com Warren, ele se vira para Luke. Os dois começam uma conversa paralela enquanto Warren leva as embalagens de comida para a mesa.

Olho para minha mãe, que espia com cautela a bebê no meu colo.

— E esta aqui... é a Willow.

Chego mais perto e ela engole em seco, os olhos se contraindo de leve.

— *Hola, pequeñuela.*

A língua materna sempre lhe escapa quando ela está com a mente ocupada com outra coisa.

— Quer segurá-la? — pergunto, e já nem lembro como respirar.

— Depois do jantar, quem sabe. Estou faminta.

Mordo a língua e aceno a cabeça, dando um sorriso forçado.

— Claro, pode ser.

Sei que Warren percebe a tensão na minha voz, pois me observa com um ar preocupado. Em seguida, faz sinal para Luke se aproximar, e meu pai vai atrás, tão entretido na conversa que não presta a menor atenção em mim ou em Willow ao passar por nós. "Pelo menos os dois estão se dando bem."

Escolho a cadeira mais perto do corredor, de costas para a sala. Meu pai senta de frente para mim, e minha mãe se acomoda ao lado dele. Luke trouxe a cadeira do computador do quarto e a deixou à minha direita, na cabeceira da mesa, de onde consegue continuar a conversa com meu pai.

Warren toma o assento ao meu lado, à esquerda, e pisca para mim quando ninguém está olhando.

Ele usa o flerte para me tranquilizar, e funciona. Pelo jeito entendeu que tudo que preciso neste momento é de um pouco da confiança que ele tem aos montes. Acomodo Willow na dobra do braço e me sirvo com a mão livre. Warren *realmente* acabou com a comida do restaurante.

— Eu nunca experimentei comida vegana, então pedi um pouco de cada prato. Espero que esteja tudo certo.

— Sim, obrigada. Parece ótimo. — Minha mãe sorri para ele enquanto serve a comida no prato. — Mas me diga, Warren, você trabalha com o quê?

— Sou mecânico em uma oficina aqui perto.

A cada palavra, Warren olha para ver se Luke e meu pai estão prestando atenção, para saber se precisa sinalizar.

— Mecânico, hum... Isso paga bem? — pergunta minha mãe, com uma descontração fingida.

Paro de mastigar e espio Warren de canto de olho. Ele não parece nem um pouco incomodado.

— É, paga, sim. O salário aumenta de acordo com a experiência, então estou me esforçando para chegar ao topo.

— E o que você vai fazer quando chegar lá?

— Continuar fazendo a roda do capitalismo girar, imagino... — Warren ri baixinho, mas como minha mãe não reage, ele se endireita e continua: — Eu gostaria de abrir minha própria oficina um dia.

Engasgo com a comida e Warren pousa a mão no meu joelho, dando um apertãozinho que diz: "Pode deixar comigo".

Minha mãe sorri.

— Isso é ótimo. — Ela dá uma garfada, depois engole. — E você, Chloe? Como vai o trabalho?

"Começou."

— Vai bem. Esses dias fiz uma campanha publicitária para a frota de ônibus da cidade. O pagamento foi ótimo e vai ser legal ver minha arte por aí.

"Não tem como ela encrencar com isso."

— Então você ainda anda de ônibus?

"Retiro o que disse."

— Sabe como é, mãe... Carros são caros e eu não quero me afundar em dívidas. Tenho uma criança para sustentar agora. Andar de ônibus é uma opção mais em conta.

— Nós não vamos te dar um carro, Chloe.

Minha mãe mastiga enquanto fala, mas ainda consegue pronunciar cada sílaba com perfeição.

— Mas eu nem pedi... — digo.

Respiro fundo.

— Ué, então você tá reclamando por quê? — pergunta.

Ela raspa os dentes no garfo e eu baixo o olhar para o prato.

— Desculpe. Não foi minha intenção. — "Não chore." — Mas Warren tem um carro e me empresta duas vezes por semana, o que é muito gentil da parte dele.

Dou um jeito de mudar o rumo da conversa para Warren. Afinal, minha mãe parece encantada com ele. "O homem está usando um suéter de tricô, sabe?"

— Warren não precisa do carro para trabalhar?

A pergunta é dirigida a mim, mas é para Warren que ela olha em busca de uma resposta.

Ele aperta meu joelho outra vez. Demoro muito para falar, então Warren toma a dianteira.

— Na verdade, eu que falei para Chloe pegar o carro emprestado, já que faz as compras da casa toda. Parecia justo. Além do mais, as consultas da Willow são do outro lado da cidade... e os ônibus daqui são péssimos. Mas vamos ver se melhoram, agora que estão de cara nova graças ao design da Chloe.

Ele estufa o peito, como se tivesse conquistado alguma coisa, e afrouxa o aperto em meu joelho. Pobre Warren. Não sabe com quem está lidando.

Minha mãe larga os talheres na mesa e o encara com ar de superioridade.

— E se você não estivesse aqui, hein? O que seria dela? Chloe só vai aprender a se virar sozinha quando sentir a dificuldade na pele. Eu e o pai dela não nascemos ricos. Tivemos que batalhar muito e passar por maus bocados para chegar aonde chegamos. Agora podemos comprar carros. Não precisamos pegar emprestado ou usar o... transporte público.

Ela deixa o pulso flácido pender na lateral do corpo, como se apontasse para indicar a ralé do lado de fora do apartamento.

Warren finca os dentes nos lábios, depois os abre para receber a garfada. Acho que está mantendo a boca cheia de propósito.

— Mãe, tá tudo bem. Falta só um pouquinho para eu comprar o carro, então isso já vai se resolver. Vamos deixar pra lá…

— Bom, espero que você não use o dinheiro que ganhou de aniversário para isso. É para comprar as passagens para visitar a gente e a *abuela*. — A expressão dela suaviza, e a irritação dá lugar ao cansaço. — Ela já está bem velhinha, querida. Talvez você não tenha outras chances de visitá-la.

— Eu já disse que só posso viajar depois da audiência de custódia da Willow. Aí, sim, vamos visitar vocês.

— Não sei se é uma boa ideia você viajar com um bebê. O voo é longo… — diz, ignorando minha resposta.

Deixo escapar uma risada ofegante.

— Ué, mãe, o que você quer que eu faça? Ela é…

— Por acaso ela não pode ficar com outra família? Com a Constance?

Fazia mais de dez anos que eu não ouvia minha mãe tocar no nome de Connie.

Respiro fundo sem nem perceber.

— Não, mãe… Não pode. Por acaso você teria me deixado ficar com ela? Quando quisesse viajar?

— Não é a mesma coisa.

— Como não?

— Ora, não estávamos só de babá enquanto ela ficava sóbria. Nós acolhemos você para valer. Estávamos prontos para ser pais. Antes disso tivemos tempo de viajar, juntar dinheiro e aproveitar a vida. Nós queríamos você. Escolhemos abrir mão dessas coisas…

— Eu quero Willow para valer. E vou ficar com ela.

Ela ergue as mãos à medida que minha voz aumenta. Luke e meu pai ficam imóveis na ponta da mesa, como se de repente percebessem a tensão que paira no ambiente.

Sinto os olhos lacrimejarem, sobretudo de frustração.

— Por que você não pode me apoiar nisso? Está sendo *tão* difícil. E você nem a pegou no colo.

— Mas nós acabamos de chegar. Por acaso eu preciso pegar a menina no colo na mesma hora que...

— Você deveria estar animada para conhecer Willow! Ela é uma parte de mim.

Estou ficando cada vez mais alterada, sem conseguir me conter. Uma lágrima escorre pelo meu queixo.

— Não fale assim comigo, *hija*. Acha mesmo que vou ficar feliz vendo você jogar sua vida fora? — Ela dá uma risada sarcástica. — Pensei que você ia seguir o *meu* exemplo, não o da *drogada* da sua mãe biológica, mas é esta a vida que você escolhe? Prefere a arte ao sucesso financeiro? Orgulho à riqueza? E decide criar uma criança sozinha? Quem vai querer você agora? *Ay dios mio*. A gente se esforçou tanto! Onde foi que erramos?

Abro a boca, mas não sai nada. Olho na direção do meu pai. Sei que ele consegue fazer leitura labial, depois de anos lidando com os lapsos da minha mãe. Espero que ele se vire para mim, que deixe claro que entendeu tudo, que mostre que sente muito. Mas ele permanece imóvel. Arrasto a cadeira para trás e a mão de Warren escorrega da minha perna quando me levanto. Encaro minha mãe de cima e abraço Willow com mais força.

— Você não tem o direito de me tratar assim. — Tento manter a voz calma. — Está sendo difícil, claro que está. Mas estou feliz com a decisão que tomei. É assim que minha vida vai ser agora. Você gostando ou não. Então você tem duas opções: ou me apoia... ou pode ir embora.

Minha mãe me olha de cima a baixo com desprezo. Deixa o silêncio se estender por tempo demais, ciente de que a bola está com ela. Está na cara que quer me ver espernear, mas não vou lhe dar esse gostinho.

Quando ela enfim diz alguma coisa, não é dirigida a mim:

— Você viu como ela fala comigo? A falta de educação? Por acaso você falaria assim com sua mãe, Warren?

Ele baixa o olhar para o próprio colo, assente uma vez e então se levanta, com o corpo todo tenso. Depois se vira na direção da cabeceira da mesa e faz sinal para Luke ir para o quarto. Luke acena e obedece sem hesitar.

Warren puxa o ar devagar e sinaliza enquanto responde em voz alta:

— Martina, eu não te conheço muito bem, mas conheço sua filha Para falar a verdade, estou até começando a desconfiar que a conheço melhor do que você. — Ele olha para mim e para Willow com uma expressão carinhosa. — Chloe é a pessoa mais dedicada que eu conheço. Não sei quantas pessoas conseguiriam cuidar de uma criança com problemas de saúde em tempo integral e ainda trabalhar. Você sabia que alguns medicamentos da Willow precisam ser administrados três vezes ao dia? Que o coração dela precisa ser monitorado diariamente? Que ela quase não dorme? E Chloe nunca reclama. Nunca. Como se isso não bastasse, ela ainda é uma ótima amiga para mim e para o meu irmão. Ela está exausta.

Warren faz uma pausa e olha para o meu pai, depois de volta para minha mãe, que está recostada na cadeira, de braços cruzados.

— Se Chloe sentisse que pode pedir ajuda de vez em quando, talvez não pegasse tão pesado com ela mesma. Mas, pelo jeito, ela foi ensinada a não aceitar ajuda de ninguém. — Warren me observa por um instante antes de continuar, com um pedido de desculpas estampado nos olhos. — Então... sim. Eu vi como ela fala com você e, francamente, eu teria feito pior.

Ele respira fundo, os ombros subindo e descendo, então fixa o olhar no da minha mãe e acrescenta, sem um pingo de hesitação:

— E não, eu não falaria assim com minha mãe porque a drogada da minha mãe já morreu.

27

"Eu amo Warren." Isso é tudo em que consigo pensar agora. Eu amo Warren.

Entrelaço meus dedos nos dele. Estou pouco me lixando para as críticas e os comentários da minha mãe. Ela se levanta da mesa indignada e meu pai lentamente a puxa de volta para a cadeira, o que lhe rende um olhar furioso. O que se segue é uma conversa silenciosa travada entre os dois, apenas com os olhos.

Se tivesse que apostar, diria que meu pai tenta lhe mostrar que ela está prestes a perder a única filha, e minha mãe enfim cede, depois de muita teimosia.

Ela umedece os lábios com uma expressão aborrecida nos olhos e sinaliza enquanto diz em voz alta:

— Peço desculpas, Chloe e Warren. Eu não queria estragar este jantar tão agradável. Vamos todos voltar à mesa.

Warren e eu nos sentamos, ainda com os dedos entrelaçados. Ele segura minha mão ainda mais forte e a apoia no colo, envolvendo-a entre suas palmas antes de soltar.

Nós quatro reabastecemos os pratos em silêncio, passando as travessas de mão em mão.

Meu pai puxa uma conversa sobre carros com Warren. Eu engulo meu orgulho e pergunto à minha mãe sobre o estado de saúde da *abuela*. O papo flui pelo resto do jantar, como se já nem lembrássemos o que acabou de acontecer. Mas não esqueço o que Warren disse nem por um segundo. O jeito como tomou a atenção para si e me defendeu dos julgamentos que ele mesmo tinha feito a meu respeito meses atrás.

Depois do jantar, minha mãe pede para pegar Willow no colo. Primeiro a segura longe do corpo, com os braços esticados, mas depois de ver os olhões arregalados e os sorrisos fofos da bebê mais perfeita do mundo até ela amolece e a aninha junto ao peito.

Meu pai pede para Warren tirar uma foto de nós quatro para mostrar à *abuela*, depois diz que vai colocar em um porta-retratos. Os dois vão embora logo depois de eu botar Willow no berço, trocando abraços em vez de apertos de mão com Warren e Luke, que voltou do quarto enquanto eu estava no andar de cima.

Fecho a porta da frente com a sensação de que, no geral, a visita poderia ser encarada como uma vitória. Quando me viro, Luke e Warren estão no corredor atrás de mim, oferecendo um abraço em grupo. Depois de um minuto longo e um pouquinho esquisito, nós nos desvencilhamos.

— Cara, ainda bem que a gente nunca foi adotado.

Vejo a expressão travessa no rosto de Luke e não consigo segurar a risada. Warren dá um empurrãozinho no ombro dele, mas também sorri.

— Ué, que foi? Só estou brincando. Seu pai é legal. Mas fala pelos cotovelos.

Vamos juntos até a sala e Warren se acomoda ao meu lado no sofá, nossos joelhos se tocando. Luke senta na poltrona à nossa frente.

— Pois é, minha mãe sabe língua de sinais, mas vive reclamando por ter que fazer malabarismo com três línguas diferentes. Acho que ele ficou feliz de ter alguém com quem conversar. Obrigada por ter dado corda para ele.

— O que rolou depois que eu saí? O clima parecia meio tenso.

— Warren me defendeu. Literalmente calou a boca da minha mãe. Foi incrível.

— Não foi bem assim — intervém ele, o olhar recaindo no chão da sala antes de se fixar lentamente no meu.

— Foi exatamente assim. E eu... amei. Obrigada.

Quando olho para Warren, sinto que não consigo esconder o que luta tanto para escapar. "Eu te amo." Devo estar até com coraçõezinhos nos olhos, feito uma personagem de desenho animado.

Luke tosse, desviando nossa atenção para o outro lado do cômodo.

— Bom, acho melhor eu voltar para o meu quarto... Divirta-se aí no agradecimento, Chloe. Só não façam isso aqui na sala.

Jogo uma almofada nele, que começa a rir enquanto reviro os olhos.

— Boa noite — sinaliza para mim. — Boa sorte — acrescenta para Warren, que ergue a mão para coçar o queixo, sorrindo enquanto meneia a cabeça.

Quando Luke fecha a porta do quarto, Warren pigarreia e se afasta um pouco no sofá.

— Então — começamos a dizer juntos, mas aí paramos.

— Pode falar primeiro — digo.

Warren sorri com malícia e mexe a boca de um lado para outro.

— Você quer conversar sobre isso?

— Não.

"Prefiro fazer outra coisa."

— Tem certeza?

— Arrã.

— Então tá.

Warren balança a cabeça, concordando, e eu chego mais perto, deixando minhas intenções bem claras. Ele ergue uma sobrancelha, os olhos grudados na minha boca, e então o cantinho esquerdo de seu lábio se levanta.

— A gente se beija em aniversários, é isso? — pergunta ele, com a voz mais rouca do que o normal.

— Bom, a gente se beijou no seu...

— Então vamos nos beijar agora?

— Tipo agora, agora? — respondo. — Não.

Pressiono os lábios, tentando esconder meu sorriso.

— Você entendeu o que eu quis dizer...

Ele também sorri, mas não tira os olhos da minha boca.

— Talvez...

Aperto ainda mais os lábios. Warren disse que eu deveria avisar quando estivesse pronta. Bom, cá estou. Prontinha.

— O que você vai fazer nessa sexta? — pergunto.

— Terminar de preparar nosso encontro no *sábado*. — Sua boca se curva em um sorriso.

— Ah, é?

Meu rosto se ilumina e eu desvio o olhar, acanhada. Estou até com vergonha de como a ideia de ir a um encontro com ele me deixa animada. Chego a sentir um friozinho na barriga. "Meu primeiro encontro de verdade."

— O Luke não vai ligar de ficar de babá? — pergunto.

— Acho que por ele tudo bem, se você se sentir confortável com isso. Mas posso ver com a Bela. Ou então...

— Não, Luke é ótimo com a Willow. — Faço uma pausa e olho para meu quarto lá em cima. — Acho que vou ficar até meio confusa sem ela.

— Vai ser sua primeira vez longe da Will... mas prometo que vou fazer valer a pena.

Warren olha para minha boca enquanto fala, dessa vez de um jeito ainda mais intenso. Está vidrado em mim, quase como se fosse impossível se conter.

Engulo em seco e levanto do sofá. Ele estica o braço e segura meu pulso, me virando de volta para encará-lo.

— Pois não? — pergunto, olhando-o de cima.

É impossível não rir da sua cara de cachorrinho pidão.

— Aonde você vai? — quer saber ele, todo emburrado.

— Buscar um copo de água pra gente. Não se preocupe.

Pisco para ele e recolho minha mão.

Para ser sincera, só estou usando isso de desculpa. Preciso de um minutinho para praticar o que quero dizer.

Hã, então... Não quero te pressionar nem nada, mas estou apaixonada por você.

Estou apaixonada por você, só isso. Nada demais.

Espero que não seja muito cedo para dizer isso, mas eu te amo.

Droga, nenhuma das abordagens parece ideal. Levo os dois copos com água de volta para a sala, ainda sem ter encontrado as palavras certas.

— Obrigado.

Assim que pega o copo, Warren o coloca na mesinha de centro, e eu faço o mesmo com o meu.

Em seguida, ele estica o braço no encosto do sofá, bem atrás do meu ombro, e eu ergo a mão para acariciar a manga de seu suéter. Sei que vamos acabar nos beijando cedo ou tarde, mas... seria melhor ter uma conversa antes, não? Era tudo tão mais fácil quando estávamos agindo por impulso. Agora temos um mês de vontades reprimidas para combater.

Respiro fundo, e faço de tudo para soar casual:

— Então, provavelmente tem um jeito melhor de dizer isso, mas...

— Calma, vem mais pra cá.

Warren usa o braço estendido sobre o sofá para me puxar para seu colo, e eu vou de bom grado. Apoio os joelhos de cada lado de seu corpo antes me sentar sobre suas coxas, passando os braços ao redor de seu pescoço. Warren repousa as mãos no meu quadril, enganchando os polegares nos passantes da calça jeans.

— Eu acho que... — "Se concentra, Chloe." — Fica difícil pensar assim.

Minha mente torna-se confusa enquanto estou ali, no colo de Warren. Parece que estou em dois lugares ao mesmo tempo. Na sala, sentindo o corpo dele nessa nova posição, mas também no meu quarto, onde cansei de me imaginar exatamente assim.

Fecho os olhos e tento me concentrar no que eu queria dizer, mas a vontade dentro de mim só aumenta. Eu os abro outra vez, mas encarar Warren não ajuda em nada.

O olhar dele está entorpecido, cheio de desejo, e quando recai no ponto onde nossos corpos se encontram, vejo a contração em seu maxilar. Em seguida, ele volta a admirar meu rosto, enrolando uma mecha do meu cabelo antes de deixar a mão deslizar pelas minhas costas até chegar à bunda.

— Chloe, eu quero te pedir desculpa — começa a dizer, bem baixinho.

Não era isso que eu esperava.

— Quê? Não, mas você nem...

— Julguei você. Eu... Sabe tudo o que sua mãe disse hoje? Meses atrás, eu também tentei te pintar daquele jeito. Deve ter sido horrível ouvir as mesmas críticas da sua mãe vindas da boca de um estranho. Odeio ter feito isso com você. Queria...

— Passei a maior parte da vida tendo que provar que minha mãe estava errada a meu respeito, mesmo quando tudo o que eu queria era fazê-la sentir orgulho de mim, mas estou farta disso... Para mim já deu. Só que você não sabia. E... aquelas coisas que você falou para ela? Era tudo que eu precisava ouvir. Você acha aquilo mesmo?

— Aquilo e mais um pouco.

Warren sorri e apoia a mão no meu rosto. Eu me aconchego ali, sentindo a lã macia do suéter no cantinho da minha boca.

— Chloe, eu poderia passar o resto da vida falando sobre como me equivoquei em relação a você. Sobre o quanto você é incrível... — Ele dá um pigarro. — Sobre o quanto eu te amo.

Fico tão surpresa que nem consigo me mexer. "Ele me ama."

— Você o quê?

Abro o maior sorrisão e Warren ergue uma sobrancelha para mim, mas não consegue esconder a alegria com a minha reação.

— Eu te amo, Chloe.

Seu peito afunda quando solta o ar, e a mão que envolvia meu rosto agora segura meu pulso, descansando ao lado dele no sofá.

— Tudo bem eu falar assim? Eu nunca tinha falado isso para ninguém além da minha família, então não sei se...

— Tudo ótimo! — interrompo.

Ele se inclina para me beijar, mas eu me afasto, percebendo que perdi a minha deixa.

— Espera! — exclamo mais alto do que pretendia. Solto o ar pelo nariz, satisfeita ao ver a expressão ansiosa de Warren enquanto me espera falar. — Eu também te amo.

— Porra, graças a Deus.

O nariz dele fica todo enrugadinho quando está feliz, e eu faço questão de olhar para deixar registrado na memória.

Ficamos sorrindo um tempão, como dois idiotas que somos.

— Tá bom, tá bom... Chega! Olha para lá! Já estou ficando com vergonha. — Dou risada, tentando cobrir o rosto dele com a mão.

— Vergonha? Peraí que vou te mostrar o que é vergonha.

Solto um gritinho surpreso quando Warren fica de pé, me segurando de forma que minhas pernas enlacem sua cintura, e então começa a girar pela sala até que eu esteja às gargalhadas, agarrando-o com todas as forças para não cair. Ele beija meu rosto, queixo e pescoço e repete um "Te amo" atrás do outro enquanto giramos e giramos sem parar.

— Tá bom! Já chega! Pode me pôr no chão!

Warren desaba no sofá, comigo ainda no colo. Não parou de sorrir até agora... Nunca o vi sorrir por tanto tempo assim.

— Caramba.

— Que foi? — pergunto, traçando a linha de seu maxilar.

— Acho que nada seria capaz de me tirar do sério agora, nem se eu quisesse.

— Ei, nada de pegar leve comigo! Aposto que este sofá deve estar meio desconfortável. Ou talvez eu te dê uma cotovelada sem querer...

Eu me inclino para a frente até que nossos corpos estejam alinhados, minha testa apoiada na curva de seu pescoço.

— Gostei daqui — murmuro com o rosto enfurnado nele.

Warren passa as mãos ao redor do meu corpo e me abraça forte antes de começar a deslizá-las pelas minhas costas... cada vez mais para baixo. Lanço um olhar intrigado para ele.

— Que foi? — pergunta, rindo. — A gente se ama, mas eu não posso pegar na sua bunda? Que absurdo.

— Viu? Eu sabia que ia conseguir fazer você reclamar de alguma coisa...

Beijo seus lábios, sorrindo contra eles. Warren me dá uma mordidinha, e eu devolvo na mesma moeda. "Nossa, você é tão pentelha... Não, você que é!"

Os beijos vão ficando mais intensos; mordida com mordida, língua com língua. Warren se endireita até estar sentado no sofá, e eu me acomodo em seu colo outra vez, ciente do tecido áspero do jeans que nos separa tão cruelmente. Ele começa a tirar minha blusa antes de deixar uma trilha de beijos que vão do rosto até a orelha, depois do queixo até o pescoço. Em seguida, apalpa meu peito com vontade, atordoando-me com a firmeza de seu toque.

— E eu amo estes dois aqui — diz Warren, com a voz rouca e baixa.

Passo os braços ao redor de seu pescoço enquanto ele mordisca minha garganta, puxando a pele entre os dentes. Os gemidos que me escapam ficam mais intensos. O ar à nossa volta está agitado, cheio de desejo e energia cinética. Começo a me atrapalhar para arrancar o suéter até que ele me ajuda, tirando-o por completo.

Chego para trás e olho para Warren. "Meu", sussurra uma parte primitiva do meu cérebro.

Deslizo um dedo pelo centro de seu peito até chegar ao ponto onde meu corpo encontra o dele. Depois volto até os ombros, entalhados de músculos, que têm o encaixe perfeito nas minhas mãos.

— É uma boa hora para dizer que te amo de novo? — pergunto. — Porque eu não quero parar.

Dou-lhe um beijo no maxilar e sinto seu rosto se curvar em um sorriso.

— Não pare nunca.

Ele apoia as mãos nas minhas costas e as desliza para cima e para baixo, desencadeando arrepios por todo o meu corpo. Depois beija meu ombro e me envolve em seus braços, enlaçando minha cintura. Quando ele fica de pé, passo as duas pernas em torno de suas costas.

— Posso te levar pro meu quarto? — pergunta Warren em tom carregado, mas sincero.

Respondo com um beijo voraz, desesperada para mostrar o quanto quero justamente isso.

Então, assim que entramos no corredor, um pensamento me assola como um balde de água fria. Eu me afasto do nosso beijo para falar, já com saudade dos seus lábios.

— Warren? — chamo.

Ele apoia a testa na minha, se recompondo o melhor que pode, ainda atordoado com nosso beijo.

— Hã?

— Então... Eu acabei de lembrar de uma coisa.

Ele volta para a sala, com os olhos apreensivos fixos nos meus. Desvio o olhar, envergonhada.

— Que foi?

— Eu estou... hum... menstruada.

— Ah.

Então ele me ajeita no colo, ainda me puxando para perto. "Será que ele faria mesmo assim? Claro que não. Não, né?" Ele mordisca o próprio lábio, sem tirar os olhos da minha boca. "É, acho que faria, sim."

Começo a gaguejar:

— Então, eu... hã... prefiro que nossa primeira vez...

— Claro, tudo bem. Como você preferir.

Ele beija meu rosto e me põe no chão com todo o cuidado. Ajeito a alça do sutiã, ainda sem manter contato visual. Sinto o ardor se espalhar pelo meu peito e nas bochechas.

— Ei... não fique assim. — A mão dele envolve meu queixo como no dia em que se mudou para cá, quase neste exato ponto da casa. — Já esperamos até agora... podemos esperar mais.

Warren sorri, e eu retribuo.

— Tudo bem — concordo, hesitante.

"Maldita seja, Eva."

— Quer entrar mesmo assim? Ficar deitada comigo?

— Hum, quero. Vou só pegar a babá eletrônica primeiro.

Ele assente e me dá um beijinho na têmpora antes de seguir em direção ao quarto.

Vou ao banheiro, escovo os dentes e prendo o cabelo para dormir, ainda extasiada por causa da nossa sessão de beijos. Pego os dois copos de água que deixamos na mesinha de centro, a babá eletrônica e uma almofada, depois tento equilibrar tudo isso enquanto volto para o quarto de Warren e bato na porta.

— Está ocupado.

O sarcasmo em sua voz é perceptível mesmo daqui. Reviro os olhos e giro a maçaneta. Ele sorri ao ver meus braços abarrotados e se apressa em pegar a almofada, colocando-a no lugar do próprio travesseiro, que depois estende no meu lugar na cama. Sobre o colchão há uma camiseta e uma cueca boxer que, ao que parece, ele separou para me emprestar.

— Imaginei que você não ia querer buscar seu pijama lá em cima para não acordar a Willow — explica Warren.

— Obrigada.

Tiro o sutiã e o deixo cair no chão antes de vestir a camiseta. Ele arregala os olhos e se levanta de um salto.

— Não, não, não. Foi rápido demais... Pode fazer de novo.

Dá para ouvir o desespero em sua voz.

Solto uma risada e espio a camiseta que ele escolheu para mim.

— É uma camiseta da sua banda? Caramba, virei a garota descolada que dorme com o baterista.

Tiro a calça jeans e visto a cueca boxer enquanto Warren morde o próprio punho e se joga de volta na cama em um gesto dramático.

— Que foi? — pergunto, achando graça.

— Bom, para começar, eu vi seus peitos pela primeira vez e eles são perfeitos. Mesmo que tenha sido rapidinho, o que foi muita crueldade da sua parte, aliás... — Ele endireita o corpo, apoiando-se nos cotovelos. — Além do mais, você disse que seria descolada só por dormir comigo, o que faz maravilhas pelo meu ego.

Eu me enfio debaixo das cobertas e viro de lado para encará-lo. Seu sorriso é ainda mais bonito de perto.

— E, por último, você fica tão linda com minhas roupas que dá vontade de arrancar uma por uma agora mesmo.

Ele agarra o tecido da blusa e me puxa até que nossos corpos estejam colados, e posso sentir a prova de seu desejo se insinuando através da calça de moletom.

Resvalo os dentes pelo meu lábio inferior, tentando esconder meu sorrisinho orgulhoso. "Consegui que Warren, um homem de poucas palavras, fizesse discursos e listas em voz alta." Me sinto poderosa.

— Logo, logo — prometo, ávida por mais.

Warren solta minha blusa e se deita de costas, e eu me aninho ao seu lado, passando uma perna por cima dele. A cama é mais firme do que a minha, mas tem o cheiro dele; é como estar em um casulo de erotismo. Luto para manter os olhos abertos, mas não consigo. A calidez do seu corpo apazigua minhas cólicas, e sua respiração pesada me embala em um tipo de relaxamento que nunca senti antes. Não acredito que já consegui dormir em outro lugar que não aqui.

Ele traça círculos no meio das minhas costas, depois sussurra no silêncio do quarto escuro:

— Eu te amo, pombinha.

Luto contra o sono para murmurar em resposta:

— Quando eu não estiver tão exausta, você vai ter que me explicar esse apelido.

Warren dá um beijo no topo da minha cabeça, cheira meu cabelo e se acomoda no travesseiro. Adormeço ao ritmo constante de seu coração, com o rosto apoiado em seu peito nu. "Sortuda."

28

Acordo aos poucos, usando os outros sentidos para me situar antes de abrir os olhos. O cheiro de Warren e a maciez de seus lençóis, diferentes dos meus lá em cima, são um lembrete bem-vindo de que passei a noite ao lado dele. Pisco algumas vezes para focalizar o cômodo, mas Warren não está em lugar nenhum.

Olho para trás e verifico se ele não está ali, já que estou esparramada bem no meio da cama. O relógio na mesinha de cabeceira marca 9h57. Dois meses atrás, essa informação seria irrelevante, mas agora adquiriu um significado totalmente novo. Warren deve ter ido cuidar de Willow para me deixar dormir até mais tarde.

Dou uma rápida olhada no espelho apoiado na parede junto à porta. Não estou com uma cara exausta, para variar. Mas estou com cara de namorada de Warren. Com as roupas dele, no quarto dele, ainda com os lábios inchados por causa de seus beijos, ainda com o rosto corado por causa de suas palavras.

Por mais que a ideia de passar o dia com as roupas dele me agrade, trato de vestir meus jeans. Mas não vou devolver a camiseta. Na verdade, acho que nunca mais vou tirá-la do corpo, no máximo para colocar o sutiã. Saio para o corredor e avisto duas das minhas pessoas favoritas do mundo na cozinha.

— Bom dia.

Abraço Warren por trás enquanto ele pilota o fogão. "Panquecas, o retorno."

Ele se vira, mas não o solto.

— Você vai ter que tirar essa camiseta.

O olhar dele recai no meu corpo, ainda colado ao seu, e dali não sai.

— Nunca! Agora é minha! — digo.

Agarro a bainha e sorrio, depois fico na ponta dos pés para beijá-lo.

— Não, é sério. Essa camiseta faz barbaridades com minha imaginação — sussurra ele contra meus lábios, sorrindo de orelha a orelha.

— Barbaridades, é?

— Arrã, você nem faz ideia do que estou imaginando...

Passo a mão em seu rosto e reviro os olhos quando ele a morde.

— Obrigada por me deixar dormir até mais tarde.

Apoio os pés no chão, ainda pressionada contra o corpo dele enquanto uma de suas mãos repousa na minha cintura, a espátula na outra.

— Ah, claro, não foi nada. A gente pode fazer isso sempre, se você quiser... revezar e tal.

Ele se vira para mexer na frigideira e eu dou um passo para trás.

— Nossa, o que o antigo Warren acharia disso?

— Willow também me faz querer quebrar as regras, igualzinho a você — brinca ele por cima do ombro.

— Deve ser genético.

— Arrã — concorda ele com um murmúrio.

Depois vira a panqueca na pilha ao lado do fogão e eu vou até a cadeirinha de Willow. Ela sorri e balança as perninhas quando me vê, me fazendo me sentir tão especial como sempre.

— Bom dia, Will.

Eu a pego no colo e a encosto no meu ombro, dando algumas mordidinhas em sua bochecha rechonchuda.

— Não se engane com essa fofura aí. Ela estava toda cocozenta hoje de manhã. — Warren aponta a espátula na direção de Willow.

— Boa menina! Botou ele para trocar a fralda no meu lugar.

Pisco para Warren e de repente a porta de Luke se abre.

— Estou sentindo um cheirinho bom.

— Bom dia para você também — sinaliza Warren de volta.

— Adorei a camiseta. — Luke aponta para mim, com um sorriso de quem já sacou tudo.

— Obrigada.

Faço uma leve reverência e ele balança a cabeça.

— Então vocês dois estão oficialmente juntos agora? — pergunta, nos observando.

Eu e Warren trocamos olhares, os dois com a mesma expressão ansiosa de quem deseja ouvir a resposta do outro. Acho que estou devendo uma a ele por ter sido o primeiro a dizer "Eu te amo". E por ter me deixado dormir até tarde.

— Estamos, sim. Está tudo bem para você? — pergunto.

Warren se vira para o fogão, escondendo seu sorriso, enquanto Luke sinaliza a resposta só para mim.

— Qualquer coisa que deixe Warren feliz desse jeito está ótima para mim. Mas vê se vai com calma com ele.

— Pode deixar.

Acomodo Willow na cadeirinha e me sento à mesa, de frente para Luke.

Warren traz as panquecas e os acompanhamentos.

— Valeu — sinalizamos os dois para ele.

"É isso", acho. Nossa nova realidade. Sentamos à mesa e trocamos farpas de brincadeira enquanto devoramos as panquecas deliciosas. Luke recolhe os pratos quando terminamos de comer. Vou para a sala dar a mamadeira de Willow enquanto a lenta manhã de domingo nos envolve. Warren se acomoda no sofá, recuperando o sono que perdeu ao acordar mais cedo. Luke se deita ao lado do tapetinho de atividades enquanto Willow esperneia e tenta ficar de pé. "Ela é tão forte."

Quando é quase meio-dia, levo Willow para tirar uma soneca no meu quarto, acariciando suas costas até que ela adormeça.

— Ei — diz Warren do topo da escada. "Olha só, então ele cabe aqui."
— Acabei de perceber que nunca entrei no seu quarto durante o dia.

Ele olha em volta, analisando os quadros pendurados sobre a cômoda, depois se vira na direção da cama e engole em seco.

— Que foi?

Warren sacode a cabeça para afastar os pensamentos.

— Nada, não... Só não é como eu imaginei.

— A cama?

— É, imaginei que você dormia em lençóis brancos e lisos, em uma cama com cabeceira de madeira. Mas isso faz mais sentido.

Os lençóis florais e a cama branca de metal parecem nos encarar de volta. "Tudo muito fofo."

— Você me imaginou dormindo?

— Hã, dormindo... Claro. Vamos fingir que foi só isso mesmo.

Ele senta na cama e pisca para mim, depois se joga no colchão com um grunhido.

— Puta merda, por que a gente dormiu no meu quarto? Essa cama parece uma nuvem.

— Confesso que pensei a mesma coisa. — Deito-me ao lado dele. — Mas sua cama tem seu cheiro... e eu não queria abrir mão disso.

— Então eu sou o esquisito que imagina você dormindo, e você é a esquisita que valoriza mais meu cheiro do que o próprio conforto.

— O amor nos deixa burros — respondo, suspirando. — Eu também imaginei você.

Viro a cabeça no travesseiro e olho para Warren, que sorri para o teto.

— Ah, é?

— Arrã.

Ajeito-me e olho para o teto também, com o rosto em chamas.

— Então, até sábado...

Sua voz está mais baixa do que o normal, acanhada e insegura. É adorável.

— Vou estar pronta para transformar nossa imaginação em realidade.

Viramos um para o outro ao mesmo tempo e ficamos nos encarando com um sorriso bobo, ansiosos pelo que está por vir. Warren enfim balança a cabeça e começa a falar:

— Eu quase morri ontem quando você me mostrou os peitos, juro. Da próxima vez, você vai ter que me deixar olhar para eles por mais tempo. Beeem mais tempo.

Endireito-me na cama e sorrio até que Warren encontre meu olhar. Ele inclina a cabeça para cima e apoia a mão atrás da nuca, sorrindo com curiosidade, talvez em resposta ao sorriso travesso que exibo ao baixar a mão até a bainha da blusa.

Arranco a camiseta depressa e, sem ter tempo de sentir vergonha, abro o fecho do sutiã e o deixo cair na cama entre nós. Warren lambe os lábios, depois os fecha com tanta força que quase desaparecem. Ele os abre e faz menção de dizer alguma coisa, mas parece ter dificuldade de encontrar a palavra certa.

— Puta que pariu, caralho. — Então observa meu rosto, com os olhos brilhando, e coça o queixo com a palma da mão. — Cacete.

Aceno uma vez e volto a vestir a blusa, deixando de lado o sutiã.

— Por que seu corpo me transforma em um adolescente tarado? Faz um tempão que não fico empolgado assim só de ver peitos.

— Bom, eu acho que eles são particularmente bonitos.

— Você tem toda a razão.

Warren se deita e eu faço o mesmo. Ficamos ali, lado a lado, em um silêncio confortável. Silêncio confortável... Um conceito novo para mim, e bem-vindo. Mas como ainda estou aprendendo, sou a primeira a quebrá-lo:

— Então... *pombinha*? — pergunto.

— Não, meu nome é Warren.

Ele olha para mim, todo sorridente.

— Bobo... É sério, por que pombinha?

— Hã, eu... Então... Lá na oficina todo mundo tem um apelido, certo? — Concordo com a cabeça. — Ram era chamado de Fera. Aí ele conheceu a esposa e começou a chamá-la de Bela, porque ela o enxergou de verdade apesar de todas as partes ruins. Depois disso, ele passou a ser chamado de Ram, porque não era mais uma fera... Não com ela por perto.

Warren faz uma pausa e ajeita o travesseiro antes de continuar:

— Eles me chamavam de War, que começou com uma versão abreviada do meu nome, mas pegou porque... bem... significa guerra e tal.

Então hesita, virando-se para o teto.

— Passei grande parte da minha vida com raiva... Com raiva da minha mãe por ter morrido. Do meu pai por não ter sido presente. Do Conselho Tutelar por me separar de Luke. Com raiva de mim mesmo por ter feito merda e estragado tudo. Com raiva de quem pode ter uma vida normal... Com raiva de garotas bonitas que me fazem questionar por que vivo rabugento...

Ele se vira para mim, com uma expressão sincera, e segura meu rosto na palma da mão.

— A pomba é o símbolo da paz. É isso que você é para mim... paz. — Warren enxuga uma lágrima do meu rosto com o polegar. — Eu falei algo errado?

— Não. De jeito nenhum. É só que... Eu te amo muito.

— Então posso continuar com o apelido?

— Com certeza!

Eu me aconchego nele, sentindo seu cheiro inebriante mais uma vez. Talvez minha cama sirva, desde que ele esteja aqui também.

— Mas, Warren?

— Sim?

— Você é muito mais do que o apelido que te deram. Com ou sem mim, você não é esse cara.

Ele dá um beijo no topo da minha cabeça.

— Acho que você tem razão.

Adormecemos ao lado de Willow, e acho que nunca me senti tão contente quanto neste momento.

29

— Chloe! — grita Lane, me puxando para um abraço antes mesmo de a porta estar totalmente aberta. — Nossa, que esquisito estar aqui do outro lado!

— Lane! Eu estava com saudade…

Nós nos afastamos e ela passa por mim, tirando a jaqueta e os sapatos enquanto Emily entra no apartamento.

— Oi! — dizemos eu e Emily em sincronia, já abraçadas.

Ela segura meus ombros e inclina o corpo para trás, dando uma boa olhada em mim. Percebo o alívio em seu rosto; acho que pareço mais descansada do que da última vez que nos vimos. De braços dados, seguimos Lane até a sala de estar.

— Bom, tirando essas tranqueiras de bebê espalhadas, está tudo igualzinho.

Lane se joga na poltrona, soprando uma mecha de cabelo do rosto. Ela é o completo oposto de Emily em muitos aspectos, o que, na minha opinião, configura uma amizade perfeita. Lane é baixa e pálida como a lua. O cabelo, quase sempre pintado em algum tom clarinho (atualmente rosa), vive preso em um coque bagunçado. Ela se veste como uma adolescente que nunca superou a fase gótica: roupas pretas, jeans rasgados, piercings e uma série de tatuagens que parecem rabiscos.

— Eu também estava com saudade, Chlo.

Sorrio ao vê-la ali outra vez, como se esses cinco meses não tivessem passado.

— Cadê sua *bambina* preciosa?

Quase choro quando vejo Emily colocar dois embrulhos de presente sobre a mesa. "Meus primeiros presentes de bebê."

— Ela está dormindo lá em cima, mas deve acordar já, já.

— Bom, então espere aí... — Emily me entrega um dos embrulhos. — Este é para você, *mamacita*.

Abro a embalagem e afasto os papéis de seda. Lá dentro, encontro um pacote de café, uma caneca que diz "Melhor Irmã do Mundo", uma garrafa de vinho tinto e um... vibrador. "É a cara dela me dar isso." Começo a rir.

— Obrigada, eu amei.

— Bom, fiquei pensando: do que alguém nessa situação precisa? Cafeína, um elogio, algo para relaxar e... Sabe, meus parabéns se você ainda estiver conseguindo dar umazinha enquanto cuida de uma recém-nascida, mas...

Rio outra vez, dou um beijo na bochecha dela e guardo as coisas na cozinha, deixando só o vibrador no embrulho.

— Se bem que... a Emily comentou que tem um gostoso morando aqui. Então talvez o vibrador nem seja necessário, né? — pergunta Lane quando volto para a sala.

Tentei não falar muito sobre Warren e o potencial romance entre nós no dia que saí com Emily, mas acabou que o assunto surgiu brevemente. Lanço um olhar para as duas, sem conseguir esconder a verdade estampada na minha cara.

— Uuuuh! A gente quer sabe tudinho!

Emily faz sinal para eu me sentar ao seu lado, toda empolgada.

— Então... Warren e eu estamos juntos... e é tudo muito recente... — Elas começam a soltar gritinhos animados, e Lane chega até a aplaudir. — No começo foi difícil nos adaptarmos a essa história de morar juntos, mas ele é simplesmente... hã, sei lá, a gente se entende. Ele me faz rir. E me irrita, mas no bom sentido. Ele adora Willow e faz com que eu me sinta... — "Sexy. Prestes a ser devorada." — Confiante.

— Estou tão feliz por você.

Emily leva a mão ao peito e olha para mim.

— Tá bom, já chega! Não gosto de receber tanta atenção… — Abano as mãos, rindo, enquanto elas me esperam continuar. — Eu falei para ele que o amava esses dias… Depois que ele me disse primeiro.

— Chloe! — exclama Lane. — Isso é incrível!

— E o sexo? É bom? — pergunta Emily sem rodeios.

Lane joga uma almofada nela.

— Caramba, Em!

— Ah, tá. Até parece que você também não quer saber se o Sr. Perfeitinho é bom de cama…

Lane apenas assente em silêncio, dando-se por vencida. Fico vermelha quando as duas olham para mim, incapaz de conter meu sorriso.

— Ainda não chegamos lá. A gente queria muito, mas… primeiro o irmão dele interrompeu. Depois a gente passou um tempo achando que não era uma boa ideia, e quando finalmente estávamos prontos, o bom e velho Chico apareceu…

Lane fica boquiaberta.

— Calma lá. Você está com um cara que é… gostoso? — Concordo. — Atencioso? — Concordo. — Engraçado? — Concordo, mas só consigo pensar "bem que ele gostaria". — Faz você se sentir bem? — Concordo. — Entende você? — Concordo com mais afinco. — E ele disse que te ama antes mesmo de tirar uma casquinha?

Começo a rir da escolha de palavras, mas concordo uma última vez. Lane e Emily se entreolham, abrem um sorrisinho e caem de joelhos ao mesmo tempo, abanando os braços em saudação.

Jogo a cabeça para trás de tanto rir.

— Sosseguem!

As duas voltam para seus devidos lugares.

— Mas é sério… Você tá de parabéns mesmo — comenta Emily, rindo.

— Acho que vou pegar esse vibrador para mim, viu… — acrescenta Lane, se juntando ao riso.

Eu estava com saudade disso. Com saudade *delas*.

— Nossa, acho que eu nem perguntei… Por que vocês viajaram para cá?

— Então, temos boas notícias… — Emily faz um rufar de tambores no próprio colo. — A gente decidiu voltar! — Fico de queixo caído. — A ideia era vir fazer só uma visitinha, mas depois do nosso café — continua, gesticulando entre mim e ela —, conversei com a Lane e decidimos voltar de vez. Vamos alugar um apartamento a dois quarteirões daqui…

Lane conclui:

— Acho que foi o único apartamento com aluguel acessível que sobrou na cidade. Alguém desistiu de alugar de última hora, então fizemos uma proposta. Viemos assinar o contrato e dar uma olhada, aí vamos trazer todas as nossas tralhas no dia 1º de novembro. Bom, as tralhas são quase todas da Emily, na verdade. Ela vai precisar de um caminhão inteiro só para trazer as roupas.

— É sério? Meu Deus, que notícia maravilhosa! — Olho para as duas. Só falta saber uma coisa… — Mas por que vocês decidiram voltar?

Lane acena com a cabeça ao olhar para Emily, que dá um tapinha no meu joelho.

— Que tipo de tias seríamos se não voltássemos para cá? Nós duas trabalhamos de casa, então podemos morar em qualquer lugar.

Engulo o choro, sentindo os olhos marejados antes mesmo de processar o tom sincero de Emily e o olhar encorajador de Lane.

"As pessoas estavam ao meu lado esse tempo todo. Eu só precisava deixar que se aproximassem."

— Nossa… Eu nem sei o que dizer.

Respiro fundo para conter as lágrimas prestes a fluir.

— Anda, vá pegar aquela criança! Mais tarde ela dorme! Ainda não me conformo que a Emily a conheceu antes de mim. — Lane mostra o dedo do meio para nossa amiga.

Levanto-me, grata pela oportunidade de sair dali antes de ficar muito emotiva. Quando chego no quarto, Willow está mastigando a mãozinha, já totalmente desperta. "Por que você não acorda quietinha assim durante a noite, bebê?"

Eu a levo para o andar de baixo ao som das palmas de Lane.

— Will, esta é sua tia Lane. É para ela que você vai ligar de madrugada para pedir carona depois de fugir de casa.

Eu a entrego para Lane, que estica as mãos com ansiedade, toda afobada.

— Oi, Willow! — Ela ajeita a bebê no colo, apoiando as costas e o pescocinho com as mãos. — Nossa, Chloe! Ela é a sua cara.

Lane se alterna entre olhar para nós duas, nos comparando. Willow baba um pouquinho de leite e Lane a devolve para mim, mas a pega de volta assim que limpo tudo.

— É, eu gostei de você. Oi, nenê.

Emily se levanta, atravessa a sala e fica agachada ao lado das duas.

— Não esqueça que você me conheceu primeiro, menina. Eu, sua tia Em. — Ela arfa. — Nossa, o mesmo nome da tia de *O mágico de Oz*!

— Esta é a tia para quem você vai ligar para pedir opinião sobre roupas ou para escolher o vestido do baile de formatura — acrescento.

Emily abre um sorrisão e acena em concordância.

Dou alguns passos para trás e desabo no sofá enquanto as duas interagem com Willow. Estico-me sobre as almofadas, sentindo o último resquício de solidão evaporar do meu corpo enquanto elas fazem carinho no rosto, no cabelo e nas mãos de Willow, tentando arrancar um sorriso dela. Estou tão cheia de gratidão que poderia explodir.

Ouço a porta do apartamento se abrir atrás de mim, indicando que Warren e Luke voltaram para casa. Viro-me na direção deles e falo e sinalizo ao mesmo tempo:

— Oi! Estas são minhas amigas que moravam aqui, Emily e Lane. Estes são Warren e Luke.

Assim que termino, Warren se aproxima e beija o topo da minha cabeça, depois atravessa a sala para cumprimentar as duas. Luke assente do corredor e sinaliza.

— Ele disse que é um prazer conhecer vocês — traduzo para elas.

As duas acenam e Luke entra no quarto de cara fechada, arrastando a mochila.

Nos últimos quatro dias, ele tem se comportado feito um aborrecente. Só quer comer no quarto e vive grudado no celular, digitando com fúria e sem tirar os olhos da tela. Na minha opinião, só pode ser uma reação ao meu relacionamento com Warren. Por mais que Warren discorde, não vejo outra explicação. Não queria que Luke ficasse assim. Achei que ele apoiava essa relação, mas, pelo jeito, me enganei.

Troco um olhar preocupado com Warren. Ele se acomoda ao meu lado no sofá e pousa a mão no meu joelho.

— Não se preocupe com Luke agora — sussurra ele no meu ouvido.

Verdade. Isso pode ficar para depois. Dou-lhe um sorriso agradecido e aponto para minhas amigas.

— As duas acabaram de me contar que vão se mudar para um apartamento pertinho daqui.

Warren parece surpreso e as observa com entusiasmo.

— Sabe aquele prédio azul enorme na Quarta Avenida? — pergunta Lane, entregando Willow para que Emily a acalme.

— Sei, sim. Na verdade, acabei de desistir de um apartamento lá — responde Warren com naturalidade.

Vejo o espanto tomar o rosto de Lane.

— Nossa! A gente só conseguiu alugar porque alguém desistiu de última hora.

— Então no fim deu tudo certo.

Warren abre um sorriso leve, mas genuíno.

Poderia ser só coincidência? Óbvio. Mas acho que dessa vez o universo me deu uma forcinha, juntando todas essas pessoas exatamente onde eu precisava delas. Entrelaço meus dedos nos de Warren e nosso olhar se cruza pela primeira vez desde que ele chegou.

— Bom... não quero atrapalhar. Vou deixar vocês a sós. Foi um prazer conhecer vocês duas.

Warren dá um beijo no dorso da minha mão, depois se levanta ao som dos nossos protestos.

— Nada disso. A gente quer conhecer o cara que deixou a Chloe tão radiante assim — avisa Emily, ninando Willow de um lado para outro.

— Isso, e olha que ainda nem a fez goz... — começa a dizer Lane, mas olho feio para ela.

Warren ri.

— Tudo bem então... Vocês vão ficar para o jantar? Que tal uma pizza? — Ele se vira para mim e eu bato palminhas em aprovação. — Já, já eu volto.

E então me dá um beijo um pouco demorado e sensual demais para ser visto por outras pessoas, mas nem faço menção de impedir. Acho que o comentário de Lane o pegou de jeito.

Ela espera até que Warren saia da sala para falar.

— Caramba, Chloe. Aquele beijo quase *me* engravidou.

Dou risada, cobrindo o rosto com as mãos.

— Chega de bebês por enquanto, ok? Já temos esta aqui — diz Emily, aconchegando Willow junto ao peito.

— Sério, acho bom você contar tudo para gente quando o Chico for embora...

— Quem vê pensa que nem estava me criticando por perguntar essas coisas agorinha mesmo — reclama Emily, revirando os olhos.

— Ué, mas eu não sabia que ele era *assim*!

— Ele é mecânico, né? — pergunta Emily, e eu concordo sem entender. — Então ele deve ser ótimo com as mãos... — Ela pisca para mim enquanto Warren volta do quarto.

Fico vermelha só de pensar nas mãos dele passeando pelo meu corpo. Quando se aproxima, vejo que seu rosto está um pouco sujo de graxa, o que só aumenta meu devaneio sexual. "Será que eu sempre tive uma quedinha por mecânicos e bateristas ou é só por causa do Warren?"

— Pronto, pedi a pizza. Espero que vocês estejam com fome. — Ele se acomoda no sofá. — Então... Alguém aí tem uma história bem vergonhosa da Chloe para me contar?

As duas levantam a mão na hora. Dou um empurrãozinho de brincadeira no ombro de Warren e lanço um olhar de advertência para minhas amigas, que desatam a rir da minha cara.

30

— Certo, as mamadeiras na bancada já estão com a medida certa, você só precisa acrescentar uma dose de fórmula. Se a Willow não mamar tudo, é só...

Luke acena para me interromper.

— É só guardar na geladeira. Eu sei, Chloe. Você já me falou e deixou anotado.

Ele aponta para o fichário cheio de instruções na mesa de jantar.

— Nós vamos ficar bem — continua. — Eu ligo se precisar de alguma coisa, mas ela vai passar a maior parte do tempo dormindo mesmo... Vai ser tranquilo.

Luke me oferece um sorriso educado e eu concordo com um aceno. Esse é o máximo de conversa que tivemos ao longo da semana, e a primeira vez que ele se parece mais consigo mesmo desde a visita dos meus pais. Educado, disposto a ajudar e sem se esconder pelos cantos. Talvez a melancolia tenha sido só uma fase, e agora a gente nem tenha motivo para se preocupar. "Ou talvez ele vá aproveitar que estamos fora para receber a pessoa para quem vive mandando mensagens."

— Desculpa, você tem razão — sinalizo. — Obrigada de novo.

Warren fez uma espécie de trato com o irmão para que ele topasse ficar de babá esta noite. Não sei os detalhes, mas parece que tem algo a ver com Luke sair para comemorar o aniversário com os amigos no mês que vem sem ter hora para voltar. Este é um enorme exercício de confiança para todos nós.

— Sem problemas. Vai dar tudo certo.

Ele faz menção de pegar Willow no colo e eu reluto um pouco no início, mas no fim acabo cedendo para poder ir me trocar.

Não quis correr o risco de ficar pronta antes de Luke assumir, já que Willow é uma maquininha adorável de vomitar. Agora só tenho quinze minutos antes do horário que combinei com Warren. Ele passou quase o dia todo fora de casa, insistindo que tinha que resolver umas coisas, mas avisou que *viria me buscar* às sete e meia e que eu deveria escolher uma roupa mais elegante.

Quando perguntei o que isso significava, ele enviou uma foto dele de terno. Coloquei como fundo de tela na hora. "Foi mal, Willow." Mas Warren no dia a dia? Bonito. Warren seminu? Tão lindo que chega a doer. Warren de terno? Incomparável.

Escolho duas opções: um vestido vermelho longo de veludo com decote modesto, mas que me serve como uma luva. O outro é um vestidinho verde-esmeralda de seda com decote avantajado. Esparramo os dois na cama, tiro uma foto e envio para Warren.

CHLOE: Qual dos dois?

WARREN: Você vai acabar me matando.

CHLOE: Ué, eu só não consigo decidir!

WARREN: Vermelho. Parece mais quentinho.

CHLOE: Então vamos ficar ao ar livre?

WARREN: Isso.

CHLOE: Não seria tão difícil escolher se você me falasse pra onde a gente vai!

WARREN: Daqui a dez minutos tô aí.

Para ser sincera, estou feliz em não saber os detalhes. Assim parece um encontro de verdade. Mas, por outro lado, também sempre fico feliz em pegar no pé do Warren.

Coloco um sutiã tomara que caia que se ajusta melhor ao vestido de alças finas, depois calço botas pretas de salto e tiro os bobes que estavam no meu cabelo desde a manhã. Carreguei um pouco mais na maquiagem hoje, com sombra nos olhos, batom amarronzado e pó bronzeador em vez do blush rosa que costumo usar. Meu cabelo pende em cachos largos que vão até a lombar. Acho que não fico bonita assim desde... sempre.

Dou uma conferida no espelho depois de pegar a jaqueta de couro no armário. Ela combina com a bota e acrescenta um ar sexy que estou tentando transmitir. Ainda sou eu por baixo disso tudo, mas não pareço tão... boazinha. Caramba, não pareço nem a garota alto-astral de sempre. Pareço a garota descolada. A namorada do baterista. A tentação em forma de gente.

Meu celular toca para avisar que Warren entrou no prédio, um lembrete educado de sua chegada. Mal posso esperar para vê-lo, não só por causa do terno, mas porque senti saudade dele hoje.

Passo por Luke e Willow na sala e escuto uma batida suave na porta da frente. Warren acertou em cheio: o fato de ele vir me buscar deixou tudo mais especial. Quando abro, ele está de costas para mim, acenando para alguém que acabou de entrar no elevador.

Está com um paletó preto feito sob medida, arrematado por uma camisa branca com colarinho. Quero passar as mãos pelos seus ombros. Quero arrancar esse paletó. Quando Warren se vira para mim, é como se eu estivesse sonhando.

O tempo parece parar enquanto ele ajusta o punho da camisa como se fosse o James Bond. Começo a rir, porque não é possível que este homem com maxilar definido, olhar sagaz e sorrisinho sexy esteja aqui para me levar a um encontro... e de terno, ainda por cima! Não pode ser real.

Também não parece possível que esteja me olhando desse jeito, com os lábios entreabertos e os olhos arregalados, a fachada arrogante sumindo enquanto coça a nuca. Ele admira cada curva do meu corpo sem a menor pressa, como se não pudesse acreditar que eu sou de verdade. Sou dominada por aquela sensação nova, que já se tornou minha favorita... "a de sentir que estou prestes a ser devorada".

— Tem uma capela aqui perto — diz Warren, e esfrega o queixo como se tentasse arrancar uma camada de pele. — Não foi o que planejei para hoje, mas por mim...

Sei que é só brincadeira, mas o jeito como seus olhos brilham ao admirar meu corpo deixa claro que ele com certeza faria isso mesmo, se pudesse.

— Chloe, você está... — Ele se apoia no batente da porta e eu dou uma voltinha, mostrando a parte de trás do vestido. — Como é que vou conseguir dirigir assim? Eu falei sério aquela hora. Você vai acabar me matando.

Quando viro de volta, ele enfia as mãos nos bolsos da calça e abre bem os dedos, como se tentasse esconder o efeito que o vestido causou. Dou um sorrisinho, com meus olhos fixos bem naquele ponto.

— Você está deslumbrante, pombinha.

Ele chega mais perto e planta um beijo delicado no meu rosto, um gesto inocente em contraste com os olhares e pensamentos que fluem entre nós.

— Você também não está nada mal.

Deslizo a língua pelo lábio inferior de forma involuntária, desejando que fosse a boca dele. Warren sacode a cabeça em desespero.

— Não — repreende em tom sério, desviando minha atenção do ponto logo abaixo do seu cinto. — A gente tem que sair daqui. Não me olhe assim.

— Eu que o diga.

Saio pela porta e me posiciono ao seu lado e, enquanto ele conversa com Luke, eu o encaro sem o menor pudor. Nem presto atenção aos sinais que fazem. Só devem ser mais algumas instruções. "E quem se importa com isso? Eu é que não! Até parece."

Em vez disso, me concentro no colarinho desabotoado, na forma como seu pomo de adão salta quando ele olha de volta para mim. Acho que vou tentar deixar uma marquinha ali mais tarde.

— Pronta?

Warren estende a mão e eu aceito.

— Pronta pra quê?

Pisco rápido, e ele me puxa para perto. Luke finge estar enojado, mas o esboço de sorriso nos lábios e o revirar alegre dos olhos parecem dizer que, afinal de contas, ele está feliz pelo irmão.

— Estou tentando lembrar, mas deu branco... — Warren umedece os lábios, ajeitando os cabelos logo acima da minha orelha.

— Ok, então talvez seja melhor a gente buscar uma alternativa. Como vamos sobreviver a esse encontro sabendo que mais tarde...

— Não conclua esse pensamento, ou eu vou acabar quebrando essa parede para te levar pro meu quarto como se a gente estivesse num filme de ação.

Dou risada, mas ele continua visivelmente atordoado.

— Hã... Ok... Foi mal.

Mas não é um pedido de desculpas sincero, porque estou sorrindo de orelha a orelha.

Warren dá um passo para trás e me conduz até o elevador, depois pigarreia e me abraça assim que entramos.

— Fiquei com saudade hoje. — Minha voz sai abafada quando afundo o rosto no peito dele.

— Eu ia falar isso agora, e olha que só passamos um dia longe um do outro. A gente é muito bobo, né? — pergunta ele.

Eu me afasto e a tensão parece ceder. Acho que vamos sobreviver ao encontro, afinal.

— Muito — concordo, e me apoio na lateral do elevador antes de chegarmos ao térreo.

Warren segura minha mão e me leva até o carro no estacionamento, abrindo a porta para mim. Quando entro, vejo um buquê de flores no painel.

— Girassóis são minhas flores preferidas! Obrigada.

Chego mais perto para cheirar o buquê.

— É, eu imaginei... Você tem meia dúzia de moletons de girassol.

Está me provocando, mas não de uma forma cruel.

— Bom, nada de roupa de girassol por hoje — respondo em tom autodepreciativo, apontando para o meu vestido.

— Você também fica sexy de moletom, Chloe... — Warren me olha com uma expressão sincera. — Essa roupa de hoje é incrível, claro. — Ele passa o dorso da mão na jaqueta e no veludo do vestido. — Mas você também é sexy pra cacete quando está toda fofinha com estampa de sol e arco-íris. Quero todas as suas versões, não só uma.

"Ele disse a coisa perfeita."

— Ufa, que bom, porque isso aqui deu o maior trabalho. — Me inclino para lhe dar um beijo no rosto antes de colocar o cinto. — Para onde a gente vai?

— Primeiro vamos jantar. A sobrinha da Bela é chefe de um restaurante italiano superchique do outro lado da cidade, e pelo que vi é quase impossível conseguir lugar, mas... ela mexeu uns pauzinhos para mim.

Warren gira a chave na ignição, mas não dá partida.

— Hum... Comida italiana.

"Um encontro de verdade. Um encontro de verdade com Warren!"

— E o resto da noite é surpresa. Você pode tentar me seduzir o quanto quiser, mas não vai conseguir arrancar respostas de mim. Sei que estou apaixonado por você, e sei que você está vestida como algo saído direto dos meus sonhos eróticos mais intensos, mas não vou dar o braço a torcer — avisa Warren em tom sério.

Abro um sorrisinho e o encaro fixamente, só para vê-lo tremer na base. "Quero só ver."

Tiro o cinto de segurança e me estico até pousar em seu colo. Beijo seu queixo e entrelaço meus dedos nos dele, sentindo o dorso de sua mão pressionado contra minha palma. Levanto nossas mãos, guiando a dele até meus lábios antes de deslizá-la pelo pescoço em direção aos meus peitos. Seus sentidos parecem dominados pela sensação do veludo — e do meu corpo — sob a palma de sua mão. Ele deixa escapar um grunhido abafado, um misto de desejo e irritação, antes de apoiar a cabeça no encosto do banco, com os olhos bem fechados.

— Tem certeza? — provoco.

Warren abre os olhos e me observa enquanto deslizo a língua pela boca bem devagar.

— Não... Você é cruel e malvada, e eu estou começando a acreditar que esse vestido aí tem poderes mágicos. Mas, por favor, deixe esta noite ser uma surpresa. Só quero que você relaxe e aproveite.

Warren fala depressa, com desespero, nada parecido com o tom lento e arrogante de costume. Cubro meu sorrisinho com a mão livre enquanto ele me solta.

— Tudo bem… Você venceu — eu cedo.

Beijo sua boca enquanto me afasto, seus lábios puxando os meus como um ímã conforme desabo no banco. Ele solta um suspiro triste com o fim do beijo, como se já estivesse arrependido de cada decisão que tomou para prolongar esta noite.

— Tá bom, tá bom, já estou indo!

Warren se vira para a frente, com o maxilar retesado, e dá partida no carro.

31

— Nossa, que lugar chique... — cantarolo quando chegamos.

Warren entra na rotatória, onde há dois manobristas esperando para estacionar o carro. Sem dizer nada, ele sai apressado para abrir a porta para mim.

— Não precisava — aviso enquanto pego sua mão.

— Sei que não precisava, mas eu queria.

Ele me puxa para a calçada, entrega as chaves para o manobrista com um rápido aceno agradecido e solta um longo suspiro quando olhamos para a entrada do restaurante. Viro para ele e o vejo ajeitar o paletó, esboçando um sorriso fraco.

— Você quer ir para outro lugar? Eu não me importo de...

Minha voz hesita antes de ele me interromper:

— Aqui está bom.

Suspiro alto, espiando as luzes amareladas na fachada. É perfeito, um restaurante clássico para encontros.

— Sim, é ótimo, mas...

— Sério, vamos entrar.

Ele ajeita o colarinho com um tom neutro e nada convincente.

— Warren, você parece desconfortável.

Outro casal sai pelas portas de vidro com detalhes em dourado, e o som de um quarteto de cordas no interior do restaurante vem até nós. Warren nos tira do caminho do casal, me guiando com a mão na minha cintura.

— Eu fico muito tocada com o gesto, mas...

— Chloe, eu não estou nervoso por causa do restaurante.

Ele olha para mim, com as mãos inquietas nos bolsos da calça.

— Você ainda vai ser a mulher mais linda do recinto para onde quer que a gente vá, e eu ainda vou ser o cara tentando entender como consegui ser tão sortudo. — Então faz uma pausa, me estudando, depois inclina a cabeça e sorri. — As pessoas sempre ficam nervosas no primeiro encontro. Você não está nem um pouquinho nervosa?

— Acho que não...

"Parece que o jogo virou."

— Eu só quero que você se divirta.

Warren tira a mão do bolso e afasta um cacho do meu rosto, prendendo-o atrás da orelha.

— Bom, então vamos entrar.

Sorrio e engancho meu braço no dele.

Uma vez lá dentro, damos nosso nome à hostess e a seguimos até uma mesinha redonda reservada ao lado da janela. O restaurante é iluminado por lustres difusos e uma única vela em cada mesa. Quando chegamos ao nosso lugar, há uma garrafa de champanhe no gelo e duas taças nos aguardando com um bilhete.

— "Estamos torcendo por vocês, crianças. Com amor, Ram e Bela" — leio em voz alta.

Warren tira o paletó e o pendura no encosto da cadeira. "Nossa, ele é tão lindo." A chama da vela tremeluz e reflete em seus olhos. Prendo o fôlego quando a garçonete se aproxima.

— Boa noite. Posso abrir a garrafa para vocês?

— Pode, sim, por favor.

Enquanto ela serve as duas taças, sinto que estou em um filme... Talvez um daqueles bem clichês de fim de ano. Meu primeiro encontro *oficial*.

— Vou deixar vocês darem uma olhadinha no cardápio.

Ela serve duas taças menores com água antes de se afastar.

Abro o cardápio enxuto e dou uma olhada nos preços. Arregalo os olhos e, antes de conseguir dizer qualquer coisa, Warren estica o braço e abaixa meu cardápio, passando por cima dele para segurar minha mão.

— Não repare nos preços — pede ele, com a sobrancelha arqueada. — Prometa que não vai olhar.

— Prometo — minto.

— Eu que vou pagar. Sei que você trabalha muito para ganhar seu dinheiro, mas fui eu que escolhi o restaurante.

Sorrio, disposta a concordar só para que ele relaxe um pouco.

— E, por favor, será que dá pra parar de ser tão maravilhosa? Não consigo nem falar direito sem ter vontade de pular por cima da mesa pra te agarrar. Caramba, Chloe. Você é linda.

A sinceridade em seu tom de voz me faz engolir em seco, mesmo sem perceber. Começo a ler o cardápio, ainda de mãos dadas com Warren.

Nós dois pedimos lasanha, o prato mais barato da casa, e saladas de entrada. Depois dividimos uma fatia de cheesecake tão perfeita que deve ter sido preparada por algum ser divino.

— Se você continuar gemendo assim, vou ter que sair na mão com esse cheesecake. — Warren ri quando jogo a cabeça para trás, deliciando-me com outra garfada.

— Vai fundo. Vou estar na cozinha tentando descobrir quem preparou isto aqui.

Limpo a boca com o guardanapo de pano. Warren meneia a cabeça e pousa o garfo na mesa, deixando o último pedaço para mim.

— Posso saber qual é a programação agora, pelo menos? — pergunto, devorando o resto da torta.

O brilho arrogante em seus olhos fica mais intenso.

— Você vai descobrir quando a gente chegar lá.

Ele se levanta e veste o paletó, deixando uma quantia generosa de dinheiro na mesa. Depois de guardar a carteira no bolso, dá a volta e estende a mão para mim.

Bebo o restinho de champanhe na taça. Parece caro, então não quero desperdiçar nem uma gota. Warren me ajuda a vestir a jaqueta, depois saímos e ficamos esperando o manobrista trazer o carro.

— Obrigada pelo jantar.

Dou um beijo nas costas de sua mão, ainda entrelaçada com a minha, e ele gira o pulso para beijar meus dedos. De repente, percebo que deixei uma marca de batom perfeita em sua pele.

— Desculpa.

Lambo o polegar e faço menção de limpar a mancha.

— Não se atreva — diz Warren naquele mesmo tom baixo que usou algumas semanas atrás.

Tento me recompor quando o carro chega. Estou excitada demais com sua voz e seu desejo de manter minha marca de batom. Meu corpo reage a aspectos dele que nunca achei atraentes antes. Tenho a impressão de que Warren poderia ler a lista telefônica para mim e eu ainda caçaria um motivo para ficar excitada.

Ele dirige por cerca de dez minutos antes de a curiosidade levar a melhor sobre mim.

— Sério, para onde estamos indo?

— Ali.

Warren aponta para uma grande plataforma no topo de um terreno escarpado. Nunca estive aqui, mas sei que Emily e Lane já foram a muitos encontros neste lugar. Os casais estacionam o carro aqui e ficam dando uns amassos enquanto admiram a vista da cidade lá embaixo. Romântico, claro... mas não era o que eu esperava de Warren. Ele não é do tipo que segue a mesma fórmula batida. Para ser sincera, estou até um pouco decepcionada, mas tento não deixar transparecer.

Ele para no terreno baldio, ao lado de outro carro estacionado. Nem quero ver o que o pessoal lá dentro está fazendo. Olho para Warren, mas ele já está saindo do carro. "Ué." Ele abre a porta para mim e me ajuda a sair, depois nos conduz até o porta-malas.

— Achei que seria divertido, mas, se estiver muito frio, a gente pode fazer outra coisa.

Ele abre o porta-malas e pega dois tacos de golfe, uma mochila e um saco cheio de bolinhas que brilham no escuro. "Eu não devia ter duvidado dele."

Caminhamos até chegar a uma clareira sem cerca. Warren coloca os equipamentos no chão, abre a mochila e pega um cobertor, que ele estende a alguns metros da borda do declive, ao lado da lanterna que acabou de acender. Em seguida, deixa a mochila cair com um baque audível.

— Está pronta?

Ele enfileira duas bolas no chão e eu aceno, sorrindo tanto que meu rosto está começando a doer.

— Três, dois, um… — anuncio.

Nós dois damos uma tacada ao final da contagem, e eu solto um gritinho com o impulso. As bolinhas brilhantes viajam pelo céu noturno, mas tenho que admitir que a de Warren vai mais longe do que a minha. As duas caem no meio da floresta lá embaixo.

E assim continuamos, tacada após tacada, até que o saco esteja vazio e só restem as duas bolinhas que ele enfileira na nossa frente no chão.

— Ok, mas dessa vez… vamos fazer um pedido — sugiro.

— São bolas de golfe, não estrelas cadentes — provoca ele.

— Fica quieto e faz isso comigo.

Ele levanta as mãos em rendição, sorrindo.

— Tudo bem, claro. Um desejo… O mesmo para nós dois ou cada um faz o seu?

— Cada um faz o seu.

Warren assente, depois começa a contagem:

— Três, dois, um…

Acertamos as bolinhas e as observamos voar rumo à escuridão.

Sou a primeira a largar o taco e sentar no cobertor. Warren continua na beira do terreno escarpado, admirando o céu escuro feito breu. Por fim, também solta o taco e enfia as mãos nos bolsos. Como está de costas para mim, não consigo ver sua expressão, mas percebo a tensão em seu maxilar conforme observa as luzes da cidade lá embaixo.

— Fez um desejo muito longo? — pergunto quando ele finalmente se senta ao meu lado.

— Não, só queria garantir que ia funcionar. Senti que precisava saber se ele atingiu o alvo para dar certo. — Ele se vira para mim. — E você, o que desejou?

Chego mais perto até ficar colada nele, e ficamos tão próximos que nem conseguiríamos virar e ficar de frente um para o outro. Por um tempo, apenas admiramos a cidade lá embaixo. Agora entendo por que as pessoas costumam vir aqui: a vista é de tirar o fôlego.

— Eu pedi duas coisas — conto. — Espero que não tenha problema.

— Bom, aí a gente vai ter que perguntar aos deuses do golfe.

— Tiger Woods? — sugiro.

— Ele bem que poderia ser um — reflete Warren.

Faço uma pausa antes de continuar, mais baixo do que antes.

— Desejei que Willow seja feliz comigo... que eu seja o suficiente para ela.

Warren passa o braço ao redor das minhas costas, apoiando a mão no chão ao lado, e eu me aconchego em seu ombro.

— A Willow tem muita sorte de ter você. Não tem como fazer tudo perfeito, mas aposto que se ela for parecida com você, vai ser bondosa o suficiente para dar outra chance quando você errar. Ela vai ser feliz.

Suspiro quando Warren beija o topo da minha cabeça. "Espero que ele esteja certo."

— E o segundo desejo, qual foi? — pergunta ele.

"Hora da verdade."

— Desejei a mesma coisa... mas em relação a você.

Warren não hesita nem por um instante. Apenas se afasta para poder olhar nos meus olhos antes de responder:

— Eu também. Desejei que este fosse meu último primeiro encontro.

Eu me derreto toda, me aconchegando ainda mais a ele.

Ficamos nos olhando enquanto as luzes da cidade brilham lá embaixo e a lanterna sombreia nosso rosto. Meu olhar recai em seus lábios e eu lhe dou um beijo delicado, mas cheio de desejo. Um desejo que vai além do físico. Um desejo por amor, lealdade e permanência. Warren se afasta e apoia a testa na minha, interrompendo o beijo antes que a gente se empolgue demais.

— Eu tenho mais uma surpresa, se estiver tudo bem pra você — avisa ele, com a voz rouca.

Uma parte de mim quer dizer não, desesperada para voltar para casa e finalmente me jogar em seus braços. Mas como eu poderia estragar a noite que ele planejou? A noite *perfeita* que ele planejou?

— Claro.

Dou um beijo em seu rosto.

Em seguida, Warren se levanta, me ajuda a ficar de pé e recolhe o cobertor. Então carrega tudo para o porta-malas do carro, abre a porta para mim, entra e liga a ignição.

— Pronta? — pergunta.

Nem consigo me mexer sob a mira de seu sorriso atrevido. Reviro os olhos com carinho enquanto ele dá a partida e nos leva para longe daquele estacionamento.

32

Paramos em um terreno baldio em uma área mais suspeita da cidade. Não há placas na parede de tijolos à nossa frente para identificar onde estamos, e nada ao nosso redor além de uma caçamba de lixo e um conjunto de portas, iluminadas por um sensor de movimento logo acima. Não tem nada a ver com os dois lugares a que ele me levou esta noite, mas já aprendi a confiar no processo.

— Espere aqui.

Warren vai até o porta-malas buscar a mochila antes de abrir a porta para mim, dessa vez deixando o paletó no carro. Em seguida, nos conduz até as portas de aço preto e digita um código na maçaneta de metal, que emite dois bipes e um breve lampejo de luz esverdeada. Warren abre as portas, revelando um abismo escuro do outro lado. Seguro sua mão com mais força e uso a outra para agarrar seu antebraço enquanto entramos.

— É agora que você revela que isso tudo não passou de uma armadilha, né? Que você só me conquistou para acabar me matando no fim?

— Nossa, como você é mórbida — brinca ele, ainda nos conduzindo adiante. — Mas é isso mesmo, foi mal.

— Tudo bem. Eu já deveria ter imaginado.

— É muito difícil encontrar um lugar com aluguel decente hoje em dia... não tive outra escolha.

Warren para de andar. Mal consigo enxergar um palmo diante dos olhos. Onde quer que a gente esteja, ele deve ter passado muito tempo aqui, no escuro, para conseguir se mover com tanta facilidade.

— Vou acender as luzes agora. Não se assuste.

O cômodo se ilumina com luzes azuis e verdes suaves, revelando um palco sob nossos pés.

— Era aqui que minha banda tocava. Está em reforma, por isso está tudo vazio, mas conheço o dono e ele fez a gentileza de me deixar trazer você aqui antes de demolirem tudo.

Ele faz uma pausa, me solta e coloca a mochila no chão, de onde tira uma garrafa de água, um caderno e uma latinha, espalhando-os ao lado de uma cadeira dobrável de madeira.

— Sei que você tem uma quedinha por bateristas — continua Warren, e ri enquanto coça a nuca —, mas é meio difícil fazer uma serenata assim, então espero que isso seja suficiente.

Ele segura meus cotovelos e me guia até a cadeira, onde me sento, e então desaparece na coxia do palco antes de voltar com um violão.

— Por favor, tenha em mente que havia um motivo para eu ser baterista em vez de guitarrista — avisa, com os olhos brilhando de entusiasmo, mas com um sorriso apreensivo.

Cubro a boca com as mãos, incapaz de dizer qualquer coisa. "É, de longe, a coisa mais romântica que alguém já me fez."

Warren se senta no palco e abre o caderno, depois pega um afinador e um capotraste na latinha. Odeio ter que olhá-lo de cima, então desço da cadeira e me acomodo diante dele no chão.

— Mas seu vestido...

Faço sinal para ele continuar, ansiosa pelo que vem a seguir. Dou uma espiada no caderno. Está de cabeça para baixo, mas consigo distinguir os garranchos no topo da página. "Canção da Chloe", diz. "Eu vou ter um treco."

Warren morde a parte interna da bochecha, as narinas ficam dilatadas à medida que respira fundo, e ele começa a dedilhar as cordas do violão em uma melodia lenta e romântica. Eu já o acho tão impressionante quanto na bateria. Pelo menos pelo que ouvi no CD. Os dedos se movem depressa, arranhando enquanto ele troca de acordes. Depois de engolir em seco, Warren começa a cantar. É uma voz suave, ainda mais baixa do que quando fala. Fecho os olhos por um momento, desesperada para memorizar o som.

Suas cores são maravilhosas
Em seu mundinho cor-de-rosa
Sorrisos infinitos, mas olhar duvidoso
Quem mais deixou seu céu chuvoso?
Sou egoísta demais para conter
A indecisão que nem vou ter
Nossa dor ecoou e eu me desfiz
Pensando em tudo que eu nunca fiz
Um beijo roubado no hospital
Meu amor subiu mais um degrau
Estou à deriva, deixo a água me levar
Quero tudo que você tem a mostrar.

Meu queixo treme quando ergo os olhos do caderno e os fixo em Warren. Não quis me perder em seu rosto durante a música, ávida por aproveitar cada segundo. As notas finais são dedilhadas, a melodia cada vez mais lenta conforme ele repete o refrão. Enxugo uma lágrima do rosto e balanço a cabeça, incrédula de felicidade.

A magia desta noite é tangível. Queria poder guardá-la em um potinho. Warren não me olha enquanto acomoda o violão ao seu lado no palco. Ele fecha o caderno, sem tirar os olhos do chão.

Nunca serei capaz de expressar como este momento mudou a trajetória da minha vida. Nem para Lane e Emily, nem para Willow, talvez nem mesmo para Warren. Mas, se antes restava alguma dúvida, agora tenho certeza de que meu coração é todo dele. E não vou ter coragem de pedir de volta.

— Warren, nem sei o que dizer. Eu amei. — Jogo os braços ao redor de seu pescoço, ajoelhando-me à sua frente. — Foi perfeito. Esta noite toda foi perfeita. Obrigada.

Beijo sua bochecha e ele me puxa para o colo, com as mãos apoiadas no meu quadril.

— Não foi muito brega? — pergunta, com o rosto enterrado no meu cabelo.

— Ah, foi, muito brega. Brega pra caramba. Mas eu amei... Ainda nem acredito que você escreveu uma música para mim.

Ajeito-me em seu colo e ele levanta meu queixo com a ponta do dedo.

— Vou escrever todas as músicas ruins do mundo para você, se quiser.

Ele me dá um beijo delicado na boca.

— Não tem nada de ruim. Nem um pouquinho. Eu te amo... até demais. Chega a ser preocupante, sério.

Warren ri e prende uma mecha de cabelo atrás da minha orelha.

— Eu também te amo, pombinha. — Ele faz uma pausa, observando o cacho entre os dedos. — Último primeiro encontro? — pergunta, com uma expressão séria e sincera.

Não hesito nem por um segundo.

— Último primeiro encontro.

Há uma promessa maior nesta frase, mas não me importo nem um pouco.

— Venha, vamos para casa — chamo.

Corro os dedos por seu maxilar antes de beijá-lo.

— Vamos — concorda Warren com avidez.

Fico de pé e estico os braços para ajudá-lo a se levantar. Ele guarda o violão na coxia, pega a mochila e nos conduz até a saída na mais absoluta escuridão. Depois, é como se nunca tivéssemos pisado aqui. Logo este palco deixará de existir. O momento é inteiramente nosso, guardado apenas na lembrança que compartilhamos um com o outro. E isso só o torna ainda mais precioso.

33

Assim que a porta do elevador se fecha, Warren me puxa para perto, com minhas costas coladas em seu torso, e me leva até o cantinho perto dos botões. Espio por cima do ombro e vejo a câmera apontada para o outro lado. Ele nos tirou de vista.

— Warren, o que você...

Minha voz morre quando ele passa o braço ao redor da minha cintura, usando a mão firme para me pressionar ainda mais contra seu corpo. Com a outra, ele começa a acariciar meu pescoço, descendo pela clavícula até o decote do vestido. Seus dedos roçam o tecido de veludo, embrenhando-se para dentro do sutiã, e seu toque áspero encontra meu seio nu.

Apoio a cabeça em seu peito enquanto ele estimula meu mamilo intumescido entre o polegar e o indicador. Deixo escapar um gemido, tão trêmula de desejo que preciso agarrá-lo pela nuca para conseguir me firmar. Ele deixa um rastro de beijos atrás da minha orelha e a porta do elevador se abre, anunciando que chegamos ao nosso andar.

Depois de libertar a própria mão, Warren me vira de frente para ele e me beija com tanta vontade que só me lembro de onde estamos quando a porta se fecha e o elevador começa a descer novamente.

— Perdemos nossa parada — sussurro a centímetros de sua boca.

Ele desliza a língua pelos meus lábios antes de voltar em busca de mais. Rio baixinho, arrepiada da cabeça aos pés.

— Ei, calma... — digo. — Vai que alguém entra no elevador?

— Ninguém vai entrar. Fui eu que apertei o botão do térreo de novo.

Warren sorri e eu espio a luzinha vermelha no mostrador.

— Eu só não queria que nosso primeiro encontro terminasse — continua ele, beijando meu pescoço.

— A gente não pode viver no elevador, sabia?

Aperto o botão do terceiro andar.

— Prove — diz ele. Warren agarra minha bunda com as mãos e me levanta até ele, assim não precisa mais abaixar o rosto para me beijar. Quando a porta do elevador se abre, continuo pressionada contra ele, com meus pés balançando entre suas canelas.

Minhas costas se chocam contra a parede ao lado da porta de casa, com o corpo de Warren colado ao meu conforme ele continua a me beijar com voracidade. Levanto as laterais do vestido com gestos apressados, desesperada para enlaçar seu quadril com as pernas. Já nem me importo se for flagrada por algum vizinho.

— Está com a chave? — pergunta ele, agora beijando meu rosto, com a testa pressionada na minha têmpora.

É dolorosamente difícil tirar o foco da sensação de Warren entre minhas coxas.

— Você não trouxe a sua? — devolvo, ofegante.

— Trouxe, mas estou com as mãos ocupadas...

Ele aperta minha bunda e sorri. Eu reviro os olhos e enfio a mão no bolso dele para pegar as chaves.

— Ok... Me ponha no chão — ordeno.

Ele choraminga feito uma criancinha mimada, mas obedece. Em seguida, pega as chaves e abre a porta. Assim que entramos, ele se vira para bloquear o corredor e diz:

— Vou lá ver como os dois estão, ok? Entre no meu quarto e não saia daí.

Entro, sento na cama dele e cruzo as pernas, estufando o peito com as mãos espalmadas sobre o colchão.

— Isso. Assim mesmo... — diz.

Warren esfrega a cabeça com a palma da mão. Acho que, se ele tivesse cabelo, estaria arrancando tufos e mais tufos.

— Já volto.

Então bate na porta duas vezes antes de fechá-la, e eu logo escuto seus passos apressados ecoando pelo corredor. Parece até que está correndo.

Warren me fez tantas surpresas esta noite, então chegou minha vez de retribuir. Tiro a roupa até ficar completamente nua, depois deixo as peças dobradas em cima da cômoda. Acendo o abajur na cabeceira e apago a luz do teto. Posso ser ousada o bastante para ficar pelada na frente dele, mas até parece que vou fazer isso debaixo de luz fluorescente. Ajeito o edredom e sento na cama, cruzando as pernas e estufando o peito, na mesma posição em que ele me deixou. Como Warren me pediu para ficar.

Ouço uma batida suave na porta.

— Está ocupado — devolvo.

Há uma risada abafada do outro lado quando a maçaneta gira. Warren empurra a porta com as costas, as mãos ocupadas em segurar dois copos de água.

— O Luke avisou que a Willow se comportou direitinho... Voltou a dormir logo antes de a gente chegar, então acho que temos tempo de...

Quando me vê, ele derruba os dois copos no chão.

— Oi — digo, rindo baixinho.

Espio as poças de água encharcando o carpete enquanto Warren fecha a porta atrás de si. Sem tirar a mão da maçaneta, ele volta a me admirar, os olhos passeando pelo meu corpo, os lábios entreabertos.

— Surpresa!

Abro um sorriso acanhado, cobrindo os peitos com o braço. Na minha cabeça parecia menos constrangedor. Cá estou eu, nua da cabeça aos pés, enquanto um homem totalmente vestido me encara, sem reação.

— Eu, hã... Nossa.

Warren esfrega o rosto, finalmente tirando a mão da maçaneta.

— Foi mal. — Ele chega mais perto, sem se importar com os copos derramados. — Só fiquei sem palavras. Você tem noção de como é gostosa?

Ele desabotoa a camisa, depois a tira do corpo. "Tem noção de como *você* é gostoso?", quero perguntar, mas fico sem reação ao ver aquele homem perfeito à minha frente.

Ele desafivela o cinto e o deixa cair no chão, sem tirar os olhos de mim nem por um segundo.

— Você nem parece de verdade, Chloe... Seu corpo... — Ele entrelaça as mãos atrás da nuca, murmurando baixinho: — Puta que pariu, mas que... Nossa. Você...

Sua voz vai morrendo aos poucos, dando lugar a um suspiro carregado.

— Warren, você não está dizendo coisa com coisa.

Descruzo as pernas e apoio os pés no tapete felpudo ao lado da cama.

— Eu não consigo. Acho que nunca mais vou falar direito.

Ele tira a calça e se inclina para baixo, apoiando as mãos em cada uma das minhas coxas. Depois se ajoelha na minha frente e apoia a testa entre meus joelhos.

— Hum... O que você tá fazendo? — pergunto, sufocando uma risada.

— Sei lá... Rezando? — responde Warren, e aperta minhas coxas com mais força.

Reviro os olhos, mas não deixo de sorrir.

— Warren, levanta.

— Chloe, com todo o respeito, fica quietinha.

Ele ergue o olhar ao dizer isso, com o queixo apoiado no meu joelho. Esse ângulo é perigoso. O jeito como Warren me observa me deixa com a boca seca, e instantaneamente molhada lá embaixo.

— Estou te vendo pelada pela primeira vez, algo que pretendo continuar fazendo pelo resto da minha vida. — Warren abaixa a cabeça e a sacode antes de olhar para mim. — Falei isso em voz alta? Falei, né? Claro, seu corpo é o soro da verdade. Cacete, que corpo é esse... é perfeito.

Suas mãos sobem das minhas coxas até a dobrinha da barriga. Depois me acariciam a cintura, agarrando as laterais do meu quadril. Seus dedos são ásperos, calejados. Lembro do que Emily disse: ele deve ser bom com as mãos.

Sinto a eletricidade em cada pontinho que ele toca. Não consigo fechar as pernas com mais força; não consigo resistir ao desejo. Quero Warren em cima de mim. Empurro seu peito com o joelho até que ele esteja inclinado para trás, permitindo que eu estique as pernas sobre o colchão. Warren se levanta e paira sobre mim, seu corpo paralelo ao meu.

— Soro da verdade, é? — provoco.

— Eu seria capaz de dizer qualquer coisa agora... Pega leve comigo.

— Hum, não sei se vou conseguir.

Ele beija meu pescoço e passa as mãos pelos meus peitos, ombros e braços. Em vez de me entregar por completo ao prazer, decido satisfazer um pouquinho da minha curiosidade.

— O que você achou de mim quando a gente se conheceu? — pergunto, sem fôlego, quando ele mordisca minha clavícula.

Warren nem hesita em responder, acalmando o mesmo local com um beijo delicado:

— Eu te achei linda. Amei suas sobrancelhas. Você parecia engraçada, mas toda certinha. Depois me chamou de *Prison Break*, o que foi estranhamente encantador. Aí usou língua de sinais e me conquistou totalmente, embora eu tenha sido idiota o bastante para tentar ignorar o sentimento.

"Nossa, o soro da verdade funciona mesmo."

— E quando foi que você decidiu que me queria?

— Quando decidi que queria você nos meus braços assim?

Ele enlaça minhas costas, arqueando-as até que o bico do meu peito resvale em seu rosto. Depois o estimula com a língua, lambendo cada pedacinho de pele entre meus seios.

Meus olhos se fecham com força. Meus lábios se escondem entre os dentes.

— Essa é fácil... Foi quando você me abraçou pela primeira vez. Você se encaixou ali como se tivesse sido feita sob medida para mim. Foi difícil pra cacete controlar minha ereção. Tive que fazer de tudo para me recompor.

Ele se afasta e vai para o lado, apoiando todo o peso no antebraço direito.

— Quando decidi que queria você todinha pra mim?

Warren puxa meu mamilo entre os dentes, fazendo-me ofegar. Não preciso mais de respostas. Só preciso que ele continue. Que não pare de me tocar. Com delicadeza, ele desliza a mão pelo meu rosto, acariciando minha bochecha.

— Foi na noite do meu aniversário, depois mais e mais a cada dia.

Enlaço seu pescoço e nós rolamos até que ele esteja deitado de costas, comigo no colo. Eu o vejo engolir em seco, vidrado em mim.

— Você é maravilhosa.

Chego mais perto e o beijo até me desmanchar em seus braços. Os beijos ficam cada vez mais intensos até que Warren se ajeita debaixo de mim, sentando-se reto. Ele me agarra pela nuca, depois usa um único dedo para traçar uma linha no meio das minhas costas, em um ritmo dolorosamente lento. Arqueio o corpo e me pressiono ainda mais contra ele, rebolando o quadril até sentir o tecido de sua cueca contra minha virilha nua. O dedo de Warren alcança minha lombar, e ele volta a se deitar no colchão.

Deslizo as mãos por seu peitoral, abdômen e quadril, acomodado entre minhas coxas. Warren fica tenso e estremece sob meu toque, com o olhar focado no ponto onde seu corpo encontra o meu. Faço questão de observar sua reação a cada movimento. Curvo o corpo para a frente e beijo seus ombros e pescoço antes de endireitar as costas, determinada a parar de umedecer sua cueca e tirá-la de uma vez.

— Vem aqui — ordena ele, com a voz rouca.

Em seguida, envolve a parte de trás dos meus joelhos, tentando me puxar mais para cima. Avanço até estar com os joelhos apoiados no colchão, um de cada lado de seu abdômen, dando-lhe espaço para tirar a cueca.

— Não — diz ele, inflexível. — Aqui em cima.

Só então percebo o que ele pretende.

— Hã, não sei se é uma boa ideia. Eu...

— Chloe, por favor. Não me faça implorar.

Ainda fico hesitante. Apesar de querer muito, tudo isso ainda é tão... novo. Não sou uma mulher leve e delicada, nem...

— Senta na minha cara. Agora.

Algo na intensidade de sua voz, no apelo de seu comando enérgico, me enche de confiança. Arrasto os joelhos pela cama até pairar logo acima de seus lábios. Quando outra pontada de preocupação ameaça vir à tona, Warren me segura pela lombar, apoiando as mãos na curva da minha bunda, e me puxa em sua direção, bem mais baixo do que eu pretendia.

— Pode relaxar — sussurra, com a boca colada na parte interna da minha coxa, desencadeando uma onda de arrepios. — Eu te seguro, pombinha.

Ele estica o pescoço e desliza a língua bem lá no meio, apenas uma vez. "Cacete."

— Aliás, você também é perfeita aqui embaixo. Tão docinha.

Quando ele tenta me puxar de novo, eu cedo, mas só desço alguns centímetros.

— Não quero machucar você.

Minha voz está entorpecida, apenas um reflexo dos meus pensamentos. "Preciso de mais."

— Pode confiar em mim, Chloe. Eu quero fazer isso.

Quando ele agarra minha cintura, permito que me abaixe ainda mais até que eu esteja mesmo sentada, com os calcanhares cravados na polpa da bunda. Warren murmura em reposta, inundando-me de prazer.

Em seguida ele me lambe, beija e chupa até que eu não seja nada além de uma forma líquida sendo remodelada pelo vaivém de sua língua.

Gemidos roucos e baixos escapam dos meus lábios, diferentes dos de costume. Não tento emitir sons mais agudos ou femininos para agradar a Warren, como fiz com outros caras. É a *mim* que ele quer, não uma versão fabricada.

Chamo seu nome em voz alta sempre que posso, como imaginei tantas vezes na solidão do meu quarto. Todas aquelas noites em que desejei que ele realmente estivesse ao meu lado. Pelo jeito vai ser tão bom quanto imaginei, mas fico feliz por termos esperado. Agora me sinto segura, pronta para me revelar a ele por inteiro, de corpo e alma.

Warren se afasta por um segundo, ofegante, depois mergulha de volta e me consome até que eu não consiga mais aguentar. Ele me ama sem piedade, com o nariz resvalando na minha pele enquanto sua boca encontra meu ponto sensível.

— Isso... Warren, eu tô quase lá.

Começo a rebolar por instinto quando sinto o orgasmo iminente, cada vez mais perto. Warren agarra as laterais do meu quadril com força, resistindo aos meus movimentos frenéticos.

Ele não me solta quando o clímax vem, as mãos ainda fincadas na minha carne, o pescoço esticado para proporcionar meu prazer. Sussurro seu nome uma última vez antes de ficar imóvel, depois rolo de costas e desabo ao seu lado na cama.

— Obrigado — diz Warren, lambendo os próprios lábios.

Parece egoísta não responder ou agradecer de volta, mas não consigo dizer nada. Ofereço-lhe um sorriso saudoso enquanto meu corpo volta a estremecer, como os tremores secundários de um terremoto.

34

WARREN TIRA A CUECA e me observa com uma expressão concentrada.

— Se você quiser parar, tudo bem. É só que... estava ficando apertado aqui embaixo — diz ele.

Concordo com a cabeça, admirando sua ereção. Eu deveria imaginar que essa parte dele seria tão incrível quanto o resto. Sugo os lábios para dentro, prendendo-os entre os dentes. Quero Warren. Agora mesmo.

— Eu tomo anticoncepcional — aviso de repente, ainda rouca de tanto ofegar e gemer. — E todos os meus exames deram negativo.

— Os meus também.

Ele assente com avidez.

— Warren, me come logo, por favor.

Minha voz é pouco mais do que um sussurro. Ele arregala os olhos. Em questão de segundos já está em cima de mim, com as mãos apoiadas em cada lado da minha cabeça.

— Repete isso pra mim.

Ele levanta a mão e afasta uma mecha de cabelo da minha boca. Eu o seguro pelo queixo e o puxo para perto até que seu olhar encontre o meu e as pontas de nossos narizes estejam quase coladas uma na outra.

— Warren... por favor. Me. Come — digo, enfatizando cada palavra.

Seu rosto está vidrado, tenso. Ele estica a mão e se ajeita para deslizar para dentro de mim, com os olhos faiscando antes de se fecharem por completo.

— Puta que pariu, pombinha — grunhe, avançando ainda mais.

Não digo nada. Só consigo me concentrar na sensação de tê-lo dentro de mim. Fecho a boca com força, estremecendo de leve ao sentir a pressão, o calor. Solto um único suspiro angustiado quando Warren termina de me preencher, nossos corpos agora completamente entrelaçados. Depois de um momento de quietude, abro os olhos.

— Você está bem?

Ele ofega suavemente quando nossos olhares se encontram, intensificando ainda mais nossa conexão. Nunca fui muito fã de contato visual durante o sexo, mas com Warren é diferente.

— Estou — respondo.

Observo minha mão tracejar sua mandíbula, passando pela orelha até chegar à nuca, onde meus dedos o agarram. Agradeço aos céus em silêncio por poder tocá-lo assim, por senti-lo de perto, por conhecê-lo em seu íntimo. E então nosso olhar se cruza outra vez.

— Oi — diz ele, sorrindo para mim.

— Oi — sussurro de volta.

Há uma energia familiar entre nós, parecida com a da noite do aniversário dele. Foi a primeira vez que senti uma conexão entre nosso olhar. Uma ponte por onde poderíamos compartilhar nossas dores. Até aplacar algumas, se assim quiséssemos. Agora, a troca é outra. Prazer por prazer. Desejo por desejo. Entregando-nos para acomodar o outro.

— Eu te amo — declaro com os lábios trêmulos quando Warren começa a fazer movimentos lentos e circulares com o quadril.

Ele se detém, projetando o lábio de baixo.

— Ninguém nunca me disse isso durante o sexo.

Olho para seu lindo rosto e me pergunto como isso é possível. Se eu estivesse com alguém capaz de me fazer gozar como Warren acabou de fazer, no dia seguinte já estaria organizando o casamento. Como essas outras mulheres conseguiram resistir? Eu não conseguiria me conter perto dele, mesmo se quisesse.

"Essa não." Não pense nas outras mulheres com quem Warren esteve. Não comece a imaginar o corpo de cada uma delas sob o dele. Não imagine as peles de porcelana ou as barrigas chapadas ou as unhas bem-feitas ou...

— Pombinha... volte pra cá.

Afasto meu olhar, até então perdido em um ponto acima de seu ombro, e o fixo no de Warren.

— Você quer parar? — pergunta ele.

Estremeço e fecho os olhos, tentando formular o que tenho a dizer.

— Não, não, eu não quero parar. É só que... isso que você falou... me fez pensar nas outras mulheres com quem você esteve, me fez questionar se vou estar à altura delas.

Warren franze as sobrancelhas e, com uma série de movimentos rápidos, me põe em seu colo, sustentando nosso peso enquanto se arrasta pela cama até estar com os ombros apoiados na cabeceira. Ele segura minhas mãos e as leva em direção ao próprio rosto, colocando uma de cada lado.

— Foi burrice minha falar isso justo agora... Soro da verdade, lembra? — Warren inclina a cabeça até que meu olhar inconstante recaia sobre o dele. — Desculpa. Ouvir você dizer isso significou muito para mim, e aí falei sem pensar. Não quero que você esteja com a cabeça nisso agora... Não. Melhor dizendo, não quero que você esteja com a cabeça em qualquer coisa agora.

Ele puxa o ar, as narinas ficam dilatadas, os olhos, concentrados em mim.

— Eu quero que você relaxe — declara com firmeza.

Depois solta meus pulsos, mas mantenho as mãos em seu rosto. Ele chega mais perto e me dá um beijo lento e tórrido, mordendo meu lábio para me puxar quando se recosta na cabeceira. Quanto mais nos beijamos, mais silenciosos ficam meus pensamentos, até que eu já nem consiga lembrar o que os motivou.

"Quando foi que comecei a rebolar no colo dele?" Pelo jeito relaxei mesmo.

— É só você que eu quero, pombinha. Você vai ser meu último tudo. E meu corpo sabe disso tanto quanto eu. Estou te desejando há tanto tempo...

Warren geme quando finco as unhas em seus ombros.

"Será que é possível gozar só com palavras?" Sinto meu corpo se apertar ao redor dele com a ideia de fazer *isto* para sempre.

— Caralho... — Warren sibila entre os dentes. — Você também estava me querendo, é? — pergunta, e eu aceno, com a respiração cada vez mais ofegante. — Então deixa que eu resolvo essa vontade, pombinha. É só me falar o que você quer.

Chego mais perto para beijá-lo, nossos lábios abertos um para o outro antes mesmo da colisão. Rebolo no colo de Warren, que agarra meu quadril e começa a ditar nosso ritmo.

— Nada vai se comparar a isso, entendeu? Nada — diz ele, com o hálito quente no meu pescoço.

Jogo a cabeça para trás e deixo suas palavras rodopiarem na minha mente esvaziada.

— Entendi — esforço-me para responder.

O ritmo dele fica mais lento, mais profundo. A essa altura, já nem consigo rebolar direito, mas não me importo. A sensação é boa demais.

A pressão e a velocidade estão perfeitas, mas sei que isso não vai ser o bastante para me levar ao ápice. Afasto a mão de seu rosto e a deslizo pelo seu peitoral, onde uma leve camada de suor começou a brotar, depois a pouso lá embaixo para buscar meu prazer.

— Precisa de mais? — pergunta ele.

Seus olhos azuis se fixam em mim, nebulosos. Meus lábios se entreabrem e solto uma respiração trêmula antes de acenar que sim.

Sem hesitar, Warren me tira do colo e me deita no colchão. Ainda de joelhos, acomoda minhas pernas em torno de seu quadril e estica o braço para estimular meu ponto de prazer com o polegar. Assim que encontra um ritmo que visivelmente me agrada, ele volta a me preencher.

— Tá bom assim?

"Puta merda."

— Tá — choramingo. — Mais forte.

— Eu ou meu dedo?

— Os dois — grito.

Warren responde com uma risada sombria, como se soubesse muito bem o que está fazendo. Quase um aviso. Ele me dá exatamente o que pedi, com arremetidas implacáveis e movimentos circulares do polegar que me levam ao orgasmo em questão de segundos.

Sinto meu corpo se contrair em torno dele, que pulsa em resposta. Nosso olhar se encontra e meus lábios se abrem em êxtase, sussurrando seu nome.

Logo é a vez de Warren, que se alterna entre grunhidos de *Chloe* e *pombinha* com os dentes à mostra. Seu corpo desaba sobre o meu, me pressionando contra o colchão. Não me importo nem um pouco. Ele está exausto depois de um trabalho bem-feito. A sensação de seu corpo por cima do meu é gloriosa.

Seu rosto se enterra no meu pescoço enquanto recupera o fôlego. Levo a mão até a sua nuca, acariciando os fios de cabelo quase inexistentes até senti-lo relaxar. Depois de soltar um gemido baixo, ele se levanta, com os braços mais trêmulos do que antes.

— Eu não sabia que você era capaz disso tudo — brinco, piscando para ele.

O brilho travesso retorna ao seu olhar.

— Acho que você quis dizer... — Ele continua em um falsete: — "Nossa, Warren. Valeu pelos dois orgasmos. Nunca senti tanto prazer na vida."

Cubro meu sorriso e começo a rir enquanto ele arqueia as sobrancelhas, esperando minha resposta.

— Você tem razão... Obrigada, Warren, pelo melhor sexo da minha vida e...

— Repete isso pra mim — pede ele em tom sombrio.

— Qual parte?

— A primeira.

— Você tem razão?

— Ooh — geme ele, com a voz cheia de sarcasmo. — Isso, isso. De novo, gatinha.

Eu o empurro até que ele caia ao meu lado na cama, às gargalhadas. Sinto um quentinho no peito ao vê-lo assim. Eu amo Warren. Não consigo fazer mais nenhuma provocação enquanto esse pensamento estiver à espreita.

— Mas foi incrível mesmo — comento.

— É, a gente mandou bem.

Ele ergue o punho no ar, estendendo-o para mim. Dou um soquinho, mas reviro os olhos com o gesto.

— Você acha que sempre vai ser tão bom assim? — deixo escapar.

Nem tive tempo de analisar como essa simples pergunta pode ser interpretada, ou tudo o que ela implica. Mas hoje Warren fez suas próprias declarações quanto ao futuro, então por que não posso fazer as minhas?

— Acho que sempre vai ser bom, mas talvez não *tão* bom assim. Não vou tentar te impressionar tanto daqui a cinquenta anos.

— Cinquenta anos, é?

Fico de lado para provocá-lo, mas ele apenas assente com sinceridade, os olhos fixos no teto.

— Arrã, mas vou me esforçar por no mínimo uns quarenta.

A resposta é tão genuína que realmente me pega desprevenida. Sinto o rosto corar.

— Você está falando sério?

Nem sei direito o que quero dizer com isso, mas sei que não se resume a sexo. Warren se vira e me puxa para perto, nossos corpos colados.

Seu queixo repousa no topo da minha cabeça, e me pressiona de leve quando ele começa a falar.

— Achei que era óbvio... Pretendo ficar com você para sempre. Se você me aceitar.

"Eu aceito. Arrã. Para sempre. Bora."

— Sim, por favor.

— Eu te amo — diz Warren, dando um beijinho na minha testa.

— Eu também te amo.

Acaricio o rosto dele com um movimento preguiçoso, depois me aconchego ainda mais perto antes de enfim me render ao sono.

35

Lane e Emily passaram os últimos dois dias ajeitando tudo no novo apartamento, e hoje decidimos fazer a inauguração oficial. Só nós três, uma tábua de frios e algumas garrafas de vinho tinto. Warren está cuidando de Willow em casa enquanto carrego uma sacola no ombro cheinha de queijos.

— Bem-vinda, bem-vinda!

Emily me dá dois beijinhos no rosto e logo me oferece uma taça de vinho.

— Ah, claro. Começar a beber antes mesmo de tirar os sapatos. Eu estava com saudade de morar com você, Em. — Entrego a sacola para Lane e acrescento: — Vim carregada de queijo!

Lane leva essa história de tábuas de frios tão a sério que não deixa mais ninguém chegar perto para ajudar na arrumação, que envolve até florzinhas feitas de salame.

— Muito obrigada, ó soberana — responde Lane, espiando o conteúdo da sacola. — Venha conhecer a cozinha. A sua é bem melhor, mas pelo menos temos uma lava-louças.

— Que inveja!

Eu a sigo até a cozinha estreita e aceno com aprovação ao ver a máquina.

— Ah, aí está ela.

— Uma belezinha, não é?

Lane toma um gole de vinho, olhando com amor para o eletrodoméstico.

Solto uma risada e faço carinho em suas costas, depois volto para a sala de estar, onde Emily me aguarda para o resto do tour.

— Essa aí só liga para a lava-louças, mas espere só até você ver meu closet. Ele é a verdadeira estrela da casa — anuncia Emily enquanto eu a sigo pelo corredor em direção ao quarto.

Depois de conhecer a casa toda, nós três nos agrupamos no sofá, com uma linda tábua de frios disposta na mesinha de centro.

— Vamos fazer um brinde ao retorno de vocês! — proponho, estendendo a taça.

— Um brinde aos colegas de casa, antigos e novos! — responde Lane, piscando para mim.

— Que jeito sutil de puxar assunto, Lane. Parabéns. — Emily beberica o vinho com um sorriso nos lábios.

Lane revira os olhos.

— Eu tenho sido muito respeitosa e tal, mas Chlo... e aí, rolou?

Avalio quanto vinho sobrou na taça e entorno tudo de uma só vez. Preciso de coragem. Não sou santinha nem nada, e quero conversar sobre isso com as duas, só não sei por onde começar. Sempre estive no papel de ouvinte quando Emily e Lane trocavam confidências sobre encontros.

— Rolou... e aí rolou de novo... e de novo... e de novo... — Sirvo mais um pouco de vinho enquanto as duas surtam com gritinhos. — Nunca tinha me acontecido de... rolar tantas vezes na mesma semana.

— Toda noite? — pergunta Emily, com cobiça.

— A primeira vez foi sexta passada, no nosso encontro... e aí mais doze vezes desde então — respondo, e Lane chega a arfar. — Ele é... atencioso. — Mordo meu lábio de baixo, sorrindo. — Ele sempre faz o trabalho direitinho.

— Caramba. Um brinde a isso! — exclama Emily.

Nós três brindamos de novo, aos risos.

— Nunca passei por algo parecido. Isso é normal? Ou eu só tive experiências ruins com...

Deixo a voz morrer.

— Você transou doze vezes em uma semana e ainda não consegue falar disso em voz alta? — Lane cutuca meu joelho e eu mostro a língua para ela. — Mas não. Não é normal. Nenhum cara me fez gozar doze vezes seguidas.

Você arranjou um mutante, então faça o favor de botar uma aliança no dedo desse homem o mais rápido possível.

Ela despeja mais um pouco de vinho na própria taça enquanto Emily assente.

— Bom, Warren fez pelo menos uma menção a casamento por dia desde o nosso encontro, então... — "Não que eu esteja contando, *pffft* até parece." — Pode deixar que vou manter vocês informadas.

Dou uma piscadela para as duas.

— Eu vou ser dama de honra, falei primeiro! — Emily levanta a mão, superando Lane.

Reviro os olhos, mas abro um sorriso.

— Quando vocês voltam a trabalhar? — pergunto, mudando de assunto.

— Eu daqui a dois dias — responde Emily.

— Eu já comecei ontem — conta Lane. — Só que agora estou procurando alguma vaga aqui perto. Gosto de trabalhar como freelancer e tal, mas sinto falta de interagir com as pessoas. Já estou deixando a Emily maluquinha.

Emily arregala os olhos e assente, os lábios trêmulos em um esboço de risada.

— Fiz os cartões de visita de uma empresa de tecnologia da região. Eles queriam um designer fixo, mas não pude pegar. Se você quiser, posso te passar o contato de lá — ofereço.

— Arrã — responde Lane, com a boca cheia de brie e torrada. — Por favor, pode me mandar — acrescenta, com uma chuva de migalhas.

Emily lhe entrega um guardanapo, balançando a cabeça de um jeito afetuoso. Continuamos a devorar a tábua de frios em silêncio, mas logo Lane volta a falar:

— E as visitas com a Connie, como vão?

— Tudo certo. Ela parece estar bem. Gosto de ver Willow perto dela, mas... uma parte de mim fica triste quando estamos lá. A Will ainda é muito nova para entender as coisas, mas fico pensando em como vai ser quando ela ficar mais velha. Será que vai odiar as visitas? Ou será que vai me odiar por ficar com ela mesmo que nossa mãe esteja sóbria?

As duas assentem, pensativas, e Emily pousa a taça na mesa antes de responder.

— Acho que o fato de você já estar preocupada com o futuro de Willow é um sinal de que está tomando as decisões certas. Ou, pelo menos, as melhores decisões que pode tomar agora. A vida de Willow nunca vai ser cem por cento normal, mas ela vai ser amada. Por você, por sua mãe, por nós duas, e espero que por Warren e Luke também. Ninguém tão amado assim seria capaz de sentir ódio, especialmente por sua irmã mais velha.

O cômodo mergulha em silêncio quando Emily se recosta no sofá, e seus olhos transbordam bondade ao me encarar. Meu coração se aquece com suas palavras. Tento formular uma resposta, mas Lane é mais rápida.

— Caramba... falou e disse.

Rio baixinho e enxugo uma lágrima quente do rosto.

— Obrigada, Em.

Lane passa a mão pelo meu ombro e me puxa para um meio abraço.

— Você está fazendo um ótimo trabalho, Chlo — diz ela com uma seriedade que não lhe é característica.

Dou um tapinha em seu joelho para agradecer, e Lane aproveita minha deixa silenciosa para mudar para um assunto mais leve.

— Que tal a gente falar sobre outra coisa? Como o fato de Emily ter ficado com o maior closet da casa.

Emily bufa e pega um naco de queijo de cabra.

— Olha só, quando você abandonar esse estilo gótica suave, me avise e a gente pode começar a dividir as roupas. Até lá, terei que carregar o fardo de ser a estilosa da casa sozinha. Por isso, preciso de um closet maior.

— Sabe, nunca vou entender como suas roupas são tão caras se são cheias de cortes e rasgos em lugares esquisitos. Quando é que cintura de fora virou moda? — retruca Lane.

— A suja falando da mal lavada. Por acaso você tem alguma calça sem furos e rasgos? — deixo escapar para Lane.

As duas se viram para mim com uma expressão surpresa, depois sorriem.

— Senhoras e senhores... Chloe entrou na luta!

Emily ri e Lane faz um barulho de *ding-ding* enquanto cubro a boca com as mãos.

Nunca fui de participar das trocas de farpas entre as duas, sempre com medo de ofender ou me intrometer onde não era chamada. Elas sempre foram mais próximas, e eu sempre me contentei em ficar de escanteio no nosso grupinho. Talvez seja o treinamento árduo com Warren nos últimos quatro meses, ou apenas o fato de ter me tornado mais confiante, mas acho que agora estou pronta para participar.

— Eu sempre soube que você tinha potencial, sua vaca — brinca Lane, propondo um brinde a mim. — E, respondendo à sua pergunta, eu tenho duas calças sem rasgo, ok? Mas... foi minha mãe que comprou.

Emily fica de pé e pergunta:

— Sabem o que está faltando, meninas?

Lane e eu negamos com a cabeça, sem entender.

— Música!

Ela pega o celular no bolso e aperta um botão. As coisas parecem se desenrolar como em um filme, como sempre acontece quando Emily está por perto. As notas de "That's Not My Name" começam a soar do alto-falante, justo a música que declaramos ser nosso lema quando fomos morar juntas.

Dançamos entre nacos de queijo e goles de vinho por pelo menos uma hora antes de as garrafas ficarem vazias e nossos estômagos empanturrados. Depois de perder para Emily em uma batalha performática ao som de "And I Am Telling You", Lane começa a arrumar tudo.

— Contemplem a magia da máquina de lavar louça, senhoras — anuncia ela, recolhendo meu prato.

— Acho melhor eu ir andando... Meu táxi já está quase aqui.

Jogo a manta para o lado e fico de pé, triste em abandonar o conforto do sofá.

— Eiii! — Lane me puxa para um abraço. Ela sempre fica mais carinhosa quando está bêbada. — Obrigada por ter vindo, Chlo! Eu amo você...

— Também amo você, Lane. — Beijo a lateral de sua cabeça, e Emily logo se aproxima. — Te amo, Em.

Dou um abraço nela também.

— Bom, divirta-se esta noite... Treze é o número da sorte e tal! — brinca Emily, com um risinho debochado enquanto me afasto.

— Boa noite, meninas.

Visto a jaqueta e vou até o corredor, dando uma última olhada nas minhas duas amigas lindas, que sorriem para mim da porta.

Suspiro, feliz, e desço as escadas até a entrada do prédio.

Não sobrou nem um resquício de solidão dentro de mim. Eu me sinto completa. E essa é uma sensação que nunca quero esquecer.

36

— Oi — sussurro, me enfiando debaixo das cobertas ao lado de Warren.

Dormimos juntos todas as noites esta semana, mas ainda não o tinha visto sozinho na minha cama. Fico feliz de ver como parece natural.

— Hã, oi.

Ele estica a mão, ainda de olhos fechados, e aproxima meu rosto para me dar um beijo, mas erra o alvo e acaba acertando meu nariz.

— E aí, se divertiu?

— Muito.

— Que bom.

Ele volta a se ajeitar no travesseiro, e sinto meu rosto corar antes de perguntar, com a sobrancelha arqueada:

— Você tá acordado?

— Não.

"Como ele consegue soar sarcástico e sonolento ao mesmo tempo?"

— Ah, tudo bem então. Acho que vou vestir meu pijama.

Warren abre um olho, o que me faz rir, e começa a tatear minhas costas no escuro.

— Você tá pelada! — exclama ele, ainda tentando sussurrar.

— Arrã.

Sufoco uma risada.

— Que presunçosa.

Sua voz diminui uma oitava quando ele agarra meu quadril e me puxa para perto.

— Como você consegue usar palavras como "presunçosa" depois de ter acabado de acordar? — provoco.

— Como você consegue continuar com tesão depois da semana que a gente teve?

Touché.

— Ah, então sou só eu? Puxa, que pena... Acho que é melhor eu...

Warren me interrompe com um puxão, colocando-me montada em seu colo.

— Você também tá pelado!

Dou risada.

— É que sou muito presunçoso.

Ele se empertiga na cama, falando a centímetros do meu rosto quando nossos sorrisos se encontram para um beijo.

— Hum, Chloe? — Warren segura meu queixo, afastando-me do beijo que quero tanto continuar. Resmungo em resposta. — Você está com gosto de vinho, pombinha. Parece até que tomou um tonel inteiro. Você está bêbada?

— Bêbada não... Só alegrinha.

Warren suspira, e o calor em seus olhos esfria.

— Bom, então acho melhor a gente parar por aqui.

— Retiro o que disse. Estou sóbria de tudo — insisto, fazendo beicinho.

— Sinto muito, pombinha, mas... não vou me aproveitar de você bêbada.

Reviro os olhos.

— Eu, Chloe Jean, afirmo que estou sã e sóbria e quero *muito* que você se aproveite de mim.

Warren recosta o corpo na cabeceira e me olha em desafio.

— Então prove.

— É sério? — pergunto, frustrada.

Ele balança a cabeça, achando graça da minha irritação, como de costume. Estico os braços e toco a ponta do nariz com um dedo de cada mão.

— Satisfeito?

Olho feio para ele no escuro.

— Agora fale o alfabeto... de trás para a frente.

A voz de Warren fica baixa outra vez, um timbre que sugere que estamos prestes a começar atividades *muito* consensuais. Ajeito-me em seu colo até sentir a ereção pressionada contra meu abdômen.

— Z...

Passo a língua pelo caminho entre a orelha e o maxilar, algo que sempre o faz puxar o ar entre os dentes.

— Y.

Meus dedos envolvem a base de sua garganta, apertando do jeito que ele me disse que o deixa excitado.

— X.

Dou-lhe um beijo suave antes de mordiscar seu lábio inferior, puxando-o entre os dentes até que ele se empertigue, inclinando-se na minha direção.

— W.

A língua dele desliza entre meus lábios, e eu os abro para recebê-la.

— V — continuo, me afastando.

Warren fez disso um jogo, então agora vai se arrepender amargamente enquanto eu o obrigo a escutar as vinte e seis letras.

— Acho que já deu. — Ele passa a mão ao redor dos meus ombros e me puxa para mais perto.

— Nada disso. — Nego com a cabeça. — U.

Deslizo o dedo pelo centro de seu peitoral, o toque suave como uma pluma.

— T.

Inclino o corpo para trás até estar com as costas coladas em suas pernas.

— S.

Passo a mão pela parte interna da minha coxa e ele grunhe como um homem torturado.

Respondo com um sorriso malicioso e começo a traçar círculos pequenos e delicados no meu ponto de prazer. Warren sabe muito bem que estou torturando a mim mesma tanto quanto a ele, pois isso não vai ser o suficiente para me fazer gozar. Se bem que, só de ver sua expressão desesperada, talvez chegue perto.

— R — prolongo com um gemido. — Q — continuo, ofegante. — P.

Warren se endireita, estica o braço e agarra meu cabelo, segurando minha nuca. O aperto basta para me fazer delirar.

— Você venceu… — cede ele, com a voz angustiada.

"Chega de provocar."

— O, N, M, L, K, J, I, H, G, F…

Tento terminar, mas sou obrigada a entregar os pontos quando Warren se aproxima e desliza a língua da minha clavícula até o queixo.

— Satisfeito?

Sufoco um sorriso atrevido e ele nos gira na cama para ficar por cima.

— Você é que vai ficar satisfeita já, já — responde ele, deslizando para dentro de mim, o que arranca um suspiro de ambos.

Eu até reviraria os olhos diante dessa arrogância toda, mas… fazer o quê? Ele está certo.

Inclino a virilha para cima, criando um ângulo que lhe permite mergulhar mais fundo dentro de mim. O antebraço de Warren envolve minha nuca, aproximando o rosto do meu, e apesar do vaivém de seu quadril, é como se me abraçasse.

É uma sensação de segurança que nunca tive antes, um aperto que sempre me leva ao orgasmo em questão de segundos. Deixo escapar um gemido que mais parece uma lamúria, e o som reverbera a cada estocada pecaminosamente profunda.

— Eu sei, pombinha, eu sei. — Warren beija meu queixo antes de retomar o ritmo. — É só se entregar.

— Cacete — gemo, alongando as sílabas.

— Isso… — diz Warren quando me contraio. — Tá tão gostoso.

— Tá? — pergunto, e a voz se dispersa à medida que o orgasmo se aproxima.

— Perfeita. Você é perfeita. — Ele solta um grunhido. — Pode gozar. Agora mesmo — ordena.

— Warren! — grito. — Ah…

Ele coloca a mão sobre minha boca, silenciando os gritos que sabe que estão por vir. Gritos que nem me pareciam possíveis antes dele.

— Isso… Muito bem — sussurra Warren contra minha testa. — Você é tão gostosa.

Apesar do tremor nas pernas, meu corpo começa a relaxar. A boca sorridente de Warren encontra meus lábios entreabertos antes de dizer:

— Pombinha... você tem que fazer menos barulho.

Ninguém quer pensar na bebê adormecida do outro lado do quarto neste momento, mas é necessário.

— Por mais que eu goste muito de te ouvir assim... Caralho, e como gosto.

Ele acalma meus lábios com beijos delicados, o ritmo das arremetidas cada vez mais lento conforme seu quadril se pressiona contra o meu.

Solto uma risada ofegante.

— Gosto quando você cobre minha boca. É como se tentasse capturar meus gemidos só para você.

Eu ofego de repente, arregalando os olhos quando Warren dá uma estocada profunda.

— Ah... Você gostou de ouvir isso, é? — pergunto. — Gostou de saber que meu prazer é todo seu?

Em uma reação quase instintiva, enlaço a cintura de Warren com as pernas, apertando-o com força a cada arremetida incessante. Um novo orgasmo se aproxima para se juntar ao dele.

— Bom, mas é verdade. É todo seu. E eu... sou toda sua também... — declaro, ofegante.

— Toda minha — repete Warren com os dentes cerrados, seus olhos azuis focados em mim enquanto me contorço sob ele. — E eu sou completamente seu.

Um minuto, uma hora ou segundos se passam, embalados por estocadas rápidas e desesperadas que nos fazem cobrir a boca um do outro quando atingimos o ápice.

Pelo jeito, treze é mesmo um número de sorte.

37

Eu me aninho junto ao peito de Warren, com meu corpo colado ao dele. Agradeço aos céus — *e às bolinhas de golfe* — por tudo que aconteceu nos últimos meses.

Sou tão sortuda de ter achado alguém como Warren. Gosto de pensar que mesmo sem todas as dificuldades que nos trouxeram até aqui, ainda teríamos dado um jeito de nos encontrar. Pode chamar isso de destino, sina, almas gêmeas, o que for. Mas eu não mudaria nada. Não trocaria todos aqueles dias difíceis, todas aquelas noites solitárias, se isso significasse que eu não estaria aqui agora, em seus braços.

Eu e Warren podemos não ter a menor ideia do que estamos fazendo, mas pelo menos agora temos alguém com quem dividir o fardo.

— Não está conseguindo dormir? — pergunta ele.

Sua palma calejada traceja círculos nos meus ombros.

— Só estou pensando em como sou sortuda. — Olho para ele, apoiando meu queixo em seu peito. — Pensando no quanto eu te amo.

Warren morde o interior da bochecha, perdido nos próprios pensamentos antes de responder:

— Posso perguntar uma coisa?

Volto a apoiar o ouvido em seu peito, escutando meu som preferido de todos os tempos.

— Claro.

— Você já se sentiu tão feliz a ponto de ficar com medo?

Warren ri baixinho, mas não há alegria em sua voz. Ergo o rosto para olhar para ele, estudando sua expressão cansada conforme continua a falar:

— É só que... sempre que eu me sinto feliz como estou agora... é como se meu cérebro tentasse me dizer para esperar o pior. Como se a merda fosse bater no ventilador a qualquer minuto.

Suspiro e concordo com um aceno.

— Já senti isso algumas vezes, sim. Acho que é normal, considerando tudo que já foi tirado de você.

— Pode ser...

Ele vira o rosto para o outro lado. Eu me levanto, sentando com as pernas cruzadas perto dele no colchão. Hesito por um instante, ponderando sobre o que vou dizer.

— Aconteça o que acontecer, vamos enfrentar juntos.

Warren sopra o ar pela boca, e os lábios tremulam com o movimento. Uma expressão inquieta domina seu semblante, e eu a reconheço como dúvida.

— E se...

— Vamos enfrentar qualquer coisa... juntos.

Tento acalmar seus anseios antes mesmo que ele consiga enumerá-los. Ele assente uma vez, me observando com um olhar perdido.

— É assustador pra cacete, Chloe.

Solto o ar e umedeço os lábios.

— É mesmo.

— Parece que... eu não consigo imaginar minha vida sem você, então nem tento. Mas é pior não pensar no assunto, porque não vou estar preparado se acontecer.

— Você não precisa estar preparado.

Faço carinho em seu peito e ele pousa a mão sobre a minha.

— Eu estou disposto a lutar pelo que a gente tem, pombinha... Você sabe disso, não sabe?

— Sei, sim.

— Eu iria até os confins da Terra — continua ele, determinado.

— "Confins da Terra" daria um ótimo nome de banda...

Sou recompensada com um esboço de sorriso. Levo sua mão aos meus lábios e a beijo com delicadeza.

— Eu também faria isso — acrescento, e ele apenas assente, distraído. — Está tudo bem? Aconteceu mais alguma coisa?

— Estou preocupado com o Luke.

Warren engole em seco.

— É, eu também tô — confesso.

— Conversei com a Rachel esses dias sobre a possibilidade de ele ter algum tipo de acompanhamento, mas ela acha que ele está agindo como todo garoto angustiado de quase dezesseis anos. E a lista é bem longa.

— Talvez ela tenha razão. Sabe, é a primeira vez que ele se sente seguro o bastante para simplesmente se rebelar.

— Sei disso. Mas achei que eu passaria mais tempo com ele. Que a gente jogaria conversa fora, sairia por aí... que a gente faria coisas de irmãos. Mas ele nem me dá bola.

Warren afasta a mão para coçar o queixo.

— Vocês ainda vão ter tempo para isso. Ele está se acostumando com essa situação, assim como a gente. Talvez vocês dois possam fazer algo legal no aniversário dele.

Warren concorda, hesitante, e eu me deito na cama, aconchegando-me nele. Por alguns minutos, ele apenas acaricia meu cabelo em silêncio. Fico pensando em Luke. Tenho medo de ele se retrair mais, o que só vai aumentar minha culpa por ocupar o tempo de seu irmão. Quero dizer a Warren que vai ficar tudo bem, mas a verdade é que não tenho como saber se vai mesmo. E eu odeio isso.

Ajeito-me para que possamos ver o rosto um do outro no breu do quarto. Quase dá para enxergar as engrenagens girando em seu cérebro.

Warren pigarreia.

— Então... Depois da audiência de custódia da Willow, você pretende mudar o sobrenome dela?

Ele morde o lábio de baixo, e a pontinha se curva para cima.

— Arrã... Acho que vou — respondo, com a voz um pouco embargada de sono.

— Quer mudar o seu também? — sussurra Warren, com a testa pressionada na minha.

— Rá, rá.

Fecho os olhos e sinto seu hálito quente na minha bochecha.

— Escuta só. Tenho cogitado mudar de sobrenome, criar um novo. Nunca gostei da ideia de manter o sobrenome do meu pai. Acho que eu ia gostar de começar do zero.

Por mais que fale de forma deliberada, a indecisão é óbvia.

— Hum…

Abro os olhos. Warren despertou minha curiosidade, o sono que se dane.

— E aí eu pensei… e se a gente criasse um sobrenome novo… juntos?

O tom confiante retorna à sua voz, mas dessa vez em um sussurro.

— Mas isso seria ter o mesmo sobrenome ou… *ter o mesmo sobrenome*? — pergunto, ansiosa.

— Bom, aí você que me diz.

Consigo até imaginar seu sorrisinho malicioso. "Nada disso, me diz você."

— Por acaso você está me propondo alguma coisa, Warren?

Fecho os olhos outra vez.

— Não neste exato momento… Essa proposta aí viria acompanhada de uma aliança e algum gesto romântico grandioso… mas você estaria aberta à ideia? Do sobrenome, digo…

Hesito por um instante, mas não consigo conter a resposta que luta para escapar:

— Sim.

— Maravilha, então pode começar a pensar em sobrenomes… Podemos até fazer uma lista.

— Ah, claro, tudo é motivo para fazer uma lista — murmuro em tom sarcástico e enfio o rosto no travesseiro.

Mas sei muito bem que amanhã cedinho vou fazer a bendita lista mesmo.

— Por enquanto pensei em Magnífico e Bond — conta Warren, tão empolgado quanto um cachorrinho.

Se eu não estivesse morta de sono, entraria na brincadeira. Mas estou.

— Boa noite, Warren — grunho.

— O que você acha de Warren Buffett, igual àquele ricaço?

— Vá dormir, sr. Buffett.

Viro de costas para ele.

— Uh, então você gostou!

Warren chega mais perto e me abraça, me envolvendo na rede de segurança mais quentinha do mundo.

— Boa noite, sra. Bond.

38

— Feliz aniversário! — sinalizo para Luke.

Ele parece estar dormindo em pé enquanto sai do quarto cavernoso, piscando para a claridade do dia. Não consegui convencer Warren a usar o dele, mas Willow e eu estamos com chapeuzinhos de festa.

Luke olha para nós, sorrindo ao ver os balões ao lado do sofá, no formato de um dezesseis gigante.

— Bom dia — cumprimenta Warren.

Em seguida, puxa Luke para um clássico abraço entre irmãos, com um dos braços ao redor dos ombros do aniversariante, que por fim cede e retribui.

Logo é a minha vez de receber um abraço. Eu diria que é um abraço em grupo, afinal, estou com Willow no colo.

— Eu sei que hoje você vai sair para ser um adolescente descolado e indiferente com outros adolescentes descolados, mas temos presentes e waffles para você. Consegue nos tolerar por duas horinhas? — pergunta Warren.

Em seguida, ele aponta para a mesa, forrada de acompanhamentos e waffles quentinhos. Eu só cortei as frutas, mas ele fez todo o resto do zero.

— Você me ganhou com os waffles — responde Luke, com um sorriso.

Ponho Willow na cadeirinha, depois me acomodo ao redor da mesa com os dois. Agora que ela já quase consegue sentar sozinha, participa bem mais das refeições.

— Então você não quer saber dos presentes, é isso? — brinco, piscando para Luke.

Ele ri, mas não do jeito caloroso de sempre. Parece preocupado com alguma coisa. Talvez aniversários sejam tão difíceis para ele quanto para Warren, um lembrete de todas as datas especiais que tiveram que passar em branco.

Warren coloca dois presentes na mesa, ao lado do cartão que fiz com uma foto de Luke fantasiado no Halloween. Bom, só dá para presumir que é ele na foto, já que seu rosto não aparece. Eu o convenci a se fantasiar comigo para distribuir os doces, o que me pareceu uma grande vitória, e ele escolheu uma fantasia inflável de tiranossauro rex. Mal conseguia passar pela porta. As crianças do prédio amaram, e Luke até chegou a correr atrás de algumas pelos corredores. O cartão diz: "Feliz Aniverssauro!"

Luke sorri quando o tira do envelope. Depois o deixa de lado e rasga o embrulho do primeiro presente, um smart watch com recurso de conversão de texto em fala que ele mesmo tinha pedido para Warren.

— É ótimo, obrigado.

— O outro foi ideia da Chloe, então peço desculpas desde já — avisa Warren.

Dou um empurrãozinho no ombro dele, que o esfrega como se estivesse machucado.

— Se você não gostar, podemos devolver — sinalizo para Luke.

Ele pega a sacola, afasta o papel de seda e começa a tirar os itens um por um. Há uma bússola, um canivete tático, uma lanterna e uma caixa de fósforos, além de um vale-presente de uma loja de artigos de camping. Luke examina os objetos, depois me olha em busca de uma explicação.

— O Warren comentou que vocês nunca foram acampar. Achei que poderia ser divertido. Dá para usar o vale-presente para comprar uma barraca ou sacos de dormir, mas se você não quiser...

Luke larga os presentes na mesa, fica de pé e caminha até onde estou, fazendo sinal para eu me levantar. Assim que saio da cadeira, ele me abraça. É a primeira vez que me dá um abraço de verdade.

Lanço um olhar convencido para Warren por cima do ombro de Luke. "Eu sabia que ele ia gostar do presente."

Então Luke se afasta, dando alguns passos para trás antes de sinalizar:

— Obrigado, Chloe.

— Você pode ir só com o Warren, se preferir.

— Não, todos nós temos que ir juntos.

"Como uma família."

Olho para Warren. Será que ele viu?

— Claro, pode ser.

Tento parecer casual, mas estou imensamente aliviada por dentro.

Depois que todos os waffles são devorados, me ofereço para lavar a louça, insistindo que o aniversariante tire o dia de folga. Até onde sei, Warren pretende convidar Luke para ir gastar o vale-presente agora de manhã, só os dois. Espero que ele aceite. Faria muito bem a Warren.

Assim que termino de arrumar tudo, uns bons vinte minutos depois, viro as costas e dou de cara com Warren e Willow sozinhos na mesa, sem sinal de Luke. Warren parece aturdido, com os punhos cerrados na frente do corpo.

— Tá tudo bem?

Pouso a mão entre suas escápulas quando passo pela mesa.

— Não.

A voz é fria, e eu me viro para olhar.

— Aconteceu alguma coisa com o Luke? Ele saiu?

Warren pressiona os olhos com as palmas, os cotovelos apoiados na mesa.

— Luke anda conversando com nosso pai...

"Merda."

Ele se endireita e olha para mim, com o rosto tomado por uma combinação dolorosa de raiva e mágoa.

— Luke tem ido atrás dele depois da escola. Pelo jeito, meu pai encontrou um apartamento aqui perto e... — A voz de Warren some quando me sento na cadeira mais próxima da escada. — Ele chamou Luke para morar com ele.

Fecho os olhos, torcendo para não ser verdade. O pai deles ia e vinha quando dava na telha, às vezes sumindo do mapa na calada da noite, quase sempre deixando para trás um mar de dívidas ou o marido furioso de algum rabo de saia. Ele não fez nada além de magoar Warren e Luke, e não tem por que acreditar que agora seria diferente.

— Puta merda... — começo a dizer.

Faço menção de pegar a mão de Warren, mas ele a puxa para longe, colocando-a sobre seu joelho inquieto.

— Não fique chateada. Isso não tem nada a ver com você.

— Mas o Luke não vai... — retomo.

— Luke é uma criança. Ele não... — A raiva inflama o tom de Warren, sua fica voz áspera como cascalho. — Agora aquele cuzão resolve dar as caras? Porra, onde foi que ele se meteu quando eu estava na escola e Luke teve que ficar enfurnado naquele inferno de lugar?

Ele se afasta da mesa com um rompante, derrubando a cadeira. Em seguida, começa a andar furioso pela cozinha, coçando o queixo.

— E ainda fez Luke mentir para mim — continua, e se move como se quisesse sair do próprio corpo.

Respiro fundo, desejando telepaticamente que ele faça o mesmo.

— A gente pode dar um jeito. Luke é um bom garoto. Ele vai...

— Não venha falar do *meu* irmão para *mim*. — Warren se vira na minha direção, inclinando-se sobre a mesa. — Desculpa, é só que... porra! — Prendo a respiração até que ele recue e vire de costas, retomando seus passos errantes. — E ele quer — continua Warren. — Luke quer morar com ele. Foi... — Ele se detém. "Puta merda, puta merda." — É por isso que ele não sai da porra daquele quarto... Estava contando os dias até...

"Ir embora." Warren nem precisa completar a frase.

— Por que a gente não se acalma um pouquinho e depois bola um plano? Seu pai provavelmente nem vai conseguir a aprovação do Conselho Tutelar. A gente pode conversar com o Luke, ou então...

Eu me calo ao ouvir o som de um punho socando a parede. Quando me viro, vejo o buraco no gesso no fim do corredor, onde Warren está.

Willow começa a chorar com o barulho, e eu corro até ela.

— Ssshhh, ssshhh, está tudo bem, lindinha.

Eu a pego no colo e a embalo de um lado para outro, mas o choro só aumenta. Warren se aproxima com o arrependimento estampado no rosto, e por instinto dou um passo para trás. Ele para na hora, horrorizado.

— Eu não queria... — Sua voz falha.

— Warren, você precisa se acalmar. Agora.

Não olho para ele. Não tenho coragem.

— Eu jamais…

— Só vai embora logo! — grito em resposta.

Um silêncio medonho paira no cômodo. Ninguém se mexe. Levanto os olhos do chão lentamente e me viro para Warren. Mesmo daqui, consigo ver as lágrimas que escorrem pelo rosto dele. Os olhos estão pousados no chão. O rosto está inclinado, como se tivesse levado um tapa. Eu o mandei ir embora, a pior coisa que eu poderia dizer a alguém que nunca teve permissão para ficar em lugar nenhum.

— Warren, me desculpe. Não foi minha intenção dizer isso…

Ele ergue a mão, e eu me calo.

— Não faça isso. Não peça desculpas agora. É tudo culpa minha. Eu deveria ter…

Ele passa a língua nos dentes, o corpo cada vez mais retesado. Há um leve tremor em suas mãos. Sem dizer mais nada, ele dá as costas e anda a passos largos pelo corredor.

Assim que recupero meus movimentos, faço menção de correr atrás dele, mas a porta se fecha com um baque.

Então fico parada ali, em silêncio, com Willow pesando em meus braços.

39

Faço o que Warren sempre faz: abro a porta do quarto de Luke, conto até vinte, acendo e apago a luz, depois entro. Imagino que ele só faça isso para dar privacidade ao irmão, mas hoje a contagem ajuda a me acalmar, e sou grata por isso.

Luke está no beliche, com o rosto afundado nas mãos e os cotovelos apoiados nos joelhos. Ele se endireita lentamente e se vira para mim. Deve ter percebido quando abri a porta, porque não se assusta ao me ver ali. Seu rosto está manchado de lágrimas, com vincos profundos entre as sobrancelhas.

— Ei, eu preciso conversar com você. Pode vir aqui?

— Isso não tem nada a ver com você, Chloe. Nem com o Warren. Eu tentei dizer isso para ele.

Luke parece exasperado.

— Eu sei, mas por favor podemos conversar lá fora?

Não vai ser nada confortável se eu tiver que olhar para ele no alto do beliche.

— Já falei tudo que eu tinha para falar.

— O Warren foi embora. — Faço uma pausa para me recompor antes que a ardência nos meus olhos se transforme em lágrimas. — Por favor, será que você pode me explicar o que está acontecendo?

Luke assente e franze a testa, depois desce pela escadinha na lateral do beliche. Vamos até a sala em silêncio. Willow já se acalmou, então eu a acomodo no tapetinho de atividades enquanto Luke se ajeita no sofá, mexendo o pé com inquietação.

— Então, seu pai quer que você vá morar com ele? — pergunto.

— Isso.

— Como ele está? Sóbrio, imagino?

— É, acho que sim.

Ele desvia o olhar, incerto com a própria resposta.

— Entendi... Quando ele entrou em contato?

— Quando me mudei para cá, a Rachel disse que eles iam avisar meu pai. Nada muito detalhado, só que eu ia morar com Warren. Aí ele me procurou pela internet e nós começamos a conversar por mensagem.

— Ok, entendi. E vocês têm se encontrado pessoalmente?

— Sim, já faz uns dois meses.

"Dois meses?" Fecho os olhos e respiro fundo, fazendo de tudo para me acalmar.

— E ele separou um quarto para você? Na casa dele?

— É, tipo isso. O quarto está vazio, então eu teria que levar minhas coisas.

Warren ficaria arrasado se tivesse que levar as coisas do irmão para lá. Luke com certeza deve saber disso.

— Luke, talvez seja uma pergunta idiota, mas... seu pai sabe língua de sinais?

— Ele está tentando aprender.

Agora o relógio que ele pediu de aniversário faz mais sentido.

— Tudo bem... — Respiro fundo para não deixar transparecer minha frustração. — Mas por que se mudar tão rápido? Por que não esperar até o ano-novo, ou talvez até ficar alternando entre aqui e lá?

Luke olha para o chão.

— Meu pai... precisa da minha ajuda.

— Como assim?

— Bom, ele alugou o apartamento para eu poder ir morar com ele, e com isso seus gastos aumentaram. Ele sabe que Warren recebe uma ajuda de custo do Conselho Tutelar, e isso ajudaria com o aluguel. Não parece justo que meu pai fique sem teto só porque...

Ele para, entrelaçando as mãos atrás da nuca.

— Porque o quê? — pergunto.

— Só porque eu quero ficar aqui.

Luke me observa com uma expressão cheia de pesar.

— Seu pai disse isso? Que ficaria sem teto se você não fosse morar com ele?

— Não exatamente. Ele disse que teria que arranjar outro lugar, provavelmente longe daqui. Aí eu não o veria mais...

"Cretino."

— Luke, a gente pode levar você para visitar seu pai, aonde quer que ele vá.

Meu peito sobe e desce com uma respiração profunda.

— Eu sei... mas ele vai ficar bravo comigo. Não vai? — sinaliza Luke devagar.

— Bravo por quê?

— Por não morar com ele?

Seus ombros sobem até as orelhas.

— Talvez. Mas isso não é justo. Você quer ficar aqui? — pergunto, e ele acena que sim. — Então eu acho que você deveria continuar nesta casa.

Passam-se alguns momentos de silêncio. Nenhum de nós se move ou sinaliza, apenas trocamos olhares de compaixão e sorrisos que não chegam a transparecer nos olhos.

— Eu não queria deixar o Warren chateado.

Luke passa os dedos pelos cabelos, que logo caem de volta em seu rosto.

— Ele não está bravo com você. Só com seu pai. Tem muita mágoa envolvida ali, você sabe disso.

— É, eu sei.

Mas ele não parece ter acreditado em mim, então Warren vai ter que convencê-lo.

— Então, o que você quer fazer agora? — pergunto.

— Quais são minhas opções?

— Bom, você poderia esperar para conversar com seu pai quando o encontrar de novo. Nós podemos ir com você, se não quiser ir sozinho. Ou pode mandar uma mensagem para ele, se estiver desconfortável com a ideia de conversar pessoalmente.

Luke assente devagar, cheio de concentração.

— Acho que vou esperar Warren voltar para casa, depois ligamos juntos para o meu pai. Posso sinalizar e Warren traduz para ele.

— Parece uma ótima ideia.

Assim como Warren, Luke mastiga a parte interna da bochecha quando está preocupado.

— Você está bem? — pergunto.

— Estou me sentindo meio estúpido.

— Quê? Não, Luke. Você ama seu pai e ele... — "Meça bem suas palavras, Chloe." — Ele se importa com você, tenho certeza. Mas não tem o direito de te manipular para tirar proveito disso. Você tem um coração enorme e só quer ajudar, mas essa não é sua função.

— Mas não foi isso que você fez pela sua mãe? Abriu mão das suas escolhas para ajudá-la? — sinaliza Luke, com uma expressão sincera.

— Acho que sim, mais ou menos. A diferença é que isso me trouxe Willow, e a única coisa que você ganharia é um quarto novo.

Inclino a cabeça e sorrio.

— E lá fede a mijo de gato — conta ele, estremecendo.

— Pois é, não é uma troca justa. — Abro um sorriso gentil. — Você quer que eu ligue para Warren? Para contar o que você decidiu?

— Sim, por favor.

— Tudo bem... — Hesito por um instante, mas decido confiar nos meus instintos. — Acho que é melhor você não sair com seus amigos enquanto Warren não voltar, ok?

Luke assente.

— Ah, ok. — Ele se levanta e pega o celular. — Vou mandar mensagem cancelando — sinaliza antes de voltar para o quarto.

O telefone chama cinco vezes antes de cair na caixa postal. "Você ligou para Warren Davies, deixe seu recado após o sinal", seguido de um bipe.

"Oi, Warren, sou eu. Falei com o Luke, e ele não vai a lugar nenhum. Acho que seu pai só o deixou confuso, mas ele quer mesmo continuar aqui. Volte para casa. Te amo."

Desligo e envio uma mensagem:

CHLOE: Deixei um recado na sua caixa postal. O Luke não quer ir embora de casa. Volta logo pra gente conversar. Bjbj

Espero a confirmação de leitura aparecer, indicando que Warren viu a mensagem, mas nada acontece. Talvez ele esteja no trânsito. Ligo de novo, mas cai direto na caixa postal. "Atende, caramba."

Ando sem rumo pelo apartamento por quase três horas. Meu celular fica na bancada, com a tela virada para cima. De tempos em tempos, me aproximo para olhar. Quando Luke sai do quarto, também tenta ligar e mandar mensagem, mas Warren não atende nem lê. Ainda é muito cedo para se preocupar, certo? Mas ele estava tão chateado quando saiu...

— Ele deve ter desligado o celular para clarear as ideias. Assim que ligar de volta, vai se sentir bobo e voltar para casa — sinaliza Luke.

— É, espero que sim.

Mais duas horas se passam sem sinal de Warren. Então me ocorre um pensamento do qual não consigo me livrar. Luke está parado diante do micro-ondas, então dou um tapinha em seu ombro para chamar sua atenção.

— Você contou para o Warren onde seu pai mora? — sinalizo depressa.

— Contei, por quê?

Luke parece confuso.

— Mas você falou mais ou menos onde era ou deu o endereço certinho?

— Ele reconheceu o prédio quando descrevi. Por quê?

— Certo. Você pode me passar o endereço?

Pego o celular, pronta para anotar tudo.

— Avenida Watford, 43. Apartamento 5.

O GPS do celular diz que fica a meia hora de caminhada daqui, o que não é tão ruim assim, mas o trajeto vai ser mais demorado por causa da neve, e não vou poder levar Willow comigo. Ergo o celular e aperto o botão de chamada antes mesmo de meu cérebro aceitar totalmente a ideia de pedir ajuda.

— Oi, Emily. Você está ocupada agora? Preciso te pedir um favor enorme.

— O que aconteceu?

Ela parece diminuir o volume de alguma coisa enquanto fala.

— Posso pegar seu carro emprestado? E você pode vir aqui cuidar da Willow para mim? O Warren sumiu. Rolou um drama familiar, aí ele…

— Já estou indo.

Emily desliga antes de eu conseguir agradecer.

Olho para Luke, que parece cada vez mais confuso.

— Vou atrás de Warren. Tenho a impressão de que ele pode ter ido procurar seu pai. Minha amiga Emily vai vir cuidar da Willow. Preciso que você fique aqui, ok?

— Claro, ok... O Warren vai bater no nosso pai?

"Espero que não."

— Não… Bom, acho que não. Vou estar com meu celular, aí vou te mantendo informado, ok?

Subo as escadas correndo até meu quarto e pego um par de meias e um agasalho, pronta para enfrentar a neve lá fora, sem saber aonde o resto do dia vai me levar.

"Por favor, Warren, me deixe encontrar você."

40

Pago o parquímetro por uma hora depois de estacionar o carro de Emily. Confiro duas vezes para ver se está trancado antes de me virar em direção a um prédio decadente, com a fachada pichada e coberta de musgo, com quase todas as janelas cobertas por papelão. Respiro fundo, sofrendo ao imaginar o que Warren sentiu com a ideia de trazer o irmão para cá.

A porta da frente está destrancada. Só tem três apartamentos no térreo, então subo o primeiro lance de escadas às pressas. Ao longe consigo ouvir o choro de um bebê e a gritaria de um casal. O lugar cheira a fumaça e mofo. Nem acredito que esse cara ia obrigar o Luke a morar aqui. Me aproximo com cautela do apartamento 5, depois bato três vezes na porta.

Um sujeito magro de bermuda cáqui e camiseta cinza larga abre a porta. A roupa não condiz com o clima: está congelando aqui. Sei, pela semelhança do nariz e das sobrancelhas, que este é o pai de Warren. O ar bondoso que abunda em Luke e falta em Warren não é nada comparado com a frieza por trás dos olhos desse homem, que são castanhos em vez de azuis, como os dos filhos. Ele ergue o queixo com violência, fazendo as longas mechas grisalhas voarem para longe do rosto.

— Que é? — pergunta o sujeito.

— Oi, ainda não nos conhecemos. Eu sou a Chloe e...

Ele ri com desdém, me interrompendo.

— Já faz umas horas que ele saiu.

— Ah, ok. — "Que encantador." — Alguma ideia de onde...

Paro de falar quando ele dá as costas e desaparece de vista no corredor do apartamento. Como deixou a porta aberta, imagino que fui convidada a entrar. Antes de cruzar a soleira, envio uma mensagem para Emily avisando onde estou, só por precaução.

— Porra! — Sua voz vem acompanhada do som metálico de um objeto caindo.

— Hã, com licença? Sr. Davies?

Entro e atravesso o corredor escuro, passando pela porta aberta de um banheiro que precisa de uma faxina *urgente*, mas a sujeira é tanta que talvez seja mais fácil demolir.

— Pode me chamar de Al — grita o homem da cozinha estreita no fim do corredor.

— Hã, Al, o Warren disse para onde ia depois daqui?

— Não, o filho da putinha estava muito ocupado me dando uma lição de moral — murmura ele enquanto acende um cigarro e sopra a fumaça pela janela. — O moleque acha que sabe mais da vida do que seu velho pai. Tem cabimento uma porra dessas? — Ele bafora a fumaça quase no meu rosto, e dou um passo para trás. — Você veio atrás dele?

— Isso.

— Nem esquente com isso. Ele não vale seu tempo.

O homem solta mais fumaça.

Reteso a mandíbula ao ouvir o ódio em sua voz. Ele está redondamente enganado. Adoraria dar as costas e ir embora, mas esse sujeito provavelmente é a última pessoa que viu Warren, e tenho a sensação de que pode ser útil.

— O que ele disse antes de sair daqui?

— "Vai se foder, pai", ou algo assim.

Ele se apoia na bancada e, por um segundo, a personalidade arrogante de Warren aparece. Os olhos do pai têm o mesmo brilho provocador, mas não são cativantes como os do filho.

— E antes disso?

— Sei lá, porra. — Ele joga a bituca no cinzeiro e eu começo a ranger os dentes. — Escute, eu não conheço você, mas sei que é perda de tempo.

Aquele moleque só atrai confusão. Nem a mãe dele, que Deus a tenha, conseguiu ficar por perto. Você vai ficar melhor sem...

Não o deixo concluir a frase.

— Você é um merda, sabia?

Não consigo controlar as palavras que me escapam, então apenas as deixo pairar entre nós enquanto Al pisca, atordoado.

Este homem não é nada meu, e provavelmente nunca vai mudar, mas foda-se. Cansei. Cansei de controlar minha raiva diante de pessoas que não dão a mínima para o impacto que suas decisões têm sobre os outros. A manipulação, a imaturidade emocional, as tendências narcisistas... Cansei dessa merda toda. Warren e Luke são minha família, e eu me recuso a deixar esse sujeito, ou qualquer outra pessoa, atrapalhar nossa felicidade.

Ergo o queixo e olho no fundo de seus olhos arregalados.

— Você tem dois filhos maravilhosos, que estão entre as melhores pessoas que já conheci. E mesmo assim você decide entrar e sair da vida deles quando dá na telha, sem deixar nada além de mágoas e promessas quebradas para trás. Mas chega. Você não tem o direito de palpitar sobre eles. Então, se tiver alguma informação útil, eu aceito... por favor.

Tudo bem, acrescentei um *por favor* no final, mas não teve nada de educado no resto. Endireito os ombros, decidida a encarar isso como uma vitória.

Al abre a boca, com os lábios curvados para cima.

— É, agora eu entendo por que o moleque se apaixonou por você, mas pelo jeito ele não achava que você viria atrás dele.

— Quê? Como assim?

Ele cruza os braços na frente do peito.

— Falou alguma coisa sobre a raiva dele ser culpa minha. Sobre ter assustado você... Disse que ia perder você como perde todo mundo, e tudo por minha causa. É sempre culpa minha, percebeu? O moleque não consegue assumir que...

Fecho os olhos, bloqueando qualquer bobagem que ele esteja prestes a vociferar. Eu disse a Warren que estava disposta a lutar por ele... Por que será que ele não acreditou em mim? Por que não atende o celular?

— Ele chegou a mencionar para onde ia? — interrompo a lenga-lenga do sujeito.

— Só disse que não ia estar por perto para ajudar Luke a se mudar para essa... "pocilga" — responde, fazendo aspas no ar antes de apoiar as mãos na bancada. — Depois falou alguma coisa sobre a bebê dele... Eu nem sabia que ele tinha uma filha, aliás. Por acaso já sou avô?

— O que ele disse sobre a bebê?

— "Eu não vou conseguir acompanhar o crescimento dela porque *você* decidiu dar as caras." — O homem aponta para si mesmo, desempenhando o papel de Warren. "Ele quer ver Willow crescer." — "Eu ia ser feliz, seu cuzão do caralho."

Ele conclui a encenação com uma reverência que me dá nos nervos.

Isso não ajuda em nada. Dou meia-volta e começo a caminhar em direção à porta.

— Chloe, espere. — Ouço o som de passos atrás de mim. — Se eu fosse você, daria uma passadinha no trabalho dele. Se não pode ser feliz, Warren ao menos tentaria se sentir útil... Os homens da família Davies são assim.

Até que não é má ideia, mas agora entendo por que Warren quer mudar de sobrenome. Hesito por um momento, mas depois aceno com educação.

— Obrigada. Tchau, Al.

Desço as escadas e respiro fundo o ar fresco do lado de fora. Próxima parada: oficina do Ram.

41

Quando entro no estacionamento da oficina, vejo que a vaga de Warren está vazia. Meu estômago se contorce, mas paro o carro e saio para dar uma olhada. Afinal, já dirigi até aqui. Vejo Bela sentada atrás da janela de atendimento, logo na entrada.

— Oi, meu bem! Como posso ajudar?

A voz dela me acalma, mesmo neste dia horrível. Mas, se Bela não sabe por que vim, então Warren não deve estar aqui.

— Oi, Bela. Hã... Eu vim atrás do Warren.

Meus lábios estão trêmulos.

— Ah... Pode entrar, querida.

Ela se afasta da janela e dá a volta até a portinha lateral, abrindo-a apenas o suficiente para que eu entre na recepção. Depois indica uma cadeira para mim e toma o assento logo em frente.

— Aconteceu alguma coisa?

— Arrã — murmuro.

— Quer falar sobre isso?

— Não sei se eu deveria...

Não quero prejudicar Warren. Afinal, Bela é meio que chefe dele, não é?

— Ah, meu bem, não tem problema. Não precisa contar se não quiser. Mas saiba que nada que você disser vai me fazer torcer o nariz para aquele garoto. Ele é um amor de pessoa, e tenho certeza de que você também sabe disso.

Sorrio de leve.

— Sei, sim.

— Eu e Ram conhecemos Warren três anos atrás. Eu sempre o achei especial, mas nos últimos tempos... Ora, meu bem, ele está radiante por sua causa.

Inclino a cabeça, mordiscando meu lábio. "Então por que ele foi embora?"

Engulo em seco, depois conto tudo a Bela, desde o início.

— Você já se sentiu ameaçada alguma vez? — Seu tom é sincero e preocupado, apesar de ter acabado de elogiar o caráter de Warren.

— Não. Foi só uma reação instintiva. Eu sei que ele jamais nos machucaria.

— Tudo bem. Imagino que você tenha ido até a casa do pai dele, certo? — pergunta Bela, e assinto em resposta. — Bom, se quiser, posso lhe passar o telefone de Bryce e Matt, aí você vê se os dois tiveram notícias dele.

— Talvez seja exagero meu. Vai que ele só foi esfriar a cabeça em algum lugar? Não quero que ele fique constrangido.

— Bem, pode ser isso mesmo. Mas, na minha experiência... — Bela se inclina para a frente, encontrando meu olhar enquanto oferece um sorriso gentil. — Quando alguém foge, é porque quer ser encontrado. Warren passou muito tempo desejando que alguém se importasse com ele. Você sabe que ele te chama de pombinha, não sabe?

— Sei, ele também me chama assim em casa.

— Meu bem, aquele garoto está perdidamente apaixonado por você. E já está assim há um tempo. Ora, acho que a primeira vez que o vi sorrir foi quando nos contou sobre você e aquela sua garotinha. Ele ficou caidinho por você desde o primeiro dia. Então, vá atrás dele. Vá mostrar a Warren que ele é importante.

Fico de pé, com a confiança renovada.

— Você pode me passar o telefone deles, por favor?

Bela vai até a mesa e abre a lista de contatos dos funcionários no computador, que fica ao lado do telefone. Espero não ter que ligar para Bryce, mas duvido que Warren tenha ido atrás dele. Digito o número de Matt.

— Oi, Matt. Aqui é a Chloe, a... namorada do Warren.

Ouço o rangido do que parece ser uma porta batendo, depois passos em uma escada de madeira.

— Oi, Chloe. Imagino que esteja ligando para saber se ele está comigo.

— E está? — pergunto, ansiosa.

— Agora não, mas ele apareceu aqui umas duas horas atrás e me contou o que aconteceu. Não faz nem meia hora que saiu.

Solto o ar pela boca.

— Droga... Você sabe para onde ele foi?

— Ele falou alguma coisa sobre passar a noite em um hotel. Até lhe ofereci para dormir aqui, mas ele respondeu que precisava ficar sozinho.

— Faz ideia de que hotel pode ser?

— Pior que não, foi mal. Se bem que... duvido que ele tenha ido muito longe. Chegou a mencionar que estava sem bateria no celular, então deve ir para algum lugar que não precise de GPS.

— Entendi. Obrigada, Matt.

— Imagina, que isso. Se você encontrar Warren, diga que eu avisei.

— Como assim? — pergunto, confusa.

— Eu falei pra ele que vocês não iam terminar.

Abro um sorriso.

— Ok... Pode deixar que eu falo.

— Boa sorte, Chloe.

Matt desliga e eu me viro para Bela, que está tão perto que deve ter escutado toda a ligação, ocupada em roer as longas unhas de acrílico.

— Hotel... — murmuro.

Faço uma pesquisa rápida e vejo que tem três hotéis não muito longe daqui. Vou começar com o mais próximo.

— Obrigada, Bela.

— Não tem de quê, meu bem! Aqui, anote meu número... Quero notícias mais tarde, ok? — Ela pega meu celular e salva seu contato. — Prontinho... Agora, vá buscar seu homem.

Ela me dá um tapinha nas costas, depois devolve o celular.

Normalmente eu odeio dirigir sem música, mas faço o trajeto de quinze minutos até o hotel no mais absoluto silêncio. Chegando lá, está fechado. Mas fechado mesmo, com tábuas cobrindo a fachada chamuscada e tudo.

"Bom, um já foi..."

De acordo com meu celular, o segundo fica ali por perto. Analiso com cuidado cada carro preto que passa por mim, na esperança de ver Warren ao volante. O segundo hotel está aberto, mas não vejo seu carro no estacionamento. Mesmo assim, desço e vou até a recepção.

Cumprimento a funcionária atrás do balcão, uma mulher de cabelos castanhos lisos e cara fechada que deve ser um pouco mais velha do que eu.

— Oi — responde ela, sem tirar os olhos do livro.

— Eu queria saber se tem algum Warren hospedado aqui?

— Não fornecemos informações sobre os hóspedes. Se ele estiver te esperando, pode ir direto para o quarto dele.

O tom dela é monótono, entediado.

— Hã, ok... Desculpa, como você se chama? — pergunto.

"Hora de recorrer ao charme."

— Stevie...

Ela levanta os olhos do livro, desconfiada.

— Oi, Stevie. Então... Eu briguei com meu namorado e ele foi embora furioso. Foi só um mal-entendido, mas vim atrás dele para pedir que volte para casa.

Ela assente devagar, mordendo o lábio, depois fecha os olhos com uma alegria sarcástica.

— Arrã, claro, entendi. A questão é que... aqui é um motel. Quase todos os nossos clientes são caras que fugiram ou estão tendo um caso. É meio que o negócio deste lugar, entende?

— Entendo.

"Isso foi um fiasco."

— Mas, hipoteticamente, nada te impede de sair batendo de porta em porta...

Ela dá de ombros.

— Hã, valeu — agradeço, seguindo em direção à saída. — Tenha um bom dia, Stevie.

— Pode deixar! — grita ela de volta quando a porta se fecha atrás de mim.

Dou uma olhada no celular antes de voltar para o carro. Preciso de um minutinho para esticar as pernas. Está mais frio agora que o sol começou a se pôr. Digito uma mensagem rápida para Luke, contando que falei com

Matt e tenho mais um hotel para visitar. Ele responde com um joinha bem na hora que um carro entra no estacionamento.

Um carro preto. "O carro de Warren."

42

Meu suspiro de alívio condensa o ar frio ao meu redor quando Warren estaciona bem diante da entrada. Com a neve caindo e o capuz do agasalho que esconde meu rosto, acho que ele não me reconhece aqui, encostada no carro de Emily no lado oposto do estacionamento.

— Ei! — grito assim que ele desce do carro. O vento aumenta, agitando a neve com um assobio estridente. — Ei!

Warren nem olha para trás ao cruzar a porta em direção ao lobby. Atravesso o estacionamento correndo e o sigo lá para dentro.

— Nome? — pergunta Stevie para ele.

Fecho a porta atrás de mim e tiro o capuz do rosto.

— Warren Davies.

Ela olha para mim na hora, com os lábios contraídos. "Uuuh, isso vai ser divertido", parece dizer.

Quando Warren se vira para acompanhar o olhar de Stevie, eu lhe ofereço um sorriso fraco, mas esperançoso. Lindos olhos sombrios encontram os meus do outro lado do lobby. Ele inclina a cabeça, com a testa franzida e os lábios apertados. Vejo a tensão em sua mandíbula quando ele faz menção de falar, mas sou mais rápida:

— Um quarto, por favor — peço a Stevie, virando-me em sua direção.

Ela desliza a chave pelo balcão atrás de Warren, que nem se mexe, de tão atordoado.

— Tentei chamar sua atenção lá fora, sabia? — acrescento para ele.

Injeto o máximo de leveza que consigo na voz enquanto me aproximo. "Está tudo bem, sou amigável, sou segura."

Ele dá corda, ainda que com cautela.

— Ah, é?

— Arrã... Você não pode estacionar ali. — Aponto para o carro lá fora. — É uma vaga rápida.

Um sorriso brinca em seus lábios.

— Vai ser rapidinho — responde Warren, encenando seu papel no roteiro de nossa história.

Foi exatamente o que ele me disse quando nos conhecemos, meses antes.

Ele pega a chave no balcão e chega mais perto, parando a alguns centímetros de mim, mas ainda fora do meu alcance.

— Escuta aqui, ô *Prison Break*, você não pode estacionar ali fora. Está bloqueando a entrada dos carros.

Inclino-me em sua direção, tentando transmitir conforto e segurança.

Stevie pigarreia.

— Hã, na verdade... pode parar ali, sim.

Sufoco uma risada e Warren sorri enquanto diminui a distância entre nós.

— Você veio atrás de mim, pombinha?

Sua voz é profunda, quase um sussurro, e há súplica em seu olhar.

— A gente prometeu que iria até os confins da Terra, lembra? — respondo. — Isso aqui não é tão ruim... Só do outro lado da cidade.

Dou de ombros, fingindo estar confiante.

— Eu estou tão arrependido...

Warren funga uma vez, seus olhos ficam marejados.

— Ei... vamos para o quarto, ok? — sugiro. — Willow está com a Emily, o Luke está são e salvo em casa. Ele remarcou com os amigos. Está tudo resolvido. Venha, vamos conversar.

Aceno um agradecimento para Stevie, que parece confusa, mas entretida. Eu e Warren avançamos em silêncio, passando por vários quartos antes de chegarmos ao nosso.

Espanamos os flocos de neve dos agasalhos antes de entrar. Não é o quarto fuleiro e nojento que eu estava esperando, e sim uma suíte simples e aconchegante, com cama, uma cozinha compacta e um banheiro privativo. Tiro o agasalho pesado e deixo as botas ao lado da porta. Warren pendura o próprio casaco e passa um bom tempo encarando o cabideiro, com os ombros rígidos de tensão.

— Warren...

Eu o chamo na esperança de desviar sua atenção dos pensamentos que o mantêm longe de mim. Quando ele finalmente se vira, passo os braços ao redor de seu pescoço e o puxo para um abraço apertado.

— Você está bem? — pergunto, com o rosto apoiado em seu ombro.

Ele nega com a cabeça, e eu me afasto apenas o suficiente para encarar o homem que amo. Parece esgotado, como se tivesse passado o dia travando uma luta árdua. Quero beijar seu rosto até que toda a tristeza vá embora.

— Por favor, me perdoe, Chloe — pede ele, contendo as lágrimas. — Eu sinto tanto. Deixei a raiva me dominar e...

Eu o interrompo com um beijo leve e delicado.

— Está tudo bem, meu amor. Eu sei. Você tem o direito de errar.

Desvencilho-me do abraço e sento na beira da cama.

— Fui ver Al, e ele parecia intacto. Você não descontou a raiva nele... Isso é importante.

— Você conheceu meu pai? — pergunta Warren, chegando para a frente.

— Arrã, um cara muito alto-astral... — brinco, mas estremeço só de pensar. — Você o descreveu direitinho.

Warren desaba ao meu lado na cama, a alguns palmos de distância.

— E o Luke? — pergunta, cauteloso.

— Está bem. — Ofereço um aceno tranquilizador. — Ele não quer ir embora de casa. Nunca quis.

Um suspiro pesado escapa dos lábios de Warren, franzindo-os quando ele pressiona a testa nas palmas.

— Luke achou que, se não fizesse isso, seu pai teria que mudar de cidade. Mas nós conversamos e ele entendeu que não era uma boa ideia...

Minha voz morre aos poucos.

— Eu me odeio por ter feito isso justo no aniversário dele. Sou um lixo de irmão.

Ele se endireita na cama.

— Warren...

Nem sei o que dizer. Nada parece certo.

— É o primeiro aniversário dele morando comigo e eu estraguei tudo. Depois assustei a Willow e... você. — Ele esfrega a cabeça com a mão. — Sinto muito... muito mesmo.

— Sei disso, e eu perdoo você, mas... — Solto o ar devagar, escolhendo as palavras seguintes com cuidado. — Tem razão, você realmente nos assustou. Da próxima vez, você vai ter que sair para espairecer ou esfriar a cabeça antes que a situação chegue a esse ponto. Não podemos fazer esse tipo de coisa na frente da Willow enquanto ela cresce. Temos que dar um exemplo melhor.

Descanso minha mão sobre a dele, vendo as juntas dos dedos rosadas e machucadas.

— Mas entendo seu lado. Você abriu mão de muita coisa por causa do Luke. Desistiu da banda, da sua privacidade... Toda a sua vida adulta foi voltada para tirar seu irmão do sistema. Aí, quando você ouviu aquela bomba hoje, deve ter sentido que foi tudo em vão. E ainda por cima foi justo seu pai que apareceu para arruinar tudo o que você construiu... Nem consigo imaginar como deve ter sido difícil.

Warren torce o nariz quando uma única lágrima escorre por seu rosto. Seu olhar pousa em mim por um mero instante antes de se afastar, e os lábios tremulam quando um soluço abafado lhe escapa.

— Luke vai ter outros aniversários — continuo. — E você conseguiu deixar o dia dele especial... O café da manhã, os presentes, os balões... Ele ainda vai sair para comemorar com os amigos outro dia. Vocês dois só precisam se acertar.

Warren coça o queixo com a mão livre, depois assente e desvia o olhar, baixando a cabeça.

— Eu vi o rostinho da Will quando ela começou a chorar e... — Ele se interrompe, com a voz embargada, e dá um pigarro antes de continuar: — Nunca mais vou fazer uma idiotice dessas.

— A única idiotice que você fez foi ir embora, Warren.

Eu me aconchego nele, com a cabeça apoiada em seu peito, e ele me abraça.

— Sou fã de esconde-esconde e tal, mas, por favor, não suma assim de novo, ok? — peço. — Ou, se precisar ficar sozinho para espairecer, pelo menos leve um celular com bateria.

Afasto a cabeça para olhar para ele, que está com o rosto voltado para baixo.

— Quando você me disse para ir embora… achei que queria dizer para sempre.

Estico a mão e faço um leve carinho em seu rosto, virando-o até que seus olhos encontrem os meus.

— *Pffft*, até parece. — Abro um sorriso tímido. — Você não vai me abalar tão fácil assim. — Tracejo a linha de sua mandíbula com o polegar. — Eu te amo, Warren. Isso significa muito para mim. — Respiro fundo, na esperança de acalmar nós dois, e então continuo: — Sabe, uma vez você me deu um argumento muito convincente misturado com uma declaração muito romântica.

— Pelo jeito, não funcionou como planejado — interrompe Warren, esboçando um sorriso.

— É, talvez não… mas espero que este funcione. — Eu me endireito na cama. — Qual é o meu hábito mais irritante?

— Isso parece uma pegadinha…

— Responda.

— O lance das chaves? — pergunta ele, como se não tivesse pegado no meu pé com essa história desde o comecinho.

— Você reparou que eu nem tenho me atrapalhado com isso ultimamente? — Ele concorda com a cabeça, pensativo. — Agora só tenho duas chaves. A da nossa casa e a do carro… e fica difícil confundir essas duas. — Warren parece confuso, como se não entendesse aonde quero chegar com essa história. — Antes, eu guardava todas as chaves que tive na vida. Oito chaves para oito casas diferentes… — Faço uma pausa para me recompor. — Para ser sincera, nem sei por que as guardei. Mas aí você apareceu e tirou sarro disso… e não foi mais embora. E começou a me amar. E, mais do que isso, você se tornou o único lar em que realmente me senti em casa.

O único lugar onde me senti segura para ser quem eu sou. E aí já não precisava mais dessas chaves... Esses pequenos resquícios do meu passado perderam a importância.

Warren pousa a mão no meu rosto e, por um momento longo e carregado, nós apenas nos encaramos.

— Eu te amo... tanto — declara ele, acariciando minha bochecha.

— Eu sou sua paz? — pergunto.

Warren assente e franze a testa, contraindo os lábios entre os dentes.

— Bom, você é minha casa.

Ele solta um suspiro longo e entrecortado, como se finalmente acreditasse que vai ficar tudo bem, afinal.

— Obrigado por me encontrar — diz Warren, descansando o queixo no topo da minha cabeça antes de beijar meu cabelo.

— E aí, está pronto para ir embora? — pergunto, e me afasto para olhar para ele.

Warren abre um leve sorriso e pigarreia.

— Estou... Vamos para casa.

EPÍLOGO

Willow grita e bate palminhas quando Warren coloca um cupcake diante dela. Não é a primeira vez que ela come bolo, já que Odette lhe deu um pedaço ontem quando nos encontramos na casa de Connie para uma comemoração dupla. Um ano de sobriedade de Connie, um ano de vida de Willow. Duas razões incríveis para celebrar.

Willow pega dois punhados de uma vez, com uma mãozinha no glacê enquanto leva a outra ao rosto rechonchudo. As pessoas amontoadas na sala de casa soltam gritinhos de "viva!" quando terminam de cantar o parabéns, e então Lane tira as fotos enquanto Emily serve o resto dos cupcakes para os convidados.

— Chloe, Warren, vão posar atrás da Will para a foto! — instrui minha amiga.

Olho para ele, que ignora Lane sem nem perceber, concentrado nas gargalhadas de Willow. O nariz dele enruga quando finge morder a mãozinha que ela estende em sua direção, e os dois desatam a rir juntos.

Warren faz tudo por ela. Não apenas hoje, no aniversário, mas todos os dias. Faço vista grossa para todo esse mimo, porque Willow já passou por muita coisa em seus poucos meses de vida. Mas, falando sério, que bebê de um ano precisa de uma bateria em miniatura? Pelo menos fica uma graça ao lado da bateria de Warren.

— Vamos tirar a foto?

Dou um beijo no rosto dele para chamar sua atenção, depois o conduzo para trás da cadeirinha de Willow.

— Prontos? — pergunta Lane. — Um, dois, três... xiiiis!

— Xiiiis! — exclama Willow.

Warren e eu nos encaramos, atordoados.

— Willow! Sua primeira palavra!

Começo a aplaudir e ela se enche de orgulho, balançando o corpinho de um lado para outro, ainda toda coberta de glacê.

Meu coração se alegra ao ver as pessoas reunidas ali: Luke e a namorada, Stephanie; Lane e Emily; Bela e Ram; Matt e meus pais, que apareceram de surpresa. A presença deles significa muito para mim, é claro, mas é uma viagem muito longa só para comparecer a uma festa de um aninho.

— Xiiiis! — repete Willow, e todos aplaudimos.

A atenção de todos está voltada para nós, então me parece uma boa hora para o discurso obrigatório de "muito obrigada por terem vindo", mas assim que abro a boca, Warren começa a falar e sinalizar para o grupo:

— Oi, pessoal. Agradeço a todos por terem vindo comemorar o primeiro aniversário da Willow. Somos muito gratos pela presença e por todos os presentes. — Ele aponta com ar debochado para Matt, que está segurando um ursinho de pelúcia do tamanho de um adulto. — A Willow tem muita sorte de ter vocês na vida dela, e nós também.

Passo o braço ao redor de sua lombar e ele faz uma pausa, olhando para mim com uma expressão cheia de amor.

— A celebração de hoje vai muito além da mera passagem de um ano — continua Warren. — Todos vocês sabem as dificuldades que Chloe e Will enfrentaram para chegar até aqui. Todas as visitas ao hospital, as noites insones e as audiências judiciais — Sua voz vai sumindo aos poucos, como se já não soubesse quais obstáculos enumerar. — Mas ontem recebemos uma notícia.

Ele sorri e aponta para nossa família com o queixo, um gesto silencioso que me diz para assumir a partir daqui.

— Willow está oficialmente adotada! — exclamo.

O cômodo irrompe em uma alegria caótica. Minha mãe abraça todos ao redor, inclusive Luke, que parece chocado. Ele já sabia da novidade, é claro, mas está se esforçando para fingir que não. Os convidados formam uma fila, vindo nos parabenizar um por um. Emily e Lane pulam em cima da gente, envolvendo-nos em um abraço coletivo. As pessoas também passam por Willow, algumas só para dizer oi, outras para aplaudir, e ela adora cada segundo, rindo, batendo palminhas e sinalizando "mais" em uma tentativa de ganhar outro cupcake.

Assim que as coisas se acalmam, volto a me dirigir aos convidados:

— Mais uma vez, quero agradecer a todos por terem vindo. Comam à vontade e fiquem o máximo que puderem. Nós...

Warren beija meu rosto e dá um tapinha no meu ombro, e eu me viro para ele, confusa com a interrupção repentina.

— Na verdade, tem mais uma coisinha...

Ele se ajoelha e segura minhas mãos.

Todo o ar escapa dos meus pulmões, talvez do cômodo inteiro. "É real! Vai mesmo acontecer!"

— Chloe, eu...

Solto uma risadinha nervosa, interrompendo-o. Fecho a boca com força, tentando conter os gritinhos alegres que ameaçam vir à tona.

— Desculpa, desculpa, pode falar!

Sinto meu rosto ficar vermelho e dou uma olhada em Emily e Lane, que parecem a ponto de explodir de ansiedade.

Warren abre um sorrisinho, depois recomeça.

— Chloe, não existem palavras para descrever o quanto eu amo você, mas vou me esforçar. Não tivemos uma vida fácil e tranquila, mas eu passaria por tudo de novo, um milhão de vezes, só para estar aqui com você hoje. Graças aos deuses do golfe e às burocracias do Conselho Tutelar, a vida me trouxe até você, e passei a maior parte do último ano me perguntando o que fiz para merecer tanta sorte. — Ele dá um pigarro e esfrega os polegares no dorso das minhas mãos. — Você é a pessoa mais resiliente, dedicada e bonita que eu conheço. Basta conhecer você para te amar, e me sinto privilegiado por poder fazer as duas coisas.

Warren solta minhas mãos e tira do bolso uma caixinha de madeira discreta, que abre com um leve rangido. Lá dentro há um anel solitário de safira magnífico, o mesmo que mostrei a Emily e Lane alguns meses atrás. Levo a mão à boca, ofegante.

— Chloe, você me daria a honra de ser seu marido?

— Sim! Sim, por favor! — respondo, à beira das lágrimas.

Warren fica de pé e me levanta em seu colo até que minhas pernas estejam balançando no ar. Enlaço seu pescoço com os braços e me seguro para não cair, querendo memorizar cada segundo do que estamos vivendo.

— Eu te amo — cochicho no ouvido dele enquanto me põe no chão.

O apartamento irrompe em vivas e aplausos pela terceira vez no dia. Warren coloca a aliança no meu dedo, e eu solto um gritinho ao vê-la ali. Nunca tive algo tão bonito.

Minha mãe vem apressada nos dar dois beijinhos na bochecha, e meu pai dá um aperto de mão firme em Warren antes de nos puxar para um abraço. "Agora entendi por que os dois vieram de tão longe."

Ainda abraçada com meu pai, estendo a mão para Lane e Emily, que se esforçam para esconder as próprias lágrimas. As duas fazem um joinha para mim quando Warren se afasta para abraçar Luke.

Enquanto os irmãos se abraçam, Matt larga o ursinho de pelúcia — "Até que enfim!" — e passa os braços ao redor dos dois, que começam a rir e o incluem no aperto.

Bela praticamente saltita na minha direção, esticando o braço para ver a aliança. Ram dá um tapinha no ombro de Warren quando passa, depois se junta à esposa ao meu lado. Eu abraço os dois, sentindo que estou prestes a explodir de gratidão.

Toda essa gente, *nossa* gente, na mesma sala... nossa *equipe*.

— Ah, meu bem... mas que belezura este anel! — Bela gira minha mão de um lado para outro, vendo a luz refletir na safira.

— O garoto se saiu bem — comenta Ram.

— E como — responde Warren, juntando-se a nós.

Ele beija meu rosto, passando a mão ao redor dos meus ombros. Eu não conseguiria parar de sorrir nem se quisesse.

— Então, sr. e sra. Davies, é? — pergunta Ram.

— Bom, na verdade... a gente ainda não decidiu — responde Warren.

— Viu, querido? É isso que os jovens andam fazendo hoje em dia. — Bela bate o dorso da mão no peito do marido. — Eles usam os dois sobrenomes ou então nenhum.

— Nós queremos criar um sobrenome novo. Algo só nosso — conto e olho para Warren, que sorri para mim.

"Meu noivo."

— Sabe... eu cheguei a pensar em um — diz Warren, hesitante.

— Ah, é?

Eu lembro bem das opções que ele deu: Magnífico, Bond, Buffett... "Eu passo, obrigada."

— É um pouco brega...

— Adoro coisas bregas, mas esse não é o xis da questão.

— Xiiiis! — exclama Willow da cadeirinha.

Ela ainda está ocupada com o cupcake, agora todo espalhado em seu vestidinho de festa. Afasto uma mecha de cabelo de sua boquinha, depois volto minha atenção para Warren.

— Pensei em algo relacionado a pombinha, então que tal sr. e sra. Dove? — pergunta ele baixinho.

"Como não pensei nisso antes?"

— Chloe Jean Dove... Gostei. Willow Jean Dove. Warren Michael Dove...

A certeza aumenta a cada nome que desliza com suavidade pelos meus lábios.

— Eu topo!

Warren sorri em resposta, me abraçando mais forte.

— Bem, parabéns aos dois! Um brinde aos futuros sr. e sra. Dove — propõe Ram, erguendo a taça para nós.

Todos os convidados se juntam ao brinde.

— A Chloe e Warren! — exclama Emily, passando o braço ao redor do ombro da minha mãe, que pisca para mim. Sorrio de volta. Talvez agora ela entenda que criei uma vida linda para mim.

Warren chega mais perto e me beija até que eu me esqueça de todas as pessoas à nossa volta. Nada é mais importante do que este beijo, este instante. Ele sempre foi bom nisso, criar um momento em que nada mais parece existir, nada mais parece ter importância. Em que o tempo para, e a solidão desaparece.

Warren me preenche, de corpo e alma, com uma sensação incrível e familiar de... paz.

EPÍLOGO BÔNUS

QUATRO ANOS DEPOIS

Warren

Quase caio da cama quando me viro, ainda meio adormecido, em busca de Chloe. Solto um grunhido frustrado no travesseiro vazio, inalando o aroma floral de seu xampu, como costumava fazer no chuveiro antes de começarmos a namorar oficialmente. Se bem que *namoro* nunca foi a palavra mais adequada para descrever o que éramos. Companheiros de equipe? Colegas de casa? Pais de família? Feitos um para o outro?

Sei que eu deveria ficar envergonhado por ter feito uma merda dessas, mesmo nunca tendo sido pego. Mas não sinto nem um pingo de vergonha, porque tudo mudou no instante em que me permiti enxergar Chloe como ela é. A armadura que eu tinha construído ao meu redor desmoronou em um piscar de olhos. Não adiantava lutar contra esse sentimento, então fiz o impensável: eu a deixei entrar.

Fui moldado pela raiva e pelo sofrimento, com um fardo do tamanho da Rússia nas costas e um oceano de medos ocultos sob a superfície. Pronto para explodir a qualquer momento. Mas os lábios de Chloe tinham gosto de recomeço. Tinham gosto de destino. Era como se nada — nem meus fracassos, nem meu passado, nem minha pilha de arrependimentos — tivesse importância enquanto eu a beijava.

Então, não parei de beijá-la.

Depois de quatro anos acordando ao lado do único amor que conheci, já nem reconheço o homem que fui um dia. Agora, quando deito na cama à noite, agradeço a quem quiser ouvir por estar ao lado de Chloe enquanto ela balbucia suas últimas frases engraçadinhas antes de se render ao sono. Quatro anos de sonhos, sexo, planos e brincadeiras, vivendo como se nunca tivéssemos sido aquelas duas crianças sofridas que foram obrigadas a crescer rápido demais.

Nosso amor é como um espelho, diz ela. Reflete todas as partes boas um para o outro. Chloe me vê como alguém que merece as coisas boas da vida. Alguém que tem valor. Aos poucos, também comecei a acreditar nisso. Nunca serei capaz de agradecer a ela por esse presente. Não o bastante. Não como deveria. Não me surpreende que ela tenha passado esta noite em claro. Willow estava uma pilha de nervos ontem, ansiosa pelo primeiro dia de aula no jardim de infância. A última coisa que ouvi antes de dormir foi Willow implorando por mais uma historinha. Por mais um livrinho. Claro, até parece. Ela nunca se contenta com só mais um livrinho.

Visto uma roupa e desço os degraus sinuosos da escada do loft, parando brevemente para ligar a cafeteira. O apartamento está silencioso enquanto atravesso o corredor e abro a porta do quarto de Will.

Raios de sol se infiltram pelas cortinas com estampa de estrelas, então consigo distinguir a silhueta das minhas duas meninas abraçadas na cama de solteiro. Apoio o ombro no batente da porta com um suspiro alegre. Nunca me canso dessa visão.

Duas das três pessoas que mais amo neste mundo, debaixo do mesmo teto. Seguras. Comigo. Todos juntos.

É uma honra ter vivido todos esses anos na casa em que Willow cresceu, e por tanto tempo quanto ela. Tive a chance de participar de todos os marcos importantes. Os primeiros passos e dentes, as primeiras palavras e birras. Não há uma única parte de mim que não reconheça que é minha filha que está deitada naquela cama. Ela pode não ter minha aparência, mas com certeza tem meu temperamento. É uma coisinha rabugenta que só.

Sei que tem sido diferente para Chloe nesse sentido. Navegar pela dinâmica de sua relação com Willow tem se provado um desafio. Ela gostaria de ser mais direta, de poder simplesmente se rotular como "mãe" sem ressalvas e pronto, acabou. Mas ela quer que Willow decida isso sozinha, quando estiver pronta. *Se* estiver pronta.

Atravesso o quarto e me ajoelho ao lado delas na cama. Passo a mão pelo edredom de pena de ganso e logo ouço o suspiro profundo da minha esposa.

— Pombinha... — Dou um beijo em seu nariz. — Chlo? — sussurro um pouco mais alto.

— Humm?

Ela pisca para acordar. Por mais que os anos passem, nunca estarei preparado para ver seus olhos. Verdes como uma folha contra o sol, com o mesmo brilho intenso.

— Vocês resolveram fazer uma festinha só das meninas ontem à noite?

Chloe pousa a mão atrás da cabeça e sorri de leve para mim, aquele sorriso preguiçoso que eu amo beijar pelas manhãs.

— Ah, claro — zomba ela. — Uma festa de arromba.

Seus olhos se escancaram à medida que se ajustam à luz.

— Ai — reclama Chloe ao estalar o pescoço. — Esta cama não foi feita para alguém de tamanho adulto.

— Não sei se eu diria que *você* tem um tamanho adulto... — provoco com um sorrisinho.

— Rá, rá. — Chloe se senta com cuidado, tentando não acordar Will. — Acho que peguei no sono enquanto lia para ela.

Em seguida, boceja e esfrega os olhos, e eu me aproximo para beijar seu pescoço.

— Bom dia — sussurra para mim, e as palavras quase se perdem quando seus lábios pressionam os meus antes de ela voltar a se deitar.

— Hoje é o grande dia.

Solto um suspiro, dando um apertãozinho na mão de Chloe. Passo o polegar pelos ossinhos dos dedos, concentrado na forma apreensiva como ela mordisca a boca.

Nós dois lançamos um olhar cansado para nossa garotinha. Willow ronca baixinho, como sua irmã mais velha costuma fazer, os cachos espalhados pela fronha enquanto ela abraça seu bichinho de pelúcia favorito com toda a força. Desde que o ganhou de presente de Luke, quando fez três anos, Will e "Cachorinho" têm sido companheiros inseparáveis.

Luke sempre manda presentes, aliás. Acho que em parte é porque se sente culpado, mas não posso negar que já usei isso a meu favor para que me ligue com mais frequência. Sei que ele sabe se virar sozinho, afinal, fez isso durante a maior parte da vida, mas gosto de saber se está tudo bem.

Uma semana depois de ele se formar no ensino médio, eu e Chloe nos casamos em Barcelona, e Luke se apaixonou. Não por alguém — ele ainda não toca nesse assunto com a gente —, mas pela ideia de descobrir tudo o que o mundo tem a oferecer. Eu quase me joguei da ponte quando Luke decidiu largar a faculdade para tirar um ano sabático no sul da Europa.

Eu queria que ele fosse para a universidade. É um garoto inteligente. Mas Chloe tinha razão: Luke só precisava de um tempo. No ano passado, ele voltou para Barcelona e se matriculou na faculdade de jornalismo. Está morando com os pais de Chloe, que o adoram e o mimam bem mais do que a gente poderia. Para dar um exemplo: ele vai de Vespa para a faculdade. Os pais dela não são perfeitos, mas se esforçam bastante. Hospedar Luke e não interferir na forma como criamos Willow têm ajudado a curar muitas feridas. É uma pena que Chloe só tenha conquistado a aprovação dos dois quando já não precisava mais dela.

Logo após o início das aulas, Luke criou um blog para relatar sua experiência de viajar o mundo como pessoa surda. O projeto começou como um trabalho da faculdade, mas logo viralizou pela internet. Meses atrás, chegou até a aparecer em uma revista de viagens importante, que depois o contratou para explorar a Austrália durante o verão, com tudo pago.

Não quero soar como a mãe de Chloe, mas saber que os sacrifícios que fiz ajudaram meu irmão a ter uma vida decente fez com que tudo valesse ainda mais a pena. Agora é a vez de Chloe colher alguns dos frutos de sua dedicação.

Com os olhos quase fechados, Chloe observa Willow dormir.

— Não sei se eu estou pronta... E se a gente esperar até o ano que vem?

— Mas ela está. — Pressiono minha testa na de Chloe, achatando sua expressão ansiosa. — Willow está mais do que pronta — continuo, dando risada conforme me afasto. — Até o fim do dia ela já vai estar mandando na escola inteira.

Chloe revira os olhos com afeição.

— Não duvido nada.

Ela afasta as cobertas e se espreguiça com os braços esticados em direção ao teto, os pés balançando na beirada da cama. A lateral da blusa levanta, revelando a cicatriz sutil da cirurgia de remoção de apêndice. Tracejo a pele saltada com a ponta do polegar.

Chloe estava tão determinada a não perder o casamento de Lane e Matt que, no dia, não contou a ninguém, nem mesmo a mim, o quanto estava sofrendo de dor. Foi só depois da meia-noite que ela me cochichou que tínhamos que ir direto para o hospital. Acho que foi a maior briga que tivemos até hoje. Discutimos no caminho até o pronto-socorro, enquanto ela gemia de dor e agarrava a lateral de seu vestido de dama de honra. Eu a fiz jurar que nunca mais colocaria a própria segurança em risco em prol dos outros, mas nós dois sabemos que, cedo ou tarde, isso vai se repetir. Chloe é altruísta ao extremo, e é difícil não admirar isso nela.

— Já liguei a cafeteira e vou preparar o café da manhã preferido de Willow. Luke vai ligar por chamada de vídeo lá pelas oito para desejar boa sorte antes de a gente sair. — Sento-me ao lado de Chloe na cama. — Então... Agora só nos resta acordar a Will.

— Só mais cinco minutinhos — insiste Chloe, descansando a cabeça no meu ombro. — Já pensou se ela estiver tendo um sonho incrível e a gente interromper? Ela nunca vai nos perdoar.

Rio baixinho e dou um beijo em seu cabelo bagunçado.

— Ok, mais cinco minutos.

— Contei que as duas meninas da Emily vão estar na sala da Will?

— Quê? Não contou, não. Que notícia boa! Viu só? — Dou um empurrãozinho no ombro dela com o meu. — Will já vai ter duas amigas. — Arqueio uma sobrancelha, tentando convencer minha esposa cabeça-dura de que vai ficar tudo bem.

Emily e seu parceiro Amos adotaram três crianças recentemente, duas gêmeas um mês mais velhas que Willow e o irmãozinho mais novo delas. Eles foram os primeiros do nosso grupo de amigos a comprar uma casa, mas fizeram questão de não se mudar para muito longe.

— Estou me sentindo péssima por não poder ir junto. — Chloe aperta a ponte do nariz. — Por que essa apresentação estúpida tinha que cair justo no primeiro dia de aula?

— Prometo que vou tirar foto de *tudo*, pombinha. Da sala de aula, da professora, do uniforme, da carteira... Vai ser o primeiro dia de aula mais bem documentado da história. — Faço carinho em seus ombros. — E você vai estar lá mais tarde para buscar Willow e ouvir todas as novidades.

Dois meses atrás, o Conselho Tutelar contratou Chloe como consultora de marketing e design para seus programas e iniciativas, o que é basicamente o emprego dos sonhos dela. Por mais que a gente tenha mandado emoldurar o panfleto do Trabalho em Equipe por razões sentimentais, ele também serve de lembrete de como o design de lá precisava de uma boa repaginada. E Chloe está mandando muito bem até agora, como já era de esperar.

Willow se revira na cama, rolando de lado. Ainda totalmente adormecida, ela lambe um pouco da baba que escorre pelo queixo. Abro um sorriso.

— Temos uma boa menina.

— A melhor de todas — responde Chloe com veemência.

— Aposto que a gente poderia *fazer* uma muito boa também.

Eu a encaro com um sorrisinho nos lábios, e os olhos de Chloe se arregalam com meu comentário sugestivo.

— Mas você não desiste nunca, né? — pergunta ela, com uma risada.

— Deixa eu te engravidar, mulher — murmuro contra seu pescoço, depois lhe mordisco o queixo.

— Qual é o combinado?

Chloe se afasta de mim e cruza os braços, abrindo um sorriso brincalhão. Eu me faço de desentendido só para deixá-la irritada. Sei muito bem qual é o combinado, a lista de coisas que precisam acontecer antes de Chloe estar disposta a engravidar. Faz meses que ela repete isso para mim. Willow tem que começar a ir para a escola, Chloe precisa preencher as horas necessárias no novo emprego para se qualificar para a licença-maternidade, e eu tenho que contratar mais gente para ajudar na oficina e reduzir minha carga de trabalho. Esta última parte está sendo um desafio e tanto.

— E aí, como o funcionário novo está se saindo? — pergunta Chloe, como se tivesse lido minha mente.

— Matt gosta dele, mas... sei lá.

— Eu sei que o Ram pediu que cuidassem bem da oficina quando a vendeu para vocês, mas não esqueça de se cuidar também, ok? — O olhar de Chloe encontra o meu. — Porque eu quero você comigo. Por muito tempo.

Jogo a cabeça para trás com um grunhido, exatamente o que Will faz quando lhe dizemos que está na hora de dormir. A risada de Chloe dá lugar a um suspiro.

— Você precisa parar de demitir todo mundo, Warren. Deixe essas pessoas provarem que você se equivocou a respeito delas... — Chloe passa a mão ao redor do meu pescoço e vira meu queixo em sua direção. — Igual um certo alguém fez...

— Mas você é muito mais gostosa do que os caras da oficina — argumento.

— Ah, fico feliz em saber.

Ela me dá um tapinha no ombro.

Decido deixar o assunto de lado. Assim como nas inúmeras vezes que tentei pedir Chloe em casamento antes de ser para valer, eu sabia que ela aceitaria quando estivesse pronta. Ela não queria se casar antes de Willow ser oficialmente adotada, então fiz o pedido assim que a decisão saiu. Agora só me resta esperar que ela me dê outro sinal. Sei que vai acontecer, cedo ou tarde. Eu a vi dar uma espiada nas coisinhas de bebê no supermercado esses dias, e sempre percebo o brilho em seu olhar quando segura o garotinho de Emily.

— Pronta? — pergunto a Chloe, apontando para Will com o queixo.

Ela assente a contragosto e sai da cama.

— Will? — Afasto uma mecha de cabelo de seu rostinho. — Will-low — cantarolo, esfregando seu ombro. — Hora de acordar, pequena.

— Eu não sou *pequena* — resmunga Willow, com a cara afundada no travesseiro.

Eu sabia que isso ia chamar a atenção dela.

— Verdade, agora você já está toda crescidinha indo para a escola e tal...

Willow solta um grunhido e joga o braço na minha direção, mas eu o seguro antes que atinja meu peito.

— Você vai ter que ser mais rápida do que isso, docinho — aviso, e ela ri quando coloco a boca em seu pulso e assopro. — Venha, vamos fazer panqueca.

Willow rola de costas na cama, torce o nariz e me lança um olhar cheio de ceticismo.

— Com granulado? — pergunta ela.

Chloe abre uma gaveta do outro lado do quarto, e eu me abaixo para sair do seu campo de visão antes de responder:

— Só se você usar a roupa que a Lolô escolher.

— Não, pai! Por favor — protesta Willow, sentando-se na cama.

— Seja boazinha, garota. A gente gosta dela — sinalizo de volta.

— Com granulado? — barganha Willow outra vez.

— Tá, com granulado.

— E aí, o que acham? — pergunta Chloe de longe.

E então nos mostra um vestido amarelo-claro e uma blusinha listrada. "A menina vai ficar parecendo uma abelha."

Willow me olha com um atrevimento que não condiz com uma garotinha de cinco anos e responde, com os dentes cerrados:

— Adorei.

— Um montão de granulados — sussurro para ela, e trocamos um sorriso empolgado. — Ei...

— Sim? — responde Willow em meio a um bocejo, aconchegando-se no meu colo.

— Estou orgulhoso de você, meu raiozinho de sol. O que você vai fazer hoje requer muita coragem.

Acaricio seu cabelo da raiz às pontas.

— Acho que vou gostar da escola — diz Willow enquanto brinca com os cordões do meu agasalho. — Vou poder usar mochila. E uma lancheirinha combinando.

— E uma garrafinha de água — acrescenta Chloe, toda empolgada.

— Eu acho que você vai *amar* a escola, Willow.

Sorrio para Chloe, que atravessa o quarto e se ajoelha ao nosso lado, colocando uma pilha de roupas sobre a cama.

— Eu também acho — declara ela, tamborilando o dedo na testa de Willow. — Porque...

— Sobrancelhas grossas, narizes marcantes, corpos robustos, corações fortes — completam as duas em uníssono, embora Willow boceje no meio da frase.

— E mentes fortes também — acrescento.

— A mente mais forte, incrível e genial de todos os tempos — paparica Chloe, pressionando a testa na de Willow.

— Tá muito cedo pra isso.

E então Willow sai do meu colo, pega as roupas e atravessa o corredor até o banheiro, cheia de atitude.

Chloe e eu nos encaramos em choque, e ela meneia a cabeça antes de dizer:

— Vê se eu posso com uma coisa dessas?

A criaturinha tem cinco anos e age como uma adolescente de quinze. Estamos lascados, mas não tem como não achar graça.

— Acho que Willow vai ficar *ótima*. — Dou uma risada zombeteira. — Talvez seja melhor a gente se preocupar com as *outras* crianças.

— E com a professora — acrescenta Chloe com uma careta.

Em seguida, ela se acomoda no meu colo e envolve meus ombros, mas vejo que está perdida em pensamentos. Espero em silêncio, ciente de que ela precisa de um tempinho para conseguir dizer o que quer que esteja ensaiando ali.

Ela pigarreia.

— Se você não demitir o cara novo nos próximos três meses, podemos começar a tentar ter um bebê.

"Puta merda, até que enfim!" Concordo com entusiasmo e dou vários beijos em seu rosto até que ela comece a rir.

— Combinado! — exclamo. — Ele vai ser o funcionário do mês.

"Pode ficar com a oficina toda se quiser."

— Mas eu nem sabia que lá tinha isso de funcionário do mês.

— Agora vai ter.

Chloe revira os olhos e morde os lábios, sem conseguir esconder o sorriso.

— Mas não vai começar a contar a partir de agora, né? Porque ele já está trabalhando lá há um mês e tal...

— Não force a barra — alerta ela, com uma risada.

— Até lá, a gente pode ir praticando...

— Nisso eu posso dar um jeito.

Chloe espia a porta e me dá um beijo apaixonado *demais* para essa hora da manhã, ainda mais por estarmos na cama de uma criança de cinco anos.

Eu a acalmo com um tapinha no quadril e ela suspira baixinho, aceitando a derrota.

— Parece que passou uma eternidade desde a época que a gente tinha essa rotina corrida de levar alguém para escola — comenta Chloe, contemplando o quarto que costumava ser de Luke.

— Pois é... Lembra daquela vez que peguei você dando mamadeira para a almofada?

Ela ri.

— Eca, lembro. O cheiro de fórmula ficou impregnado no sofá.

— Que fim levou aquele sofá, aliás? Nem lembro de quando a gente se livrou dele.

— Demos de presente para Connie quando ela saiu do abrigo.

— Verdade! — Estalo os dedos. — Onde será que ele foi parar agora que ela...

— Eu não sei se... — Chloe verifica se Willow está por perto antes de continuar: — Não sei se quem mora em uma comunidade hippie nudista *precisa* de móveis.

— Ué, então eles vão sentar em quê? — pergunto, depois levanto a mão. — Não, não precisa responder. Não quero essa imagem na minha cabeça.

Chloe fecha os olhos e sorri.

— Já cansei de dizer: pelo menos não tem droga envolvida.

— Graças aos céus.

— Além disso, eu gosto das lembranças que criamos no sofá novo... — continua Chloe, corando.

— Você tá que tá hoje, hein, pombinha?

Lambo meus lábios enquanto ela entreabre os dela.

— A gente ainda tá com tudo. — Chloe encolhe os ombros e beija meu rosto. — *Você* principalmente.

— Nossa, você fala como se a gente estivesse junto há décadas...

Dou risada.

— Mas nós passamos por coisas suficientes para uns vinte anos.

Pouso a mão espalmada na barriga de Chloe.

— Eu tenho a sensação de que o melhor ainda está por vir — digo, e pisco para ela.

Ela afasta minha mão e estreita os olhos, mas seu sorriso conta outra história.

A porta do banheiro se abre e Willow começa a saltitar em direção à cozinha na maior cantoria.

— Chegou minha hora — digo.

Tiro Chloe do colo e beijo seu cabelo antes de seguir meu filhote de pombinha pelo corredor, gritando atrás dela:

— Muito bem! Quem aí vai querer a melhor panqueca do mundo?

AGRADECIMENTOS

ANTES DE TUDO, quero agradecer a você, que está lendo este livro. Se tiver gostado desta história, e torço para que sim, por favor, deixe uma avaliação no site em que fez a compra ou em qualquer outro lugar da internet.

Obrigada, Ben, meu melhor amigo e marido, por sempre ser meu primeiro leitor e por beijar *muito* bem. Sou muito grata por sua paciência quando estou tão absorta na escrita que nem escuto os gritos dos nossos filhos, por seu interesse renovado em cada projeto meu e por seu dom de me motivar nas muitas e muitas vezes que pensei em desistir. Eu te amo. *Você é o melhor de todos*.

Um obrigado enorme à minha mãe, Joy, e à minha cunhada, Kim, que me ouviram tagarelar por videochamada sobre as ideias para cada um dos meus livros e os acompanharam até a linha de chegada. A honestidade e o entusiasmo de vocês duas foram o meu maior incentivo.

Obrigada, Abi, que não tem o costume de ler, mas abriu uma exceção e me fez acreditar que eu tinha uma coisa boa para compartilhar com o mundo. Espero que você saiba que é uma grande inspiração.

À minha parceira de escrita e alma gêmea literária, Christina. Sem você este livro não estaria pronto para vir ao mundo e eu não teria conseguido evitar um colapso mental enquanto o escrevia. Obrigada por fazer amizade com uma estranha aleatória na internet e se tornar uma das minhas pessoas preferidas de todos os tempos. Quando seus livros forem publicados, eu serei a primeira da fila, com dez cópias debaixo do braço.

A todas as mulheres incríveis do Happy Romancing Group e aos organizadores do NaNoWriMo por terem nos unido: muito obrigada. Vocês têm sido tão constantes em seu apoio a mim e à minha escrita, e sem todos os seus olhos e opiniões extras este livro seria apenas uma sombra do que é. Mal posso esperar para encontrar todas vocês pessoalmente.

Quero fazer um agradecimento especial a cada um dos leitores de sensibilidade que trabalharam neste projeto. Sinto-me honrada por seu apoio e grata por terem apontado e me ajudado a corrigir meus equívocos.

Beth, da VB Edits, nem sei como agradecer por dar forma ao meu manuscrito. Você foi um poço de paciência e profissionalismo, e recomendo seus serviços de olhos fechados.

Por último, para qualquer pessoa que tenha lutado contra a dependência química, agora ou no passado, e esteja mudando de vida: espero que você receba o mesmo amor e dignidade que Chloe ofereceu a Connie. Você merece. Estou orgulhosa de você. Continue firme. E a todos os assistentes sociais, cuidadores, tutores, pais adotivos e irmãos que tiveram que ajudar uma criança que precisava de cuidados: vocês são os melhores de nós.

APÓS O RELANÇAMENTO:

Seria um lapso meu não estender os agradecimentos às equipes e pessoas que me ajudaram no relançamento de *Sinais do Amor*. Quero agradecer à minha agente, Jessica Alvarez, a Sophie Sheumaker, Madison Werthmann e a toda a equipe da BookEnds. Jessica, desde aquele primeiro telefonema, senti que você ia mudar a minha vida, e foi exatamente o que você fez. Obrigada por dar uma chance a mim e a minhas histórias e por todo seu empenho e dedicação. Também quero agradecer imensamente a todos da Dell e da Penguin Random House pela oportunidade de colocar minha humilde publicação independente nas prateleiras das livrarias, em especial à minha editora fantástica, Shauna Summers, e à sua assistente, Mae Martinez, que têm sido incrivelmente gentis e pacientes enquanto me ajusto a essa nova realidade. Obrigada, Leni Kauffman, por esta capa nova deslumbrante, e Talia Hibbert e Chloe Liese por suas palavras generosas de incentivo. Este é um sonho que se tornou realidade graças ao entusiasmo dos meus leitores. Muito obrigada por lerem meus livros e por me acompanharem nesta jornada. Serei eternamente grata a todos vocês.

Este livro, composto na fonte Fairfield,
foi impresso em papel Ivory Slim 65 g/m², na Leograf.
São Paulo, Brasil, novembro de 2024.